高山流水诗千首

明月清风酒一船

文学回忆录

宗璞

LITERARY MEMOIRS

Zong Pu

宗璞——著

SPM
南方出版传媒
广东人民出版社
·广州·

图书在版编目（CIP）数据

宗璞文学回忆录 / 宗璞著．— 广州：广东人民出版社，2020.5
ISBN 978-7-218-14101-5

Ⅰ．①宗…　Ⅱ．①宗…　Ⅲ．①回忆录—作品集—中国—当代　Ⅳ．①I251

中国版本图书馆CIP数据核字（2019）第279287号

Zong Pu Wenxue Huiyilu
宗璞文学回忆录
宗璞　著

出 版 人：肖风华

丛书主编：陈思和
责任编辑：刘　宇　马妮璐
责任技编：吴彦斌　周星奎
装帧设计：UNLOOK·@广岛Alvin

出版发行：广东人民出版社
地　　址：广东省广州市海珠区新港西路204号2号楼（邮政编码：510300）
电　　话：（020）85716809（总编室）
传　　真：（020）85716872
网　　址：http://www.gdpph.com
印　　刷：北京彩虹伟业印刷有限公司
开　　本：880mm×1230mm　1/32
印　　张：13　　**字　　数：**290千
版　　次：2020年5月第1版
印　　次：2020年5月第1次印刷
定　　价：68.00元

如发现印装质量问题，影响阅读，请与出版社（020－85716849）联系调换。
售书热线：（020）85716826

陈思和

总　序

20世纪的中国社会大潮从启蒙到革命，从抗战到解放，从浩劫到反思，浩浩荡荡。在此语境下的文学思潮，其主体也表现为激情引导下的青春澎湃，一路呼啸。直到“文化大革命”结束，中国文学才进入一个相对稳定、宽松而多元的年代。

1978年初，我考进复旦大学中文系不久，同班同学卢新华写了一篇小说《伤痕》，一下子触动了全社会痛定思痛的神经，于是“伤痕文学”引起风潮。理论界还在那里忙着讨论什么“歌颂”还是“暴露”、“社会主义体制下会不会产生悲剧”等夹缠不清的话题时，广大人民群众已经呼啦一下通过了这部作品，由此开启了被称作“新时期文学”的方向。差不多在同一时间，思想解放运动中诞生的《今天》等一批民刊，被称作“朦胧诗”的新诗潮流开始在青年读者中广为流行，尽管不很确切，尽管引起了争论，但是“新的美学原则”由此得到普遍认可，改变了诗歌创作的路径。1985年，一批知青作家尝试从民间风俗文化描写入手，融汇传统审美特点与西方现代主义手法，以此改变文学与政治紧密捆绑的写作观念，兴起了蓬蓬勃勃的“寻根文学”，这一创作思潮对20世纪90年代作家转向民间、坚持写实和人文理想，产生了直接的推动作用……

一晃，四十年弹指一挥间。这四十年来，虽然道路走得曲曲折折，但国家领导层面基本上遵守了解放思想、改革开放、不搞阶级斗争、中心工作转移到经济建设等承诺。经济建设带来国家的强盛，大国和平崛起的赞声不断出现。这个时候，我常常想起地球上的另一块土地——欧洲，1871年巴黎公社起义被镇压下去以后，欧洲资本主义经济飞速发展，殖民政策给宗主国带来了广阔市场，国内经济发达，物质繁荣，人们陶醉在纸醉金迷的欲望追求之中，文学上流行了唯美主义、颓废主义等声色犬马的世纪末思潮。就在三十年后，法国作家罗曼·罗兰写出了《贝多芬传》，大声疾呼人类精神的追求。再过了差不多十年，第一次世界大战爆发，又是罗曼·罗兰发表了《超越混乱之上》的精神宣言，强调在国别以上，应该追求人类共同的精神。作家在国人与敌人的咒骂声中获得了诺贝尔文学奖，但咒骂他的人，却在战争废墟上不得不收拾残瓦一片了。

文学是社会的良知，是人类历史的见证。文学在一个时期内可能会被误解、被咒骂，甚至被威胁、被迫害，但是优秀文学的真正力量，仍然在于无畏地揭示真相，肯定真善美的理想，让人性中的虚伪、凶残、血腥、无耻都感到战栗与无趣。记得很多年以前，无意中看了一部电视剧，剧中汉景帝对晁错说："老师啊，你告诉过我，对的事情总是对的，错的事情总是错的。可是，为什么现在明明对的事情却变成了错的？错的东西倒好像变成对的了？"于是，晁错被杀了。在临刑前，晁错对汉景帝说："皇上，我还要说，对的，到最后还是对的；错的，到最后总是错的。"我想，两千年以前的对与错，现在已经一点儿也不重要了。但这样一种坚信自己是

“对的”的理想，只有在文学作品里，才会被描写得那么生动，那么有生命力。这就是文学的不朽所在！

广东人民出版社推出的这套“文学回忆录”丛书，意在为研究20世纪下半叶的文学提供第一手的资料，收录当代作家有关文学创作的回忆与反思，以及在文学创作道路上对人生、社会和历史诸问题的思考。这是一个非常有意义的选题。四十年的文学道路和人的历史，将在这里“立此存照”，给当下一个见证，给未来一份信史，也给广大读者提供了一个多维度认知作家的好读本。

策划者向继东先生邀我为丛书作序。恭敬不如从命，于是想到了上面这些，并与本丛书作者与读者共勉。

2017年5月27日

于上海鱼焦了斋

代自序

答问：为什么写作

写小说 不然对不起沸腾过随即凝聚在身边的历史

写散文 不然对不起流淌在胸间的万般感受

写童话 不然对不起眼前光怪陆离的幻象

写短诗 不然对不起耳畔琤瑽变化的音符

我写 因为我有

我写 因为我爱

原载《文艺报》1986 年 4 月 12 日

目

录

三松堂断忆

告别阅读

看不见的光

冷暖自知

漫说杂谈

书前书后

三松堂断忆

蜡炬成灰泪始干

2000年春，我患目疾，好几个月都在奔走医院。住医院，上手术台，对我都不是新鲜事，这一次却怀着极大的恐怖。我怕变为盲人，我怎能忍受那黑洞里的生活，怎能忍受那黑暗，那茫然，那隔绝。

我在等待第三次手术，日子一天天过，还在等待。一个夜晚，我披衣坐在床上，觉得自己是这样不幸，我不会死，可是以后再无法写作。模糊中似乎有一个人影飘过来，他坐在轮椅上，一手拈须，面带微笑。那是父亲。

“不要怕，我做完了我要做的事，你也会的。”我的心听见他在说。此后，我几次感觉到父亲。他有时坐在轮椅上，有时坐在书房里，有时在过道里走路，手杖敲击地板，发出有节奏的声音。他不再说话，可是每次我想到他，都能得到指点和开导。

老实说，父亲已去世十年。时间移去了悲痛，减少了思念。以前在生活安排上，总是首先考虑老人，现在则完全改变了，甚至淡忘了。而在失明的威胁下，父亲并没有忘记我，或者说我又想起了他。因为我需要他。

“不要怕，我做完了我要做的事，你也会的。”

我会吗？我需要他的榜样，我向记忆深处寻找……

父亲最后的日子，是艰辛的，也是辉煌的。他逃脱了政治旋涡的泥沼，虽然被折磨得体无完肤，却幸而头在颈上，他可以相当自由地思想了。1980 年，他开始从头撰写《中国哲学史新编》这部大书。当时他已是 85 岁高龄。除短暂的社会活动，他每天上午都在书房度过。他的头脑便是一个图书馆，他的视力很可怜，眼前的人也看不清，可是中国几千年来的哲学思想的发展在他头脑里十分清楚，那是他一辈子思索的结果。哲学是他一生的依据。自 1915 年，他进入北京大学哲学门，他从没有离开过哲学。

父亲考入北大时，报的是文科。当时有人劝他读法科容易找工作，而且法科可以转文科，可是文科不可以转法科。父亲依言报了法科，考取了，但他还是转入文科。如果他要进仕途，可以从入法科开始，但那不是他的理想。他选择了哲学作为他的终身事业。

父亲那样出生在 19 世纪末的一代人，分布在各个学科，创造了中国社会转型时期的新文化。不管在哪一学科，他们有一个共同点，那就是热爱祖国，要使自己的国家扬眉吐气地屹立在世界民族之林。我相信，我的了解没有错。父亲的哲学不是空谈哲理，也不是书斋里的机锋，他要“阐旧邦以辅新命”，就是要汲取中国文化的精华，作为建设新国家的营养。永远关心着国家、民族的命运，这就是他的“所以迹”。经过多少折腾、磨难，初衷不改，他的最后巨著《中国哲学史新编》的最后一页，仍写着张载的那几句话：“为天地立心，为生民立命，为往圣继绝学，为万世开太平。”他仍然是“虽不能至，心向往之”。

他在 1942 年写的《新原人》中提出了他的境界说——他的哲学的灵泉。此书自序一开始就写了张载四句，接下去便说：“此哲学家所应自期许者也。况我国家民族，值贞元之会、当绝续之交、通天人之际、达古今之变、明内圣外王之道者，岂可不尽所欲言，以为我国家致太平，我亿兆安身立命之用乎？虽不能至，心向往之。非曰能之，愿学焉。”我一直认为，“贞元六书”的几篇短序都是绝妙文章，表现父亲的心胸气魄。听人说有哲学教师讲张载四句竟至泪下，可知怀有为国家致太平，为亿兆安身立命这种深情的人并非少数。

父亲最后十年的生命，化成了《中国哲学史新编》这部书。学者们渐渐有了共识，认为这部书对论点、材料的融会贯通超过了 20 世纪 30 年代的两卷本，又对玄学、佛学、道学，对曾国藩和太平天国的看法提出了独到的见解，还认为人类的将来必定会“仇必和而解”，都说出了他自己要说的话。一点一滴，一字一句，用口授方式写成了这部 150 万字的大书，可谓学术史上的奇迹。蝇营狗苟、利欲熏心的人能写出这样的书吗？我看是抄也抄不下来！有的朋友来看望，感到老人很累，好意对我说：“能不能不要写了。”我转达这好意，父亲微叹道：“我确实很累，可是我并不以为苦，我是欲罢不能。这就是‘春蚕到死丝方尽，蜡炬成灰泪始干’吧！”

是的，他并不以写这部书为苦，他形容自己像老牛反刍一样，细细咀嚼储存的草料。他也在细细咀嚼原有的知识储备，用来创造。这里面自有一种乐趣。父亲著述还有一个特点，就是不做卡片，曾有外国朋友问：“在昆明时，各种设备差，图书难得，你在哪里找资料？”父亲回答：“我写书，不需要很多资料，一切都在我的头脑中。”这是他成为准盲人后，能完成大书的一个重要条件。

更重要的是他的专注，他的执着，他的不可更改的深情。他在生命的最后两年中不能行走，不能站立，起居需人帮助，甚至咀嚼困难，进餐需人喂，有时要用一两个小时。不能行走也罢，不能进食也罢，都阻挡不了他的哲学思考。一次，因心脏病发作，我们用急救车送他去医院，他躺在床上，断断续续地说：“现在有病要治，是因为书没有写完，等书写完了，有病就不必治了。”

当时，我为这句话大恸不已。现在想来，如丝已尽，泪已干，即使勉强治疗也是支撑不下去的；而丝未尽，泪未干，最后的著作没有完成，那生命的灵气绝不肯离去。他最后的遗言“中国哲学将来一定会大放光彩”，就是用他整个生命说出来的。

父亲久病后，偶然颤巍巍地站立，总让人想到风烛残年这几个字。烛火在风中摇曳，可以随时熄灭，但父亲的精神之火却是不会熄灭的。他是那样顽强、坚韧，那样丰富，他不烧干自己决不甘心。

1982年，父亲到哥伦比亚大学接受名誉博士学位，他写了一首诗：“一别贞江六十春，问江可认再来人？智山慧海传真火，愿随前薪做后薪。”薪火相传的意思出自《庄子·养生主》：“指穷于为薪，火传也，不知其尽也。”他要像浇了油的木柴一样，前面的木柴烧完了，后面的木柴便接上去，薪火相传代代不息。

父亲那一代人的责任感太强了，他们无暇逍遥。其实父亲心底是赞成孔子“吾与点也”那一句话的。曾点说，他的愿望是“浴乎沂，风乎舞雩，咏而归”，父亲是欣赏这种境界的。

20世纪40年代，常有人请父亲写字，父亲最喜写唐李翱的两首诗——“练得身形似鹤形，千株松下两函经，我来问道无余说，云在青天水在瓶”。还有一首是“选得幽居惬野情，终年无送亦无迎，有时直上孤峰顶，月下披云啸一声”。

这两首诗，父亲写过几十幅，现在家中只有“月下披云啸一声”那一幅，没有了“云在青天水在瓶”的那一幅。父亲的执着顽强，那春蚕到死，蜡炬成灰，薪尽火传的精神，后面有着极飘逸、极空明的另一方面。一方面是儒家“知其不可而为之”的担得起，一方面是佛、道、禅的“云在青天水在瓶”的看得破。有这样的互补，中国知识分子才能在极严酷的环境中活下去。

很多年以前，父亲为我写了一幅字，写的是龚定庵诗：“虽然大器晚年成，卓荦全凭弱冠争。多识前言蓄其德，莫抛心力贸才名。”后来父亲又为我和外子作过一首诗：“七字堪为座右铭，莫抛心力贸才名。乐章奏到休止符，此时无声胜有声。”父亲深知任何事都要用心血做成，谆谆教诲，不要为一点轻易取得的浮名得意，在寂静中也许会有更好的音乐。想到这些，常觉得父亲坐在那里，以手向上一指向下一指，在沉默中，让人想到“云在青天水在瓶”的诗句；可是那含义，那境界，有谁领会。

我做了手术，出院回家，在屋中走来走去，想倾听父亲卧房里发出的咳声，但是只有寂静。我坐在父亲的书房里，看着窗外高高的树。在这里，准盲人冯友兰曾坐了三十三年；无论是否成为盲人，我都会这样坐下去。

原载《人民日报》（海外版）2000 年 8 月 29 日

花朝节的纪念

农历二月十二日，是百花出世的日子，为花朝节。节后十日，即农历二月二十二日，从 1894 年起，是先母任载坤先生的诞辰。迄今已九十九年。

外祖父任芝铭公是光绪年间举人。早年为同盟会员，奔走革命，晚年倾向于马克思主义。他思想开明，主张女子不缠足，要识字。母亲在民国初年进了当时的女子最高学府北京女子师范学校读书，1918 年毕业。同年，和我的父亲冯友兰先生在开封结婚。

家里有一个旧印章，刻着“叔明归于冯氏”几个字，叔明是母亲的字。以前看着不觉得，父母都去世后，深深感到这印章的意义。它标志着一个家族的繁衍，一代又一代来到世上，扮演各种角色，为社会做一点努力，留下了各种不同色彩的记忆。

在我们家里，母亲是至高无上的守护神。日常生活全是母亲料理，三餐茶饭，四季衣裳，孩子的教养，亲友的联系，需要多少精神！我自幼多病，常在和病魔做斗争，能够不断战胜疾病的主要原因是我有母亲。如果没有母亲，很难想象我会活下来。在昆明时我严重贫血，上“纪念周”站着站着就晕倒，后来索性染上肺结核休学在家。当时的治法是一天吃五个鸡蛋，晒太阳半个小时。母亲特地把我的床安排到有阳光的地方，不论多忙，这半小时必在我身边，一分钟不能少。我曾由于各种原因多次发高烧，除延医服药外，母亲费尽精神护理。用小匙喂水，用凉手巾敷在额上。有一次高烧昏迷中，觉得像是在一个狭窄的洞中穿行，挤不过去。我以为自己就要死了，一抓到母亲的手，立刻知道我是在家里，我是平安的。后来我经历名目繁多的手术，人赠雅号“挨千刀的”。在挨千刀的过程中，也是母亲，一次又一次陪我奔走医院。医院的人总以为是我陪母亲，其实是母亲陪我。我过了四十岁，还是觉得睡在母亲身边最心安。

母亲的爱护，许多细微曲折处是说不完、也无法全捕捉到的。但也就是因为有这些细微曲折才形成一个家，这个家处处都是活的，每一寸墙壁、每一寸窗帘都是活的。小学时曾以“我的家庭”为题作文。我写出这样的警句：“一个家，没有母亲是不行的。母亲是春天，是太阳。至于有没有父亲，不很重要。”作文在开家长会时展览，父亲去看了，回来向母亲描述，对自己的地位似并不在意，以后也并不努力增加自己的重要性，只顾沉浸在他的哲学世界中。

希腊文明是在奴隶制时兴起的，原因是有了奴隶，可以让自由人充分开展精神活动。我常说，父亲和母亲的分工有点像古希腊。在父母那时代，先生专心做学问，太太操劳家务，使无后顾之忧，是常见的。不过我的父母亲特别典型，他们真像一个人分成两半，一半主做学问，一半主理家事，左右合契，毫发无间。应该说，他们完成了上帝的愿望。

母亲对父亲的关心真是无微不至，父亲对母亲的依赖也是到了极点。我们的堂姑父张岱年先生说："冯先生做学问的条件没有人比得上。冯先生一辈子没有买过菜。"细想起来，在昆明乡下时，有一阵子母亲身体不好，父亲带我们去赶过街子，不过次数有限。他的生活基本上是水来湿手，饭来张口。古人形容夫妇和谐用"举案齐眉"几个字，实际上就是孟光给梁鸿端饭吃；若问"是几时孟光接了梁鸿案"，也应该是做好饭以后。

旧时有一副对联"自古庖厨君子远，从来中馈淑人宜"，放在我家正合适。母亲为一家人真操碎了心，在没有什么东西的情况下，变着法子让大家吃好。她向同院的外国邻居的厨师学烤面包，用土豆引子，土豆发酵后力量很大，能"砰"的一声，顶开瓶塞，声震屋瓦。在昆明时一次父亲患斑疹伤寒，这是当时西南联大一位校医郑大夫经常诊断出的病，治法是不吃饭，只喝流质，每小时一次，几天后改食半流质。母亲用里脊肉和猪肝做汤，自己擀面条，擀薄切细，下在汤里。有人见了说，就是只吃冯太太做的饭，病也会好。

1964年父亲患静脉血栓，在北京医院卧床两个月。母亲每天去送饭，有时从城里我的住处，有时从北大，都总是第一个到。我想要帮忙，却没有母亲的手艺。父亲暮年，常想吃手擀的面，我学做过几次，总不成功，也就不想努力了。

母亲把一切都给了这个家。其实母亲的才能绝不只限于持家。母亲毕业于当时的女子最高学府，曾任河南女子师范学校预科算术教员。她有一双外科医生的巧手，还有很高的办事能力。外科医生的工作没有实践过，但从日常生活中，从母亲缝补、修理的功夫可以想见；办事能力倒是有一些发挥。

20世纪50年代初至1966年，母亲做居民委员会工作，任北大燕南、燕东、燕农、镜春、朗润、蔚秀、承泽、中关八大园的主任，曾为家庭妇女办起装订社、缝纫社等。母亲不畏辛劳，经常坐着三轮车来往于八大园间。这是在家庭以外为社会服务，她觉得很神圣，总是全心全意去做。居委会成员常在我家学习，最初贺麟夫人刘自芳、何其芳夫人牟决鸣等都是成员，后来她们迁往城内，又有吴组缃夫人沈淑园等参加。20世纪50年代有一次选举区人民代表，不记得是哪一位曾对我说，“任大姐呼声最高”。这是真正来自居民的声音。

我心中有几幅图像，愈久愈清晰。

一幅在清华园乙所，有一间平台加出的房间，三面皆窗，称为玻璃房，母亲常在其中办事或休息。一个夏日，三面窗台上摆着好几个宽口瓶和小水盆，记得种的是慈姑。母亲那时大概不到四十岁，身着银灰色起蓝花的纱衫，坐在房中，鬓发漆黑，肌肤雪白。常见外国油画有什么什么夫人肖像，总想怎么没有人给母亲画一幅。

另一幅在昆明乡下龙头村。静静的下午，泥屋、白木桌，母亲携我坐在桌前，为我讲解鸡兔同笼四则题。父亲从城里回来，点评说这是一幅乡居课女图。

龙头村旁小河弯处有一个小落差，水的冲力很大。每星期总有一两次，母亲把一家人的衣服装在箩筐里，带着我和小弟到河边去。还有一幅图像便是母亲弯腰站在欢快的流水中，费力地洗衣服，还要看着我们不要跑远，不要跌进河里。近来和人说到洗衣的事，一个年轻人问，是给别人洗吗？还没到那一步，我答。后来想，如果真的需要，母亲也不怕。在中国妇女贤淑的性格中，往往有极刚强的一面，能使丈夫不气馁，能使儿女肯学好，能支撑一个家庭度过最艰难的岁月。孔夫子以为女人难缠，其实儒家人格的最高标准“富贵不能淫，贫贱不能移，威武不能屈”，用来形容中国妇女的优秀品质倒很恰当，不过她们是以家庭为中心罢了。

母亲62岁时患甲状腺癌，手术后一直很好。20世纪60年代末又患胆结石，经常大发作，疼痛，发烧，最后不得不手术。那一年母亲75岁。夜里推进手术室，父亲和我在过厅里等，很久很久，看见手术室甬道那边推出一辆平车，一个护士举着输液瓶，就像一盏灯。我们知道母亲平安，仍能像灯一样给我们全家以光明、以温暖。这便是那第四幅图像了。握住母亲的手时，我的一颗心落在腔子里，觉得自己很有福气。

母亲虽然身体不好，仍是操劳家务，真没有过一天清闲的日子。她总是说，你们专心做你们的事。我们能专心做事，都因为有母亲，操劳一生的母亲！

记得是1977年9月10日，母亲忽然吐血，拍片后确诊为肺门静脉瘤。当时小弟在家，我们商量，母亲虽然年迈，病还是该怎么治就怎么治，不可延误。在奔走医院的过程中，受到许多白眼。一家医院住院部一位女士说：“都83岁了，还治什么！我还活不到这岁数呢。”可以说，母亲的病没有得到治疗，发展很快。最后在校医院用杜冷丁控制疼痛，人常在昏迷状态。一次忽然说：“要挤水！要挤水！”我俯身问什么要挤水，母亲睁眼看我，费力地说：“白菜做馅要挤水。”我的眼泪一下涌了出来，滴在母亲脸上。

母亲没有让人多侍候，不过三周便抛弃了我们。当时父亲还在受审查，她走时很不放心，非常想看个究竟，但她拗不过生死大限。她曾自我排解说，知道儿女是好的，还有什么可求呢。10月3日上午六时三刻，我们围在母亲床前，眼见她永远阖上了眼睛。我知道，我再不能睡在母亲身边讨得那样深的平安感了。我们的家从此再没有春天和太阳了。我们的家像一叶孤舟忽然失了掌舵的人，在茫茫大海中任意漂流。我和小弟连同父亲，都像孤儿一样不知漂向何方。

因为政治，亲友都很少来往。没有足够的人抬母亲下楼，幸亏那天来了一位年轻的朋友，才把母亲抬到太平间。当晚哥哥自美国飞回来，到家后没有坐下，立刻要“看娘去”，我不得不告诉他母亲已去。他跌坐在椅上，停了半晌，站起来还是说“看娘去”。

父亲为母亲撰写了一副挽联：“忆昔相追随，同荣辱，共安危，期颐望齐眉，黄泉碧落君先去；从今无牵挂，斩名缰，破利锁，俯仰无愧怍，海阔天空我自飞。”自己一半的消失使父亲把一切都看透了。以后，母亲的骨灰盒一直放在父亲卧室里。每年春节，父亲必率领我们上香，如此凡十三年。直到1990年初冬那凄惨的日子，父母相聚于地下。又过了一年，1991年冬，我奉双亲归窆于北京万安公墓，一块大石头作为石碑，隔开了阴阳两界。

我曾想为母亲百岁冥寿开一个小小的纪念会，又想到老太太们行动不便，最好少打扰，便只就平常的了解或电话上的交谈，记下几句话。

姨母任均是母亲最小的妹妹。姨父母在驻外使馆工作时，表弟妹读住宿小学，周末假日接回我家，由母亲照管。姨母说，三姐不只是你们一家的守护神，也是大家的贴心人。若没三姐，那几年我真不知怎么过。亲戚谁没有得过她关心照料？人人都让她费过心血，我们心里是明白的。

牟决鸣先生已是很久不见了。前些时打电话来，说：“回想起在北大居住的那段日子，觉得很有意思。任大姐那时是活跃人物，她做事非常认真，总是全力以赴，而且头脑总是很清楚。”

在昆明时，赵萝蕤先生和我家几次为邻居，那时她还很年轻。她不止一次对我说很想念冯太太。她说在人际关系的战场上，她总是一败涂地当俘虏。可是和冯太太相处，从未感到战场问题。是母亲教她做面食，是母亲教她用布条打纽扣结，她有什么事都可以向母亲倾诉。记得在昆明乡下龙头村时，有一次赵先生来我家，情绪不大好，对母亲说，一位军官太太要学英语，又笨又俗又无礼，总问金刚钻几克拉怎么说。她不想教，来躲一躲。母亲安慰她，让她一起做家务事。赵先生走时，已很愉快。

另一位几十年的邻居是王力夫人夏蔚霞。现在我们仍然对门而居。夏先生说："你千万别忘记写上我的话。我的头生儿子缉志是你母亲接生的。当时昆明乡下缺医少药，那天王先生进城上课去了，半夜时分我遣人去请你母亲。冯先生一起来的，然后先回去了。你母亲留下照顾我，抱着我坐了一夜，次日缉志才出世。若没有你母亲，我和孩子会吃许多苦！"

像春天给予百花诞辰一样，母亲用心血哺育着，接引着——

亲爱的母亲的诞辰，是花朝节后十日。

1993 年 5 月

原载《中华散文》创刊号，1993 年 9 月

柳信

今年的春，来得特别踌躇、迟疑，乍暖还寒，翻来覆去，仿佛总下不定决心。但是路边的杨柳，不知不觉间已绿了起来，绿得这样浅，这样轻，远望去迷迷蒙蒙，像是一片轻盈的、明亮的雾。我窗前的一株垂柳，也不知不觉在枝条上缀满新芽，泛出轻浅的绿，随着冷风，自如地拂动。这园中原有许多花木，这些年也和人一样，经历了各种斧钺虫豸之灾，只剩下一园黄土、几株俗称瓜子碴的树。还有这棵杨柳，年复一年，只管自己绿着。

少年时候，每到春天，见杨柳枝头一夜间染上了新绿，总是兴高采烈，觉得欢喜极了，轻快极了，好像那生命的颜色也染透了心头。曾在中学作文里写过这样几句：

嫩绿的春天又来了
看那陌头的杨柳色
世界上的生命都聚集在那儿了

不是么？

那年青的眼睛般的鲜亮呵——

老师在这最后一句旁边打了密密的圈。我便想，应该圈点的，不是这段文字，而是那碧玉妆成、绿丝绦般的杨柳。

于是许多年来，便想写一篇《杨柳辩》。因为人们历来并不认为杨柳是该圈点的，总是以松柏喻坚贞，以蒲柳比轻贱。现在呢，“辩”的锐气已消，尚幸并未全然麻木，还能感觉到那柳枝透露的春消息。

抗战期间在南方，为躲避空袭，我们住在郊外一个庙里。这庙坐落在村庄附近的小山顶上，山上蓊蓊郁郁，长满了各样的树木。一条歪斜的、可容下一辆马车的石板路，从山脚蜿蜒而上。路边满是木香花，春来结成两道霜雪覆盖的花墙。花墙上飘着垂柳，绿白相映，绿的格外鲜嫩，白的格外皎洁。柳丝拂动，花儿也随着有节奏地摇头。

庙的右侧，有一个小山坡，草很深，杂生着野花，最多的是野杜鹃，在绿色的底子上形成红白的花纹。坡下有一条深沟，沟上横生着一株柳树，据说是雷击倒的。虽然倒着，还是每年发芽。靠山坡的一头有一个斜生的枝杈，总是长满长长的柳丝，一年有大半年绿莹莹的，好像一把撑开的绿伞。我和弟弟经常在这柳桥上跑来跑去，采野花，捉迷藏，不用树和灌木，只是草，已足够把我们藏起来了。

一个残冬，我家的小花猫死了。昆明的猫很娇贵，养大是不容易的。那是我第一次看到什么是死。它躺着，闭着眼。我和弟弟用猪肝拌了饭，放在它嘴边，它仍一动也不动。“它死了。”母亲说，“埋了吧。”我们呆呆地看着那显得格外瘦小的猫，弟弟呜呜地哭了。我心里像堵上了什么，看了半天，还不离开。

“埋了吧，以后再买一只。”母亲安慰地说。

我作了一篇祭文，记得有“呜呼小花”一类的话，放在小猫身上。我们抬着盒子，来到山坡。我一眼便看中那柳伞下的地方，虽然当时只有枯枝。我们掘了浅浅的坑，埋葬了小猫。冷风在树木间吹动，我们那时都穿得十分单薄，不足以御寒的。我拉着弟弟的手，呆呆地站着，好像再也提不起玩的兴致了。

忽然间，那晃动的枯枝上透出一点青绿色，照亮了我们的眼睛，那枝头竟然有一点嫩芽了，多鲜多亮啊！我猛然觉得心头轻松好多。杨柳绿了，杨柳绿了，我轻轻地反复在心里念诵着。那时我的词汇里还没有“生命”这些字眼，但觉得自己又有了精神，一切都又有了希望似的。

时光流去了近四十年，我已经历了好多次的死别，到 1977 年，连我的母亲也撒手别去了。我们家里，最不能想象的就是没有我们的母亲了。母亲病重时，父亲说过一句话：“没有你娘，这房子太空。”这房子里怎能没有母亲料理家务来去的身影，怎能没有母亲照顾每一个人、关怀每一个人的呵斥和提醒，那充满乡土风味的话音呢！然而母亲毕竟去了，抛下了年迈的父亲。母亲在病榻上时，用力抓着我的手说过，她放心，因为她的儿女是好的。

我是尽量想做到让母亲放心的。我忙着料理许多事，甚至没有好好哭一场。

两个多月过去，时届深秋。园中衰草凄迷，落叶堆积。我从外面回来，走进藏在衰草落叶中的小径——这小径，我曾在深夜里走过多少次啊。请医生，灌氧气，到医院送汤、送药，但终于抵挡不住人生大限的到来。我茫然地打量着这园子，这时，侄儿迎上来说，家里的大猫——狮子死了，是让人用鸟枪打死的，已经埋了。

这是母亲喜欢的猫，是一只雪白的狮子猫，眼睛是蓝的，在灯下闪着红光。这两个月，它天天坐在母亲房门外等，也没等得见母亲出来。我没有问埋在哪里，无非是在这一派清冷荒凉之中罢了。我却格外清楚地知道，再没有母亲来安慰我了，再没有母亲许诺我要的一切了。

深秋将落叶吹得团团转，枯草像是久未梳理的乱发，竖起来又倒下去。我的心直往下沉，往下沉——忽然，我看见几缕绿色在冷风中瑟瑟地抖颤，原来是窗前那株柳树。在冬日的萧索中，柳色有些黯淡，但在一片枯草之间，它是绿着。“这容易生长的、到处都有的、普通的柳树，并不怕冷。”我想着，觉得很安慰，仿佛得到了支持似的。

清明时节，我们将柳枝插在门外，据说可以避邪；又选了两枝，插在母亲骨灰盒旁的花瓶里。柳枝并不想跻身松柏等岁寒之友中，它只是努力尽自己的本分，尽量绿得长一些，就像一个普通正常的母亲、平凡清白的人一样。

柳枝正绿着，衬托着万紫千红。这丝丝垂柳，是会织出大好春光的。

1980年4月

原载《福建文艺》1980年第9期

三松堂断忆

转眼间父亲离开我们已快一年了。

去年这时，也是玉簪花开得满院雪白，我还计划在向阳的草地上铺出一小块砖地，以便把轮椅推上去，让父亲在浓重的树荫中得一小片阳光。因为父亲身体渐弱，忙于延医取药，竟没有来得及建设。9 月底，父亲进了医院，我在整天奔忙之余，还不时望一望那片草地，总不能想象老人再不能回来，回来享受我为他安排的一切。

哲学界人士和亲友们都认为父亲的一生总算圆满，学术成就和他从事的教育事业使他中年便享盛名，晚年又见到了时代的变化。生活上有女儿侍奉，诸事不用操心，能在哲学的清纯世界中自得其乐。而且，他的重要著作《中国哲学史新编》，80 岁才开始写，许多人担心他写不完，他居然写完了。他是拼着性命支撑着，他一定要写完这部书。

在父亲的最后几年里，经常住医院，1989 年下半年起更为频繁。一次是 11 月 11 日午夜，父亲突然发作心绞痛，外子蔡仲德和两个年轻人一起，好不容易将他抬上救护车。他躺在担架上，我坐在旁边，数着脉搏。夜很静，车子一路尖叫着驶向医院。好在他的医疗待遇很好，每次住院都很顺利。一切安排妥当后，他的精神好了许多，我俯身为他掖好被角，正要离开时，他疲倦地用力说：“小女，你太累了！”“小女”这乳名几十年不曾有人叫了。“我不累。”我说，勉强忍住了眼泪。说不累是假的，然而比起担心和不安，劳累又算得了什么呢。

过了几天，父亲又一次不负我们的劳累和担心，平安回家了。我们笑说：“又是一次惊险镜头。”12 月初，他在家中度过 94 岁寿辰。也是他最后的寿辰。这一天，丁石孙先生和民盟中央的几位负责人前来看望，老人很高兴，谈起一些文艺杂感，还说，若能汇集成书，可题名为“余生札记”。

这余生太短促了。中国文化书院为他筹办了庆祝 95 岁寿辰的“冯友兰哲学思想国际研讨会”，他没有来得及参加。但他知道了大家的关心。

1990 年初，父亲因眼前有幻象，又住医院。他常常喜欢自己背诵诗词，每住医院，总要反复吟哦《古诗十九首》。有记不清的字，便要我们查对。“青青陵上柏，磊磊涧中石。人生天地间，忽如远行客。”“浩浩阴阳移，年命如朝露。人生忽如寄，寿无金石固。”他在诗词的意境中似乎觉得十分安宁。一次医生来检查后，他忽然对我说：“庄子说过，生为附赘悬疣，死为决疣溃痈。孔子说过，朝闻道，夕死可矣。张横渠又说，存，吾顺事；殁，吾宁也。我现在是事情没有做完，所以还要治病。等书写完了，再生病就不必治了。”我只能说：“那不行，哪有生病不治的呢！”父亲微笑不语。我走出病房，便落下泪来，坐在车上，更是泪如泉涌。一种没有人能分担的孤单沉重地压迫着我，我知道，分别是不可避免的。

我们希望他快点写完《中国哲学史新编》，可又怕他写完。在住医院的间隙中，他终于完成了这部书。亲友们都提醒他，还有本《余生札记》呢。其实老人那时不只有文艺杂感，又还有新的思想，他的生命是和思想还有哲学连在一起的。只是来不及了，他没有力气再支撑了。

人们常问父亲有什么遗言。他在最后几天有时念及远在异国的儿子钟辽和唯一的孙子冯岱。他用力气说出的最后的关于哲学的话是："中国哲学将来一定会大放光彩！"他是这样爱中国，这样爱哲学。当时有李泽厚和陈来在侧。我觉得这句话应该用大字写出来。

然后，终于到了 11 月 26 日那凄冷的夜晚，父亲那永远在思索的头脑进入了永恒的休息。

作为父亲的女儿，而且是数十年都在他身边的女儿，在他晚年又身兼几大职务，秘书、管家兼门房，医生、护士带跑堂，照理说对他应该有深入的了解。但是我无哲学头脑，只能从生活中窥其精神于万一。根据父亲的说法，哲学是对人类精神的反思。他自己就总在思索，在考虑问题。因为过于专注，难免有些呆气。他晚年耳目失其聪明，自己形容自己是"呆若木鸡"。其实这些呆气早已有之。抗战初期，几位清华教授从长沙往昆明，途经镇南关，父亲手臂触城墙而骨折。金岳霖先生一次对我幽默地提起此事，他说："当时司机通知大家，不要把手放在窗外，要过城门了。别人都很快照办，只有你父亲听了这话，便考虑为什么不能放在窗外，放在窗外和不放在窗外的区别是什么，其普遍意义和特殊意义是什么。还没考虑完，已经骨折了。”这是形容父亲爱思索。他那时正是因为在思索，根本就没有听见司机的话。

他的生命就是不断地思索，不论遇到什么挫折，遭受多少批判，他仍顽强地思考，不放弃思考。不能创造体系，就自我批判，自我批判也是一种思考。而且在思考中总会冒出些新的想法来。他自我改造的愿望是真诚的，没有经历过 20 世纪中叶的变迁和六七十年代的各种政治运动的人，是很难理解这种自我改造的愿望的。首先，一声“中国人民站起来了”促使多少有智慧的人迈上了走向炼狱的历程。其次，知识分子前冠以资产阶级，位置固定了，任务便是改造，又怎能知自是之为是，自非之为非？第三，各种知识分子的处境也不尽相同，有的居庙堂而一切看得较为明白，有的处林下而只能凭报纸和传达，也只能信报纸和传达，其感受是不相同的。

幸亏有了新时期，人们知道还是自己的头脑最可信。父亲明确采取了不依傍他人，“修辞立其诚”的态度。我以为，这个“诚”字并不能与“伪”字相对。需要提出“诚”，需要提倡说真话，这是我们这个时代的悲哀。

我想历史会对每一个人做出公允的、不带任何偏见的评价。历史不会忘记有些微贡献的每一个人，而评价每一个人时，也不要忘记历史。

父亲一生对物质生活的要求很低，他的头脑都让哲学占据了，没有空隙再来考虑诸般琐事。而且他总是为别人着想，尽量减少麻烦。一个人到 95 岁，没有一点儿怪癖，实在是奇迹。父亲曾说，他一生得力于三个女子：一位是他的母亲、我的祖母吴清芝太夫人，一位是我的母亲任载坤先生，还有一个便是我。1982 年，我随父亲访美，在机场上父亲作了一首打油诗：“早岁读书赖慈母，中年事业有贤妻。晚来又得女儿孝，扶我云天万里飞。”确实得有人料理俗务，才能有纯粹的精神世界。近几年，每逢我生日，父亲总要为我撰写寿联。1990 年夏，他写了最后一联，联云：“鲁殿灵光，赖家有守护神，岂独文采传三世；文坛秀气，知手持生花笔，莫让新编代双城。”父亲对女儿总是看得过高。“双城”指的是我的长篇小说，曾拟名《双城鸿雪记》，后定名为《野葫芦引》。第一卷《南渡记》出版后，因为没有时间，没有精力，便停顿了。我必须以《中国哲学史新编》为先，这是应该的，也是值得的。当然，我持家的能力很差，料理饭食尤其不能和母亲相比，有的朋友都惊讶我家饭食的粗糙。而父亲从没有挑剔，从没有不悦，总是兴致勃勃地进餐，无论做了什么，好吃不好吃，似乎都滋味无穷。这一方面因为他得天独厚，一直胃口好，常自嘲“还有当饭桶的资格”；另一方面，我完全能够体会，他是以为能做出饭来已经很不容易，再挑剔好坏，岂不让管饭的人为难。

父亲自奉俭，但不乏生活情趣。他并不永远是道貌岸然，也有豪情奔放、潇洒闲逸的时候，不过机会较少罢了。1926 年父亲 31 岁时，曾和杨振声、邓以蛰两先生，还有一位翻译李白诗的日本学者一起豪饮，四个人一晚喝去 12 斤花雕。20 世纪 60 年代初，我因病常住家中，每天傍晚随父母到颐和园包坐大船，一元钱一小时，正好览尽落日的绮辉。一位当时的大学生若干年后告诉我说，那时他常常看见我们的船在彩霞中漂动，觉得真如神仙中人。我觉得父亲是有些仙气的，这仙气在于他一切看得很开。在他的心目中，人是与天地等同的。“人与天地参”，我不止一次听他讲解这句话。《三字经》说得浅显，“三才者，天地人”。既与天地同，还屑于去钻营什么！那些年，一些稍有办法的人都能把子女调回北京，而他，却只能让他最钟爱的幼子钟越长期留在医疗落后的黄土高原。1982年，钟越终于为祖国的航空事业流尽了汗和血，献出了他的青春和生命。

父亲的呆气里有儒家的伟大精神，“天行健，君子以自强不息”，自强不息到“知其不可而为之”的地步；父亲的仙气里又有道家的豁达洒脱。秉此二气，他穿越了在苦难中奋斗的中国的20世纪。他一生便是20世纪中国文化的一个篇章。

据河南家乡的亲友说，1945年初祖母去世，父亲与叔父一同回老家奔丧，县长来拜望，告辞时父亲不送；而对一些身为老百姓的旧亲友，则一直送到大门。乡里传为美谈。从这里我想起和读者的关系，父亲很重视读者的来信，许多年常常回信，星期日上午的活动常常是写信。和山西一位农民读者车恒茂老人就保持了长期的通信，每索书必应之。后来我曾代他回复一些读者来信，尤其对年轻人，我认为最该关心，也许几句话便能帮助发掘他了不起的才能。但后来我们实在没有能力做了，只好听之任之。把人家的千言万言书束之高阁，起初还感觉不安，时间一久，则连不安也没有了。

时间会抚慰一切，但是去年初冬深夜的景象总是历历如在目前，我想它是会伴随我进入坟墓的了。当晚，我们为父亲穿换衣服时，他的身体还那样柔软，就像平时那样配合。他好像随时会睁开眼睛说一声“中国哲学将来一定会大放光彩”。我等了片刻，似乎听到一声叹息。

不得不离开病房了。我们围跪在床前，忍不住痛哭失声！仲德扶着我，可我觉得这样沉重的孤单！在这茫茫世界中，再无人需我侍奉，再无人叫我的乳名了。这么多年，每天清晨最先听到的，是从父亲卧房传来的咳嗽，每晚睡前必到他床前说几句话。我怎样才能从多年的习惯中走出来！

然而日子居然过去快一年了。只好对自己说，至少有一件事稍可安慰：父亲去时不知道我已抱病，他没有特别的牵挂，去得安心。

文章将尽，玉簪花也谢尽了。邻院中还有通红的串红和美人蕉，记得我曾说串红像鞭炮，似乎马上会劈劈啪啪响起来。而生活里又有多少事值得它响呢！

1991 年 9 月病中

原载《读书》1991 年第 12 期

怎得长相依聚

——蔡仲德三周年祭

“蔡仲德（1937—2004），人本主义者”。

这是我为仲德设计的墓碑刻字，我想这是他要的。他在病榻上的最后几个月，想得最多的就是关于人本主义问题。如果他能多有些时日，会有正式的文章表达他的信念。但是天不佑人，他来不及了。只在为我写的一篇短文里提出：市场经济、民主政治、人权观念等几个概念。虽然简单，却也清楚地表明了他的理想。现在又想，理想只能说明他追求的高，不能说明他生活的广和深。因为他的一生虽然不够长，却足够丰富。他是一个好教师，也是一个好学者。生活最丰满处是因为他有了我，我有了他。世上有这样的拥有，永远不能成为过去。

人人都以为，我最后的岁月必定有仲德陪伴，他会为我安排一切。谁也没有料到，竟是他先走了，飘然飞向遥远的火星。我们原说过，在那里有一个家。有时我觉得，他正在院中的小路上走过来，穿着那件很旧的夹大衣；有时在这边说话，总觉得他的书房里有回应，细听时，却又没有。他已经消失了，消失在蓝天白云，青山绿水，树木花草之间。也许真的能在火星上找到他，因为我们这里的事情，要经过漫长的光阴和遥远的距离，才能到达那里，他是一个怎样的人，在那里可以重现。

首先，他是一个教师。他在入大学前曾教过两年小学，又任中学教员二十余年，以后调入中央音乐学院音乐学系。他四十六年的教学生涯里，在中央音乐学院任教四十四年。他教中学时，课本比较简单，他自己添加教材，开了很长的古典诗词目录，要求学生背诵。有的学生当时很烦，说蔡老师的课难上。许多年后却对他说，现在才知道老师教课的苦心，我们总算有了一点儿文学知识，比别人丰富多了。确实，这不仅是知识，更是对性情的陶冶，影响着一个人的生活。

20 世纪 70 年代初，在军营中经过政治磨难的音乐学院师生回到北京，附中在京郊苏家坨上课，虽然上课很不正常，仲德却没有缺过一次课。一次刮大风，我劝他不要去，他硬是骑自行车顶着西北风赶二十几里路去上课，回来成了一个土人。上课对于一个教师是神圣的。他在音乐学系开设两门课：中国音乐美学史和士人格研究。人说他的课讲得漂亮。我听过几次，一次在河南大学讲授中国古代音乐美学，一次在香港浸会大学讲“说郑声”。一节课的时间被他安排得十分恰当，有头有尾，宛如一篇结构严密的文章。更让人称道的是下课铃响，他恰好讲出最后一个字，而且是节节课都如此，就连他出的考题也如一篇小文章。他在每次上课前都认真准备，做了严谨的教案。他说要在 45 分钟以内给学生最多的东西，小学、中学、大学都是如此。一次我们在外边用餐，不知为什么，一个陌生的年轻人拿了一本唐诗，指出一首要我讲，我不记得是哪一首了，只记得其中有两个典故。我素来喜读书不求甚解，讲不出，仲德当时做了详细的讲解。他说做教师就要甚解，要经得起学生问。学生问了，对教师会有启发。

他淹缠病榻两年有半，一直惦记着他的课和他指导的学生。就在他生病的这一个秋天，录取了一名硕士生。他在化疗期间仍要这个学生来上课，在北京肿瘤医院室内花园，在北大医院的病室，甚至是一面打着吊针，一面在进行授课。他对学生非常严格，改文章一个标点都不放过，学生怕来回课，说若是回答草率，蔡老师有时激动起来，简直是怒发冲冠，头发胡子都根根竖起。不是他指导的学生也请他看文章，他一视同仁，十分认真地提意见挑毛病改文字。同学们敬他爱他又怕他。

他做手术的那一天，走廊里站了许多我不认识的音乐学院师生，许多人要求值班。那天清晨，有位老学生从很远的地方赶到我家，陪伴我。一个现在台湾的老学生在电话中哭着恳求我们收下他们的捐助。我们并不需要捐助，可是学生们的关心从四面八方把我们沉重的心稍稍托起。

一个大学教师在教的同时，自己必须做学问，才能带领学生前进，才能不是一个教书匠。20 世纪 70 年代末，他从研究《乐记》的成书年代开始，对中国音乐美学做了考察，写出了《中国音乐美学史》这部巨著。这是我国的第一部音乐美学史。后来这本书要修订出版，那时他住在龙潭湖肿瘤医院。他坐一会儿躺一会儿，一字一字，一页一页，八百多页的书稿在不时插上又拔下针管的过程中修订完毕。

经过多年的努力，他对各种文献非常熟悉，却从不炫耀，从不沾沾自喜，总是尽力地做好他承担的事，而且不断地思考。不知不觉间又写出了多篇论文，音乐方面的结集为《音乐之道的探求》，由上海音乐出版社出版。文化方面的结集为《艰难的涅槃》，正像书名一样，这本书命运多舛，因为思想不合规矩，现在尚未能出版。

他能够连续十几小时稳坐书案之前，真有把板凳坐穿的精神。他从事学术研究不限于音乐美学，冯学研究也是重要的部分。其著述材料之翔实，了解之深切，立论之精当，为学界所推重。还是不知不觉间，他写出了66万字的《冯友兰先生年谱初编》，并整理、修订增补了700余万字的《三松堂全集》第二版，又写出了《冯友兰先生评传》《教育家冯友兰》等。

对于我的父亲，他不只是一个研究者，而且也远远超过半子。幸亏有他，父亲才有这样安适的晚年。他推轮椅，抬担架，帮助喂饭、如厕。我的兄弟没有做到和来不及做的事，他做了；我自己承担不了的事，他承担了。从父母的墓地回来，荒寂的路上如果没有他，那会是怎样的日子！可是现在，他也去了。

在繁忙的教学、研究之余，他为我编辑了《宗璞文集》四卷本。他是我的第一读者，为我的草稿挑毛病。用引文懒得查时，便去问他，他会仔细地查好。我称他为风庐图书馆长，并因此很得意。现在我去问谁？

父亲去世以后，我把家中藏书赠给清华大学思想文化研究所，设立了“冯友兰文库”，但留了“四部丛刊”和一些线装典籍，供仲德查阅。他阅读的范围，已经比父亲小多了。现在他走了，我把最后留下的书也送出。我已经告别阅读，连个范围也没有了。他自己几十年收集的关于音乐美学方面的书，我都送给了中央音乐学院图书馆。学生们从这些书中得到帮助时，我想他会微笑。

他喜欢和人辩论，他的许多文章都在辩论。辩论就是各抒己见，当仁不让。他说思想经过碰撞会迸发出火花，互相启迪，得到升华，所谓真理愈辩愈明。如果只有“一言堂”，思想必然僵化，那是很可怕的。他看到的只是学问道理，从没有个人意气。

他关心社会，反对躲进象牙之塔。他认为每一个生命是独立的又是相连的。他在音乐学院任基层人民代表十年，总想多为别人做些事。他是太不量力了，简直有些多事，我这样说他。他说大家的事要大家管。音乐史专家毛宇宽说：“蔡仲德是一位真正意义上的中国知识分子。”我觉得他是当得起的。

我们居住的庭院中有三棵松树。因三松堂名得到许多人的关心，常有人来，有的是从很远的地方，就为了要看一看这三棵松树。三棵松中有两棵高大，一棵枝条平展，宛如舞者伸出的手臂。仲德在时，这一棵松树已经枯萎，剩下一段枯木，我想留着，不料很不好看，挖去了。又栽上一棵油松，树顶圆圆的，宛如垂髫少女。仲德和我曾在这棵树前合影，他坐我立，这是他最后的一张室外照片，也是我们最后的合影。又一棵松树在一次暴风雨中折断了，剩下很高的枯干，有些凶相。现在这棵树也挖去了，仍旧补上一棵油松，姿态和垂髫少女完全不同，像是个小娃娃，人们说它是仙童。

仲德没有看见这棵新松。万物变迁，一代又一代，仲德留下了他的著作和理想，留下了他的爱心。爱心和责任感是连在一起的。我们家中从里到外许多事都是他管，他生病后的第一个冬天，在病房惦记着家里的暖气。他认为来暖气时应该打开暖气上的阀门，让水流出来，水才会通。他在病床上用电话指挥，每个房间依次打开不能搞乱。我们几个女流之辈，拿着水桶，被他指挥得团团转。其实我认为这是不必要的，可是我领头依令而行，泪滴在水桶里……

仲德和我在一起生活了三十五年，因为有了他，我的生活才这样丰满。我们可以彼此倾诉一切，意见不同可以辩论，但永远互相理解，互相尊重。我觉得，只要有他，实在别无所求。但是他去了。所幸的是他的力量是这样大，可以支持我，一直走上火星。

蔡仲德，我的夫君，在那里等着我。

女儿告诉我，她做过一个梦，梦见我们三个人在一起，仲德不知为什么起身要走。我们哭着要拉住他，可是怎么也拉不住。

人生的变化是拉不住的。

2007 年 1 月 5 日

距 2004 年 2 月 13 日仲德逝世已将三年矣

原载《文汇报》2007 年 1 月 17 日

水仙辞

仲德上课回来，带回两头水仙。可不是，在不知不觉间，一年只剩下一个多月了，已到了养水仙的时候。

许多年来，每年冬天都要在案头供一盆水仙。近十年，却疏远了这点情趣。现在猛一见胖胖的茎块中顶出的嫩芽，往事也从密封着的心底涌了出来。水仙可以回来，希望可以回来，往事也可以再现，但死去的人，是不会活转来了。

记得城居那十多年，澂莱与我们为伴。案头水仙，很得她关注，换水、洗石子都是她照管。绿色的芽，渐渐长成笔挺的绿叶，好像向上直指的剑。然后绿色似乎溢出了剑锋，染在屋子里，在北风呼啸中，总感到生命的气息。差不多常在最冷的时候，悄然飘来了淡淡的清冷的香气，那是水仙开了。小小的花朵或仰头或颔首，在绿叶中显得那样超脱，那样悠闲。淡黄的花心，素白的花瓣，若是单瓣，则格外神清气朗，在线条简单的花面上洋溢着一派天真。

等到花叶多了，总要用一根红绸带或红绉纸，也许是一根红线，把它轻轻拢住。那也是澂莱的事，我只管赞叹："哦，真好看。"现在案头的水仙也会长大，待到花开时，谁来操心用红带拢住它呢。

管花人离开这世界快十一个年头了。没有骨灰，没有放在盒里的一点遗物，也没有一点儿言语。她似乎是飘然干净地去了，在北方的冬日原野上，一轮冷月照着其寒彻骨的井水，井水浸透她的身心。谁能知道，她在那生死大限上，想喊出怎样痛彻肺腑的冤情，谁又能估量她的满腔愤懑有多么沉重！她的悲痛、愤懑以及她自己，都化作灰烟，和在祖国的天空与泥土里了。

人们常赞梅的先出，菊的晚发。我自然也敬重它们的品格气质。但在菊展上见到各种人工培养的菊花，总觉得那曲折舒卷虽然增加了许多姿态，却减少了些纯朴自然。梅之成为病梅，早有定庵居士为之鸣不平了。近闻水仙也有种种雕琢，我不愿见。我喜欢它那点自然的挺拔，只凭了叶子竖立着。它竖得直，其实很脆弱，一摆布便要断的。

她也是太脆弱。只是心底的那一点固执，是无与伦比了。因为固执到不能扭曲，便只有折断。

她没有惹眼的才华，只是认真，认真到固执的地步。20世纪50年代中，我们在文艺机关工作。有一次，组织文艺界学习中国近代史，请了专家讲演。待到一切就绪，她说："这个月的报还没有剪完呢，回去剪报吧。"虽然她对近代史并非没有兴趣。当时确有剪报的任务，不过从未见有人使用这资料。听着嚓嚓的剪刀声，我觉得她认真得好笑。

"我答应过了。"她说。是的，她答应过了。她答应过的事，小至剪报，大至关系到身家性命，她是要做到的。哪怕那允诺在冥暗之中，从来无人知晓。

我们曾一起翻译《缪塞诗选》，其实是她翻译，我只润饰文字而已。白天工作忙，晚上常译到很晚。我嫌她太拘泥，她嫌我太自由，有时为了一个字，要争论很久。我说译诗不能太认真，因为诗本不能译。她说诗人就是认真，译诗的人更要认真。那本小书印得不多，经过那动荡的年月，我连一本也没能留得下。绝版的书不可再得了。眼看新书一天天多起来，我指望着更好的译本。她还在业余翻译了法国长篇小说《保尔和维绮妮》，未得出版。近见报上有这部小说翻译出版的消息，想来她也会觉得安慰的。

她没有做出什么惊人的事业，那点译文也和她一样不复存在了。她从不曾想要有出类拔萃的成就，只是认真地、清白地过完了她的一生。她在人生的职责里，是个尽职的教师、科员、妻子、母亲和朋友。在到处是暗礁险滩的生活的路上，要做到尽职谈何容易！我想她是做到了。她做到了她尽力所能做到的一切，但是很少要求回报。她是这样淡泊。人们都赞水仙的淡泊，它的生命所需不过一盆清水。其实在那块茎里，已经积蓄足够的养料了。人的灵魂所能积蓄的养料，其丰富有时是更难想象的吧。

现在又有水仙在案头，我不免回想与她分手的时候。记得是澂莱到干校那年，有人从外地辗转带来两头水仙，养在“破四旧”时漏网的白瓷盆里。她走的那天，已经透出嫩芽了。当时两边屋里都凌乱不堪，只有绿芽白盆、清水和红石子，似乎还在正常秩序之中。

我们都不说话，心知她这一去归期难卜。当时每个人都不知自己明天会变成什么，去干校后命运更不可测。但也没有想到眼前就是永诀。让她回来收拾东西的时间很短，她还想为在重病中的我做一碗汤，仅只是一碗汤而已，但是来不及了。她的东西还没有收拾好，用两块布兜着，便去上车。仲草草替她扎紧，提了送她。我知道她那时担心的是我的病体，怕难见面。我倚在枕上想，我只要活着，总会有见面的一天。她临走时进房来看水仙，说了一句“别忘了换水”，便转身出去。从窗中见她笑着摆摆手。然后大门呀的一声，她走了。

那竟是最后一面！那永诀的笑容留下了，留在我心底。是她，她先走了。这些年我不常想到她。最初是不愿意想，后来就自然地把往事封埋。世事变迁，旧交散尽，也很少人谈起她这样平常的人。她自己，从来是不愿占什么位置的，哪怕在别人心中。若知道我写这篇文字，一定认为很不必，还要拉扯水仙，甚至会觉得滑稽罢。但我隔了这许多年，又在自己案头看见了水仙，是不能不写下几行的。

尽管她希望住在遗忘之乡，我知道记住她的不止我一人。我不只记住她那永诀的笑容，也记住要管好眼前的水仙花。换水、洗石子，用红带拢住那从清水中长起来的叶茎。

澂莱姓陈，原籍福建，正是盛产水仙花的地方。

1982 年 1 月

原载《天津日报 · 文艺》1982 年第 1 期

忆旧添新

绿丝绦般的垂柳，六面玻璃罩路灯，小径弯曲，极似燕园一角。这是原华文学校旧址。20 世纪 50 年代初，前楼、东楼、西楼由文化部使用。西边并排三个月洞门，内有三座小楼，由三位长者居住。南为茅盾，北为周扬。中间是阳翰笙，当时他任文教委员会秘书长。

可能因文委宿舍拥挤，阳翰老慷慨地在二号小楼中腾出一室，辟作女生宿舍。这不是每个人都能做到的。那房间有四个女青年迁入，当时我经统一分配在文委宗教事务处工作不久，也是其中之一。照整栋楼房屋布局，那房间应是饭厅，窗外有一大株连翘，春来满眼金黄。从此翰老一家就在过道用餐了，使我常感不安。约在一年之内，那三位女同志有的调走，有的嫁出，只有我无由移动，死守那株黄灿灿的连翘。

转眼便是四年有余。

思来这也是一种机缘。因常在二号小楼出入，翰老知道有这么一个文学爱好者，又无慧根，不愿与高僧周旋，于是在重建中国文联时，把我调去。若无此调动，我可能要摒弃文学，专心于宗教工作。因为那时改造思想的决心非常大，自己不允许有业余爱好，现在想来，有些吓人。到文联后不同了，既在文艺团体，爱好文学可谓大方向对头，不算非分。

在文联工作时，看演出的机会很多。我生长在郊区，是个乡下人，艺术知识缺少。这时在艺术圈子里，受些熏陶，自觉很是滋润。也不时追随翰老夫妇看川戏，散戏归来，吃一点儿泡饭，写作到深夜，饭当然是阳家的。中篇童话《寻月记》便是那时夜班所得。

“文化大革命”后期，曾到和平里看望，翰老夫妇还是那样安详慈和。他们知道我的惦记，也知道我的遭遇。那种时候，一点儿惦记于事无补。翰老说：“这就很不容易。”几个字显示了对人情的透视，凝聚了睿智和宽厚，也使我感到一种悲凉。后来春回大地，大家心上平安。阳府乔迁后，我便疏于问候。前辈们于文艺事业，或于文艺外更大的事业建树宏丰，非我所尽知，不敢置词，只对二号小楼，未曾忘记。翠柏识暖，人寿可期。未来的灿烂时光，正在小楼旧主人前面。

1987 年 11 月

原载《文艺报》1987 年 11 月下旬

三幅画

戊辰龙年前夕，往荣宝斋去取裱的字画。在手提包里翻了一遍，不见取物字据。其实原字据已莫名其妙地不知去向，代替的是张挂失条，而现在连这挂失条也不见了。

业务员见我懊恼的样子，说，拿走吧，找着以后寄回来就行了。

我们高兴地捧了字画回家。一共五幅，两幅字三幅画，一幅幅打开看时，甚生感慨。现只说这三幅画。

三幅画均出自汪曾祺的手笔。

老实说，在 1986 年以前，我从不知汪曾祺擅长丹青，可见是何等的孤陋寡闻。原只知他不只写戏还能演戏，不只写小说、散文，还善旧诗，是个多面手。20 世纪 40 年代初，西南联大同学排演《家》。因为兄长钟辽扮演觉新，我去看过戏。有两个场面印象最深，一是高老太爷过世后，高家长辈要瑞珏出城生产，觉新在站了一排的长辈面前的惶恐样儿。哥哥穿一件烟色长衫，据说很潇洒。我只为觉新伤心，以后常常想起那伤心。一是鸣凤鬼魂下场后，老更夫在昏暗的舞台中间，敲响了锣，锣声和报着更次的喑哑声音回荡在剧场里。现在眼前还有老更夫的模样，耳边还有那声音，涩涩的，很苦。

老更夫是汪曾祺扮演的。

时光一晃过了四十年。20 世纪 80 年代初，《钟山》编辑部举办太湖笔会，从苏州乘船到无锡去。万顷碧波，洗去了尘俗烦恼，大家都有些忘乎所以。我坐在船头，乘风破浪，十分得意，不断为眼前景色欢呼。汪兄忽然递过半张撕破的香烟纸，上写着一首诗："壮游谁似冯宗璞，打伞遮阳过太湖，却看碧波千万顷，北归流入枕边书。"我曾要回赠一首，且有在船诸文友相助，乱了一番，终未得出究竟。而汪兄这首游戏之作，隔了五年，仍清晰地留在我记忆中。

1986 年春，偶往杨周翰先生家，见壁悬画图，上栖一只松鼠，灵动不俗。得知乃汪兄大作时，不胜惊异。又有一幅极清秀的字，署名上官碧，又不知这是沈从文先生笔名。杨先生则为我的无知而惊异，笑说，你怎么什么都不知道。

实在是的，我常处于懵懂状态，这似乎是一种习惯。不过一经明白，便有行动，虽然还是拖了许久。初夏时，我修书往蒲黄榆索画，以为一年半载后可得一张。

不想一周内便来了一幅斗方。两只小鸡，毛茸茸的，歪着头看一串紫红色的果子，很可爱。果子似乎很酸，所以小鸡在琢磨吧。

这画我喜欢，但不满意，怀疑汪兄存有哄小孩心理，立即表态：不行不行，还要还要！

第二幅画也很快来了。这是一幅真正的赠给同行的画，红花怒放，下衬墨叶，紧靠叶下有字云：“人间存一角，聊放侧枝花，临风亦自得，不共赤城霞。”画中花叶与诗都在一侧，留有大片空白，空白上有烟灰留下的一个小洞。曾嘱裱工保留此洞，答称没有这样的技术。整个画面在临风自得的恬淡中，却有一种活泼的热烈气氛。父亲看不见画，听我念诗后，大为赞赏，说用王国维的标准来说，这诗便是不隔。何谓不隔？物与我浑然一体也。

我这时已满意，天下太平，不再生事。不料秋末冬初时，汪兄忽又寄来第三幅画。这是一幅水仙花，长长的挺秀的叶子，顶上几瓣素白的花，叶用蓝而不用绿，花就纸色不另涂白。只觉一股清灵之气，自纸上透出。一行小字：为纪念陈澂莱而作，寄与宗璞。

把玩之际，不觉歔欷。谢谢你，汪曾祺！

澂莱乃我挚友，和汪兄也相识。20 世纪 50 年代最后一年，澂莱与我一同下放在涿鹿县。当时汪兄在张家口一带，境况比我们苦得多了。一次开什么会，大家穿着臃肿的大棉袄在塞上相见。我仍是懵懵懂懂，见了不认识的人当认识，见了认识的人当不认识。澂莱常纠正我，指点我这人那人都是谁；看我见了汪兄发愣，苦笑道，汪曾祺你也不认识！

澂莱于 1971 年元月在寒冷的井中直落九泉之下，迄今不明缘由。我曾为她写了一篇《水仙辞》的小文。现在谁也不记得她了，连我都记不准那恐怖的日子。汪兄却记得水仙花的譬喻，为她画一幅画，而且说来年水仙花发，还要写一幅。

从前常有性情中人的说法，现在久不见这词了。我常说的“没有真性情，写不出好文章”的大白话，也久不说了。性情中人不一定写文章，而写出好文章的，必有真性情。

汪曾祺的戏与诗，文与画，都隐着一段真性情。

三幅画放到 1987 年才送去裱，到 1988 年春节才取回。在家里再翻手提包，那挂失条竟赫然在焉。我只能笑自己的糊涂。

1988 年 4 月

原载《钟山》1988 年第 5 期

《从竹间燕园的家书》读后

转眼间，沈同先生已去世大半年了。

一个黄昏，沈先生的外甥女沈昆送来一本装帧极精美的书，让我看看。原来是沈先生写给外甥沈靖的一批信，由沈靖自制成书，扉页是大幅照片——燕南园 53 号，他们的家的外景，两扇窗和茂盛的植物。在这上面印出了书名《从竹间燕园的家书》。

沈先生夫妇除了自己的四个孩子外，还抚养两个甥子女长大成人，是燕园中尽人皆知的事，大家对此都怀着敬意。这些信中不只充满了舅父对甥儿的关心和疼爱，也表露了一个科学家对后辈的教导和期望，沈先生引爱因斯坦的话："知识面愈扩大，那么知道，还没有知道的领域更扩大。"这和我们的先贤所说"学然后知不足"是一致的，只是那示意图我觉得特别有趣。

在图上他自己还写了几个字，希望沈靖不断上进，"Upward！Upward！！ Upward！！！"（向上！向上！！向上！！！）

在这万金家书中，他也写到燕南园邻居的情况。没想到其中还提到我。说我去看望他，送去乌龙茶。

我掩卷叹息。在燕南园邻居中，沈先生不算老邻居，不像王力先生、江泽涵先生那样，从昆明时起一直做邻居，在相隔不过数百米空间里过了半个世纪。不过在燕南园邻居中，我最常见到的，可以说是沈先生。因为我每天清晨出外走路（号称做气功），必经过53号。总见他在松墙后草地上活动。我常想问一问做的什么操，却始终没有问。忽然有几个星期没看见，还没来得及想是怎么回事，沈先生已去世了。

母亲病重时，我曾向沈太太查良锭先生请教营养方面的问题，她是协和医院的营养师。我也曾好几次想去旁听沈先生关于生命科学的讲座，但像我想做的许多事一样，皆为“梦幻泡影”。

对沈先生有一点认识，是由“总鳍鱼”引起的。

总鳍鱼登陆发生在古代泥盆纪，距今已35 000万年了。它们登陆后发展为两栖动物，又发展为高级脊椎动物。如果没有总鳍鱼登陆，就没有今天的人类。而其中的一支鱼不肯登陆，不肯变革，不肯发展，亿万年后成为总鳍鱼的活化石。20世纪70年代末我一直想用两支总鳍鱼的命运写一篇童话，提醒人们僵化保守故步自封的下场。

童话本是最容许想象自由驰骋的文学体裁，不过内容有关生物发展，就不该违背科学史实。1983年初秋，我动笔写这篇童话时，为了避免错误，便去请教沈先生。

沈先生觉得我的想法很有意思。我想他可以立刻回答的，他却说要再查一查。这是读书人的习惯。似乎是当天下午，沈先生打电话来，说已查到，让我就去。我到53号院中，他已站在门廊下等我。那天飘着雨丝，草地绿得发亮。

他递给我一张纸，又拿起一本大书，纸上工整地用英文写着一段话，是从那书上抄下来的。沈先生不算长辈，但当时也已满头白发，我很惶恐，连说："说说就行了，写着多费事。"

沈先生却不嫌费事，见我有些专门名词不认得，还加以讲解，足以作为我笔下总鳍鱼生活的根据了。童话写成后，发表在上海《少年文艺》上，后获全国首届儿童文学优秀创作奖。

沈先生 1939 年从美国康奈尔大学学成归国，1940 年开始在西南联大任教，主持动物实验室。也曾在北门街唐家大戏台上住过，那是当时几位单身教员的宿舍。

我以为写《野葫芦引》第二部《东藏记》时，他一定会给我丰富的材料，也以为近在咫尺，随时可以讨教，不料《东藏记》尚未开始，却再无谈话机会了。

但那几个字仍在我耳边回响，"向上！向上！！向上！！！"

1993 年 9 月

原载《文汇报》1993 年 9 月 5 日

久病延年

1995 年夏，在美、加之行中，沿途几次听到朋友的噩耗，心情很觉沉重。不料 9 月底回到北京，一出机场，得到的消息更为惊人，那就是冯牧同志去世。我几乎怔住，呆呆地望着说话的人。在飞机上，我还筹划着要先去医院看望冯牧，送上我带回的加拿大草药书，但是太晚了。

在整理旧物的时候，忽见一方图章，上镌“久病延年”四个字。白文，图章是方形，很扁。这是冯牧同志 20 世纪 70 年代初送给我的。那时人们渐渐地趋向逍遥，而我则忙着生病，第一次重病刚趋稳定，又要做一次手术。冯牧当时正以篆刻消遣，收罗了些旧石头，每日练刀。他知道我不停地生病，就刻了这四个字给我。

这四个字对于冯牧同志和我来说，可以说是互勉。20 世纪 50 年代后期我们都在《文艺报》工作，他当时就是大病号。编辑部在文联大楼（即今商务印书馆所在地）四层。大家形容他走到二层便倚着栏杆休息，拿出药瓶喷药，看几页书再上楼去。他还常常发烧，常备抗生素，有时从我门前过，便在信箱里放上几包，以示支援。在对付疾病这一点上，我们都相信破罐子熬得过铁锅。可能是因为身体的关系，他在编辑部从来没有管过全面的工作，似乎有点儿顾问的味道。但他有时到国际组来随便谈谈，出些主意，对我们的工作总是很有启发。

那些年强调斗争，“与天奋斗，其乐无穷；与地奋斗，其乐无穷；与人奋斗，其乐无穷”，最温良恭俭让的人因为要求进步，也强迫自己去斗争。在这方面，冯牧没有“改造”好，他好像不大会整人。他对人宽厚，喜欢朋友。因他常常生病，人去看他，回来说，以为冯牧在家什么都不知道，其实他什么都知道。这当然是因为去看望他的人很多，他关心别人，别人也关心他。进入新时期以后，冯牧担负的工作逐渐多起来。他关心整个的文学事业，这表现为关心作家，关心文学青年，总希望能有一个好的环境，让每一个人的文学才能，哪怕只有一点儿，都能发挥出来。曾听一位指挥说，一个好的指挥不仅要指挥现有的乐队，还要能提高现有乐队的水平。我并不太了解情况，感觉上，冯牧同志在他负责工作的那几年里，就是这样做的。

20 世纪 60 年代我在迺兹府住，与作协黄土岗宿舍很近，冯牧有时到我处闲谈。当时我的挚友陈澂莱和我同住。说起来，他上中学时常和澂莱的堂兄们一起打篮球，是西皇城根陈家花园的常客。一转眼很多年过去了，少年们走上不同的道路。但是我们都觉得，冯牧骨子里总有一种旧家子弟的矜持，这使他的性格更为丰富。冯牧同志在自己和疾病的斗争中，还关心很多事，其中之一是我的医疗问题。常常生病的人，跑医院是开门七件事之后的第八件事，不可缺少，也是延年的条件。冯牧希望延年，是为了文学事业。他希望我延年，是要我把小说写完。我想冯牧同志可以放心，无论怎样挣扎，我不会放弃我的小说。

冯牧和我还有一个共同点，就是热爱云南。抗战时我在云南度过了少年时代，那蓝天白云红土和抑扬顿挫的昆明话伴随我成长，成为我的一部分。冯牧在《彩云之南》这篇文章里说："我把云南看作是我的另一个故乡，一个哺育我发展成长的地方，一个常常使我魂萦梦绕的地方。"他一有机会就要去云南。1994年秋，作协创联部组织作家访问云南，请他做团长，当时他身体已很不好，有人劝他不要出门。他在一次电话里说，不愿放弃这个机会，亲近云南的机会。有一次他从云南回来以后，寄来一张照片，背景是大片的木香花，他说，木香花有桂花的香气。这我以前完全没有注意到。1995年初，《中国作家》"我和云南"征文发奖，冯牧从医院里来颁奖，我从他手里接过奖状，这是最后一次在公开场合见到他。去冬还有几次会，本来都是少不了冯牧的，会场里熙熙攘攘，却觉得有些空，我们再也见不到他了。

"久病延年"这四个字，用来作一篇追思文字的题目，似乎很不合适，可是我还是用了。因为它有一种精神，有一种毅力，还有一种不离不弃的对生活的爱。

原载《文汇报》1996年3月11日

烟斗上小人儿的话

1999年是闻一多先生百年冥寿。他离开我们已经五十余年了，人们只能从照片里瞻仰他的风采。有一张照片传布最广，也是最能显出闻先生诗人气质、学者风度的照片。他侧着头，口含烟斗。在画面的烟斗上有一个小人儿，那就是我。

我在照片里坐了四十多年，1991年在医院中才发现那是我。我真是高兴。这张照片成为我的护身符，当我和各种魔怪（包括病魔）战斗时，每想到这照片，想到闻先生，就觉得增添了力量。

许多人在语文课本里读过闻先生的《最后一次讲演》，那跨出门就不准备再回来的精神感染了多少人，教育了多少人。

闻先生倡导说真话，他要做到怎么想就怎么说。抗战后期，他发表许多言论，尖锐批评最高统治者，丝毫不顾及自身安危。他这种大无畏精神，上薄云天。他无所畏惧，但他对同事朋友是宽厚的，常替别人着想，从未闻有刻薄伤人之言。我想，他对统治者的愤怒是站在人民的利益上，而不是站在一己的利益上，而对于个人之间的摩擦（总会有的）是不放在心上的，可以说是“横眉冷对千夫指，俯首甘为孺子牛”的表率。

闻先生的革命精神包含了诗人气质，“这是一沟绝望的死水，清风吹不起半点漪沦”（《死水》）。“春光从一张张的绿叶上爬过……仿佛有一群天使在空中逻巡……忽地深巷里迸出一声清籁：‘可怜可怜我这瞎子，老爷太太！’”（《春光》）他以无比的深情关怀着整个社会。我喜欢《也许》这首葬歌：“我把黄土轻轻盖着你，我叫纸钱儿缓缓地飞。”这又是另一种深情，看透了生死，似浅淡，却长远的深情。闻先生著有《九歌古歌舞剧悬解》，这是他根据屈原《九歌》写的歌舞剧本，想象力真丰富。我非常想看它的演出。另一个愿望是看爱罗先珂《桃色的云》上演。我想今生是看不到了。

最近，闻惠羽小妹送我一本闻先生的《诗经通义》。这是一部草稿，经闻惠羽校补成书。我翻阅后，见一字一词注释得详尽，更体会到“何妨一下楼主人”的精神。古人说，“三年不窥园，绝庆吊之礼”，才能做一点学问。做学问需要这种不窥园、不下楼的精神。1947年，我在南开大学上学。五六月间，举行了一次诗歌晚会，纪念闻一多。冯至从北京来参加，做了讲演。会后，我写了一首诗，那是我第一首发表的新诗。现摘一段在这里，诗的题目是《我从没有这样接近过你》。

我从没有这样接近过你。
真的，我从没有这样接近过你。
在大家沉重的脸中我看见了

你的脸。

在大家呜咽的声音里我听到了

你的声音。

我今天才找到了你，找到了你。

找到你

在我们中间。

闻一多是永远在青年中间的，他的精神永远年轻。这些年，我们不大想起闻一多了，远离了他的精神，而我们是多么需要他的精神！对强暴大无畏，对普通人深具同情，富有想象力的审美眼光，还有踏实认真甘坐冷板凳的治学态度——我知道“何妨一下楼”中只有冷板凳。

再来看一看那张照片。1945 年初，西南联大悠悠体育会组织去石林，邀请闻先生参加。闻先生带了立雕（韦英）兄弟和我及钟越同往。那时去石林要乘火车，骑小马，到尾泽小学打地铺。到几个地方看景致都是步行，大家都是很能走路的。记得有一天中午，在一个小店打尖。闻先生要了米线，每个孩子一碗，招呼我们先吃。后来在长湖畔举行了联欢会，照片便是那时出世的。

我坐在烟斗上，并不感到云雾缭绕的飘飘然，而是感到焦虑沉重——是因为坐在烟斗上吗？我感到沉重，因为我们离闻一多远了；感到焦虑，因为我们似乎并不知道究竟已经离闻一多有多远。

1998 年 12 月于风庐

原载《回忆纪念闻一多》，武汉出版社 1999 年 9 月

仙踪何处

冰心老人离开我们了。

人们常把这种离去称为仙逝。我觉得谢先生确实是成了仙了。她随世纪而来，又随世纪而去，有着完满的一生。她不只是好作家，也是好女儿、好妻子、好母亲，有这样福分的人不多。

中国伦常的一项重要内容是朋友。谢先生有很多朋友，这又是一种难得的福分。她爱朋友，朋友们也爱她。赵萝蕤先生曾对我说，她结婚前，谢先生专到她家讨论这桩婚事，这关心让人难忘。经过了“十年内乱”，人们渐渐从麻木中醒来，彼此有了来往。赵先生和我商量去看望老人。我们去了，大家都十分高兴，谈话很随意。当然还有那只猫。在梁启超书的那幅“世事沧桑心事定，胸中海岳梦中飞”字下照相时，我想，这对老人来说，是重复而又重复的节目了。她却不嫌烦，因为她心里装着朋友。赵先生先老人一年而去，如今她们在一起时，不知会讨论哪些话题。

老人世事洞明，晚年更增添了棱角。她的短文《我请求》影响很大。一位自小相识的准兄弟看后责备我："你怎么不写一篇？"我很难回答。以后的文章《等待》，似很平淡，也给人极深的印象。这一篇简单朴素的文字，只写了几个家人，却装着一个大关心，关心着人民的疾苦和祖国的命运。

这个多福的老人留给我们一个谜，这个谜恰在我身边。老人曾居住于燕南园，那是她婚后最初的家。我曾认为她住的是66号，有何根据，却记不得、说不出了。近见有文章，说林庚先生也说是66号。但吴青说是60号，当然应以她的话为准。有意思的是，燕南园房屋样式多不相同，恰恰这两幢十分相像，都是带有门廊的二层小楼，里面结构也大致相同。记得谢先生有文《我的家在哪里》，描写梦中回到各个时期的家，似乎没有提到燕南园。现在若回来，会分辨出哪一座是最初的家吗？

谢先生是成了仙了，她从闪烁的星空中俯视我们，从融融的春水中映照我们。在一次冰心奖的发奖会上，我曾写过两句话，"繁星爱之光，春水生之意"。那是永远的爱之光，永远的生之意。

1999年3月12日

原载《群言》1999年第5期

在曹禺墓前

20世纪40年代后期，在清华读书时，有一阵子，每到下午课后，常常骑车出去漫游。圆明园、颐和园以及这一带当时还很荒僻的郊野，都是常到的地方。漫游中有一个“景点”，便是万安公墓。那时的万安真是安静，很少人迹，墓也不多。春来野花烂漫，秋至落叶萧萧，便总想起华兹华斯的那首《我们是七个》，诗中说一个孩子认为死去的姐妹只不过是躺在墓园里，有句云“每当夕阳西下/我来到墓边/拿着我的小碗/坐在他们身旁吃晚饭”，似乎他们仍在世上。那时我在墓间走来走去，觉得彼岸世界浑和静穆，很近又很远。

后来自己经历了几次亲人的永别，才知道什么是死亡。万安公墓不再是我欣赏的对象，而是牵连到我的心魂。我几乎是怕去，但又想去，抚一抚父母的墓碑，也是定省。今年清明前我们照例去扫墓，擦拭了作为墓碑的大石头，摆好了花束，又照例默然站了一会儿，各人想自己的心事。然后为一点小问题，我们到管理处去。走过另一个区时，家人忽说：“曹禺在这里。”

我们快步向前，见一个矮碑，写着“曹禺”两个大字，为巴金老人所题。墓面是隆起的黑色大理石，没有任何别的字迹。本来“曹禺”两个字就足以说明一切了。我们不约而同肃然而立，深深三鞠躬。

20 世纪 50 年代中，我在文艺界打杂，曹禺同志（这是习惯的称呼）为写《明朗的天》，曾约我谈话，要我讲讲新中国成立前后教授的生活、学生的心情等。我讲话的能力很差，大概没有帮助。讲到刚解放时，和几个同学在寒风中，走到海淀去看解放军。解放军一个个都很年轻，戴着大皮帽子。他很注意这一细节。《文艺报》一个同事的妹妹是医生，他也曾去拜访。听说他写《日出》时，对不了解的生活特去做实地考察。这样补充生活，有时能酿出蜜来，有时却不一定，而这种认真的精神很值得我学习。以后，每在一些场合遇到时，他总要关心地问起冯老师近况。印象最深的是在阳翰老八十五华诞的庆祝会上，曹禺同志特地走到我面前说：“问冯老师好。我是万家宝，告诉他，万家宝问好。”

1993 年，我在深圳小住。住处有一个女服务员，学写小说，笔名梅子，拿了几篇作品来征求意见，乃和她谈起要多读书。她说最想读曹禺的剧本，许多人想读，但是买不到。回京后，我立即到处搜寻《曹禺选集》，遍寻无着。我们又失望又气闷，为什么想看的书总是买不到呢？这个奥秘我到现在也不明白。当时有一家小出版社负责人听说，觉得偌大北京城买不到曹禺剧本实在不可思议，便想由他填补空白。我们都很兴奋，特地到北京医院看望曹禺同志，说了这一愿望。他说已和人民文学出版社签有合同，可是不知是没有书了，还是有书渠道不通。那家小出版社只好作罢。他还坚持依照习惯，坐在轮椅上送我们到电梯口。其实我们也知道，这样的张罗只是尽心而已。我只好写信给梅子，告诉买不到书，也不知道她收到这信没有。后来《曹禺全集》是由花山出版社出版的，不知是什么原因。

1996年底，曹禺同志逝世，我觉得历史好像翻过了一页，再也回不去了。

曹禺同志是话剧史上的里程碑，我没有专门研究，这只是一个读者的看法。记得在昆明，上中学时，曾看过《家》《北京人》等演出，每次都受到很大的震撼。它们都有一种诗意，就好像《红楼梦》和别的小说的区别，就是有一种诗意。这使得作品超凡脱俗，直叩人们心底。从来改编自小说的剧本都不及小说，只有《家》的改编是个例外。它本身就是创作，很有灵气，很美。我很喜欢曹禺的对话。只凭对话不用描写，就能塑造出活生生的人物，真是了不起！而且那语言是多么铿锵有力。那时我们几个少年人在一起，有人随便说一句："太阳出来了！"别的人就会自然地接上去："黑暗留在后头，但是太阳不是我们的，我们要睡了。"还有《北京人》中的台词，"这是人类的祖先，这也是人类的希望，那时候的人要爱就爱，要恨就恨"，也是我们常背诵的。《原野》中仇虎和金子的对话，一个说："给你钱。"一个答："钱我有。"一个说："给你车。"一个答："车不用。"过了几十年，我还记得。我觉得他的剧本不只是为上演，也是为了阅读，可以大声朗诵，也可以默默阅读，那语言在你心里回荡时，真是无声胜有声了。

若要攀点关系，可以说曹禺同志和我是清华先后同学。我一直认为，自1928年清华学校改为清华大学以降，在文科领域里，曹禺是清华学长第一人。

还有一位我敬佩的清华学长是作曲家黄自。老实说，当我知道黄自也是清华毕业（1924年）时，很觉奇怪。我喜欢他的音乐。在我国现代音乐史上，第一部交响音乐是他创作的。1995年，我在美国参加一个会，一个台湾旅美作家说，他很关心对黄自的评价。其实我们的中央音乐学院已经在校园里竖起了黄自的铜像，我每次去都要行注目礼。我永远记得他的《抗敌歌》中那雄壮的合唱："中华锦绣江山谁是主人翁？我们四万万同胞！"前几天，中央电视台还演播了他的《春思曲》。可惜黄自在抗战后一年，在34岁的锦绣年华去世了，不然我们还会听到他的更好的、真正伟大的音乐。

曹禺和黄自对中华民族的文化倾注了自己生命的甘泉。他们的作品都是原创性的，不可替代的。他们是清华的骄傲。我们仍在读他的书，唱他的歌，而且会一直继续下去。

我不知道想读曹禺的读者们是否已经有书。希望他们不会等得太久。

明年清明，我当另带一束鲜花，放在曹禺墓前。

1999年清明前后　搁至端阳始又检出

原载《中华读书报》1999年6月23日

大哉韦君宜

2002年1月26日黄昏，邵燕祥来电话告诉我，君宜同志已于当日中午辞世。我立即给杨团打电话，杨团说君宜同志是在歌声中离去的。那是抗日战争时代留下的歌，万众一心用血肉铸成长城的歌。她是唱着这些歌走上革命道路的，用这样的歌为她送行再恰当不过。

君宜同志是个敢说真话的人。我们经历过的那个古怪时代，要把所有的人的头脑都变成复印机，传达什么就照着讲，照着说，够不上传达的也要人云亦云，以免出“错”。君宜同志不是这样，她要把她看到的真实情况说出来。小至对一个人的看法，大至对国家局势的看法。我常说，历史是一个哑巴，人们知道的只是写出的字。要更多的人说出真话，我们才可以接近真的历史。

君宜同志是一个能够反思的人。痛定思痛，只有人才能够做到这一点。可是人常常放弃这一特性。有多少人于痛定时就失去了记忆；有多少人于痛定时还要涂抹油彩，说本来就没有什么痛。《思痛录》中有这样一段话：“我就是这样一步一步思索我这十来年的痛苦，直到思索痛苦的根源——我的信仰。直到我们这一整代人所做出的一切，所牺牲和所得所失的一切。思索本身是一步一步的，写下来又非一日，其中深浅自知，自亦不同。现在仍归其旧。这个根源，我留给后来者去思索。”她的反思不是偶然的、片段的，而是有目的、有系统的，有这样的反思才能进步。

然而这需要多么大的勇气。也许她根本没有想到勇气，她只是要把她看到和认真思索过地说出来，为了后人。

君宜同志是个永不消沉的人，缠绵病榻十余年，写下了近 30 万字的文稿，为历史作证。我是一个老病号，在和病魔周旋时，有时会万念俱灰，满脑子萦绕着那一句“纵有千年铁门槛，终须一个土馒头”。我深知病中写作的艰难，我不知道君宜同志有没有灰心的时刻，但她是胜利者。

她终于明白地说出了要说出的话，可以安心地沉默，这让人减少些悲痛。

写于 2002 年清明前夕

向前行走

去年 12 月上旬得到雕塑家吴为山先生电话，说熊秉明先生患脑溢血昏迷不醒。他在发病前，曾说要给我写信，惦记仲德的病情，又想着我以多病之身遇到这种大事可怎么好。不料他自己摔了一跤就从此不起。我几次想打电话问秉明兄醒过来没有，却又怕打，怕的是他醒不过来。12 月 15 日晚，我往巴黎打了电话，得知秉明兄已于 14 日晚 9 时 15 分逝世。

熊夫人陆丙安声音很平静，但显然在压抑着哽咽。她说我正想要通知你，他留下了很多未完成的作品，我一定要把它们整理出来，我要为他出一本纪念文集。我只有请她节哀保重，说不出什么话。

我常想到杜甫的一句诗："访旧半为鬼，惊呼热中肠。"这两年，隔一些时候便会收到讣告。有的朋友几个月不见，再得到消息时，原来他已经离开了。我这一代人，好像是一个枝头的许多绿叶，正在悄悄地落下，一片又一片，回归了大地。如今，熊秉明兄落下了他人生的帷幕。

秉明兄与我同为清华子弟，是成志小学的先后同学，可谓从小相识。但因年纪相差，相互并无了解。直到读了《关于罗丹——日记择抄》这本书，才开始真正认识他。我很为书中充满哲理的艺术见解和简朴而动人的文字所折服，不由得写了一篇介绍文字，题为《行走的人——关于〈关于罗丹——日记择抄〉》。我说："若想活得明白些，活得美些，都应该读一读这本书。"文章发表后也没有寄给秉明兄看，是有朋友告诉他。后来又得到他的几本散文集，又获得许多精辟的艺术见解，后来我眼疾日重，就无法阅读了。

1999年北京举办《熊秉明的艺术——远行与回归》展览，展品主要是雕塑，也有绘画和书法。我去看了，虽然只看到大概轮廓，却有一种感受，感受到一个艺术家的精魂在那些金属里发出活力。展品中那些翩翩起舞的铁条鹤，凝聚着生命的沉重的回首牛、跪牛，让人伫立良久。还有一个雕塑是仰天嚎叫的狼，让人仿佛真的听见狼在旷野中的嚎叫，正在穿透黑夜，似乎是绝望的挣扎，又似乎是希望的奋斗。秉明兄的艺术近于抽象，乍一看似乎很不像，但细细揣摩后发现它们是那样真实。他给读者留下了想象天地，大大丰富了作品内容。

有评论家说："把书法的哲学、语言、形态融入他在西方所接受的雕塑训练，呈现的即是'熊秉明'这位艺术家的文化学养传承。"秉明兄毕业于西南联大哲学系，又多年在西方从事艺术创作。我常想，被东西方两种文化"化"过的人是有福的，世间有这样的人，对大家来说也是一种福分。可惜我们的福分越来越少了，怎不令人悲哀！

在秉明兄的建议下，我张罗着，得到北京出版社的支持，编辑出版了《永远的清华园》一书。那一年，我在眼科病房中，想的最多的就是怎样编好这本书。自幼生长在清华园中的清华子弟们从自己的角度记下了对父辈的印象，表现了这一代学人的风范。讲的是学问以外的事，留下的是长久的心中的记忆。

去年6月，在杨振宁先生八十华诞寿宴上，秉明兄书写了“八十”两个大字，为振宁师寿。这其实也为他自己祝寿，他也是80岁，谁也没有想到他会停止在80岁。寿宴后几天他偕丙安和吴为山君到我家来，谈起我的下一部小说《西征记》时，他说：“你没有打过仗，你怎么写？”我说：“就靠你们啊！”他曾参加抗日战争，在滇南一带作战，在丛山密林的枪炮声中读里尔克，可谓携笔从戎。西南联大纪念碑碑阴刻有当时从军学生的名字，记下了他们的爱国热情，如高黎贡山，如怒江水，长在人间。他说：“我可以告诉你许多事。”可惜我不能作长时间谈话，未得畅叙，总想着还有下次呢，谁知道竟没有了下次。

吴为山君创作了许多名人塑像，表现了他卓越的才华。秉明兄特别赞赏那一尊冯友兰头像，在给我的信中曾说这尊像“有历史，有哲学”。这像一式二尊，分放在北大、清华的文科图书馆中，注视着青年学子的成长。

我找出《远行与回归》艺术展的画册，一页一页翻过去，那些牛、鹤、狼和抽象绘画在我眼前流过。不能说他停在了80岁，他的精神还在向前行走，正如他对罗丹雕塑《行走的人》的解释：“人果真有一个目标吗？怕并没有。不息地前去即是目的。全人类有一个目的吗？也许并没有。但全人类都亟亟地向前去，就是人类存在的意义。”

2003年

原载《文汇报》2003年3月3日

祭李子云

子云，时间过得真快，转眼间你已经离去 15 个月了。这期间我常出入医院，也常在心中描摹你在医院中的情景，怎样地挣扎，怎样地告别。我知道只有一个结果，我再也不能与你相见，再也不会听到你的洞见妙语，再也不能毫无顾忌地畅谈我的各种感受了。

我们会面不多，但每次长谈都像是森林中的氧气，从你得到的永远是理解和启发，使我感到清醒和熨帖。2004 年春我到杭州去，我是独自去的，再没有仲德陪伴了。经上海时，我们见面，从你得到许多安慰。我们讨论人生，也没有忘记文学。你说几天后你也去杭州，可是，后来你家遇事，没有来。2005 年我又到上海，我们在一个小西餐馆相会，那种东一句西一句漫无边际的闲谈，真是一种快乐。能这样谈话的人太少了。如今又少了你，到哪里去寻找呢？总以为还会有再见面的机会，哪知这就是我们最后的见面。

随着时间的推移，灾祸向我们推进，而终于到了你结束一切的时候，我怕也不远了。

子云，你是有卓越见识的人。在改革开放初期，你的一批评论文章，给了新时期文学多少力量！

你是说真话的人。有见识不容易，能说出来更不容易。在这充满谣言和谎话的时代，说真话需要多么大的魄力！这包括勇气、决断、担当等等条件。

你是能听懂别人话的人，你从来不凭几个条条框框去评论别人。因为能听懂别人的话，看懂别人的书，能体会作品和作者最本质的东西，还能把它揭示出来，说你是第一流的评论家是不够的。你知作品之意，会作者之心。金圣叹读《西厢记》，读到“他不瞅人待怎生”，卧床品味三日未食。现在的人已经缺少这种感动的能力了，而你的慧悟从未减退。

你能领略生活中的各种美，服饰永远得体。你 70 岁以后的肤色还可以为化妆品做广告。

天地间孕育一个你这样的人，需要多少灵秀之气！要消逝竟这样容易。子云，我们会再见，在消逝中再见。

原载《新民晚报》2010 年 12 月 27 日

编者改题为《李子云的慧悟》

握手

20世纪40年代上半期，我在昆明联大附中读书时，有各种文艺活动。在一次诗朗诵会上，光未然来了，他好像朗诵了一首《为少男少女们歌唱》，有的同学记得是《午夜雷声》。那应该是我第一次见到光年同志，但已没有什么印象。印象清楚的是20世纪50年代初，我在政务院文教委员会宗教事务处工作，文教委员会开会有时叫我去做记录。有一次会议，记得是由习仲勋主持。发言的人我大多不认得，做记录时，有人告诉我他们的名字。到张光年同志发言时，我才知道他就是光未然。他的发言很长，发言中常有人插话。他对旁边的人（好像是胡乔木）说："我们这些人数学都不好。"不知为什么，会议的内容我全不记得了，只记得这句话。

1957年初，我到《文艺报》工作。当时《文艺报》年轻人多，很有朝气，学习的热情很高。那时还没有狠批"封资修"。记得副主编陈笑雨复习英文，要我为他找些书。我找的书是以前的高中英语课本，上面有大卫·科波菲尔在饭馆被骗的一段，读了都觉得很有趣。

当时编辑组的两位女同志召明和杨明想读点古文，我建议她们背诵。她们要我布置功课并按时听她们背书。有一次，召明背到中间卡了壳，急得哭了起来。在这样的学习气氛中，作为主编的光年同志，自然是重量级。他开讲《文心雕龙》，每周一个半天。这本是很好的学习机会，但我没有能认真听讲。在编辑部的同乐会上，光年同志也朗诵过诗，印象最深的是这样几句："绿色的伊拉瓦底啊！带着玻璃样透明的心肠，高傲而满足地，流在缅甸庄严的佛土上。"我觉得光年在朗诵时特别显出一种诗人气质，他是一位诗人又是一位学者。

我所在的外国文学部，主任是萧乾，副主任是黄秋耘和邹荻帆，大家都很谈得来。萧乾曾带我们全组人员到北海去会见文洁若。秋耘常说自己是军人，但他总是带一副多愁善感的模样。我们有时一起背诗，你一句我一句，很畅快。在宝钞胡同的《文艺报》宿舍，谢永旺等四个年轻人住一个房间，我称他们为"四杰"。文学评论组有两位年略长的同志，被我们称为"鸭、羊二兄"。那一段日子，也就是"反右"以前的几个月，回想起来是很快乐的。

"反右"运动开始以后，空气紧张起来。7月份，我的小说《红豆》在《人民文学》杂志发表，受到批判。当时的《人民文学》主编张天翼曾带我到北大中文系开了一次会，听取意见。后来又安排我写一篇外国作家大炼钢铁的报道，也在《人民文学》发表，以此表示我还可以发表作品，没有什么大问题。这都是对我的关心和爱护，但他也指出这个年轻人肯定是应该注重思想改造的。

1958年，干部开始轮换"下放"改造。在一次小规模的会上，光年力主我应该第一批下放，但后来因为工作需要，我到1959年才下放。在桑干河畔度过了整整一年。1960年初，我回到编辑部不久，光年和我做了一次长时间谈话。主要是通知我作协党组的决定，调我到《世界文学》杂志工作。我们谈了很多关于思想改造的问题，他鼓励我要巩固下放的收获。到《世界文学》以后，我写了短篇小说《后门》，批评社会上“走后门”的现象。虽然我已十分注意语气的委婉，并将原因归于资产阶级的影响。在《新港》(《天津文学》前身）发表时——这在当时已很不容易——题目改为《林回翠和她的母亲》。光年看到了这篇小说，也许是有人向他报告的。在一次作协的会议上，开会休息时他对我说：“这篇小说不好，要投鼠忌器，要注意。”我很感谢光年的关照。以后，局面越来越紧，要写出自己的见识很困难，我在《世界文学》，对研究外国文学也很有兴趣。可做的事很多，我暗下决心不再写作。直到十四年后“新时期”到来，我才重新拿起尘封的笔。

到 20 世纪末，作协原领导层的同志多已去世，只剩下光年，也患重病。大概在世纪之交的某一天，我和外子仲德到崇文门外他的住处去看望他，光年很高兴，对我说：“‘十年内乱’时被打倒，众人都不理我。有一次在灯市口遇见你，你走过来和我握手。后来我写了一首诗，题目就叫《握手》。”说着，坐在旁边的黄叶绿同志取出了那首诗。光年给我们念了一遍，这也是一次朗诵。以后这首诗收在《张光年文集·诗歌卷》，全诗如下：

当黑色的风暴，
席卷中国大地；
我匆匆穿过长街，
一切熟人视同路人的时候，

感激你，真挚的朋友，
你默默地同我握手，
你紧紧地同我握手！

当我开肠破肚，
摘除一串毒瘤；
我泰然躺在病床，
怀念健在的一切故人的时候，
感激你，真挚的朋友，
你深情地同我握手，
你紧紧地同我握手！

当一阵倒春寒，
挟来一阵冰雹；
我闭门谢客，
而又渴望倾诉衷肠的时候，
感激你，真挚的朋友，
你轻轻推门进来，
你紧紧地同我握手！

当风暴过去，
当病痛过去，
当感冒过去的时候，
感激你，真挚的朋友！

想念你，不死的友谊！
让我们紧紧地握手，
紧紧地，更紧紧地！

现在再读，真觉得无限感慨。

《黄河大合唱》是名作，感动了很多人，激励了很多人。我曾多次被那黄河的怒吼震撼。有一次，在北大百年纪念堂听《黄河大合唱》，有一段朗诵特别长，以前听《黄河》时没有的。我觉得这段朗诵不太好，不只啰唆，也妨碍了音乐，而且词句太政治化了。怎么会有这一段？便打电话给光年。他说，《黄河大合唱》本来是有这一段的，1949 年进城时说表演不便，删去了。现在又恢复了，很好。我说，我觉得效果不好。又说了我的理由。光年没有再说话，我们就谈别的事了。以后我没有再听到《黄河大合唱》，不知道那一段朗诵如何处理了。

不久以后，光年同志去世了。那一代文艺精英差不多全部走完，这是生活的规律，只有黯然。现在十年过去了，我们来纪念光年同志百岁冥寿。不知为什么，我又想起光年同志当年说的“我们这些人数学都不好”，其实，这话也许并不尽然。我想，他们的共同点是把文学当成党的事业。拿光年来说，无论学者的才，还是诗人的才，都没有充分发挥；发挥较好的似乎是在文学事业的组织工作方面。他们竭尽全力，贡献了自己。这种精神是可敬的。

2012 年 9 月 26 日

原载《回忆张光年》，作家出版社 2013 年 10 月

霞落燕园

北京大学各住宅区，都有个好听的名字。朗润、蔚秀、镜春、畅春，无不引起满眼芳菲和意致疏远的联想。而燕南园只是个地理方位，说明在燕园南端而已。这个住宅区很小，共有 16 栋房屋，约一半在 20 世纪 50 年代初已分隔供两家居住，“文化大革命”前这里住户约 20 家。63 号校长住宅自马寅初先生因过早提出人口问题而迁走后，很长时间都空着。西北角的小楼则是校党委统战部办公室，据说还是冰心前辈举行“第一次宴会”的地方。有一个游戏场，设秋千、跷板、沙坑等物。不过那时这里的子女辈多已是青年，忙着工作和改造，很少有闲情逸致来游戏。

每栋房屋照原来设计各有特点，如 56 号遍植樱花，春来如雪。周培源先生在此居住多年，我曾戏称之为周家花园，以与樱桃沟争胜。54 号有大树桃花，从楼上倚窗而望，几乎可以伸手攀折，不过桃花映照的不是红颜，而是白发。61 号的藤萝架依房屋形势搭成斜坡，紫色的花朵逐渐高起，直上楼台。随着时光流逝，各种花木减了许多。藤萝架已毁，桃树已斫，樱花也稀落多了。这几年万物复苏，有余力的人家都注意绿化，种些植物，却总是不时被修理下水道、铺设暖气管等工程毁去。施工的沟成年累月不填，各种器械也成年累月堆放，高高低低，颇有些惊险意味。

这只不过是最表面的变化。迁来这里已是第三十四个春天了。三十四年，可以是一个人的一辈子，做出辉煌事业的一辈子。三十四年，婴儿已过而立，中年重逢花甲，老人则不得不撒手另换世界了。燕南园里，几乎每一栋房屋都经历了丧事。

最先离去的是汤用彤先生。我们是紧邻。1964 年的一天，他和我的父亲同往《人民日报》开会批判胡适先生，回来车到家门，他忽然说这是到了哪里，找不到自己的家。那便是中风先兆了，不久逝世。记得曾见一介兄从后角门进来，臂上挂着一根手杖。我当时想，汤先生再也用不着它了。以后在院中散步，眼前常浮现老人矮胖的身材，团团的笑脸。那时觉得死亡是真不可思议的事。

1977 年我自己的母亲去世后，死亡不再是遥远的了，而重重地压在心上，却又让人觉得空落落，难于填补。虽然对死亡已渐熟悉，后来得知魏建功先生在一次手术中意外地去世时，还是很惊诧。魏家迁进那座曾空了许久的 63 号院，是在 20 世纪 70 年代初，但那时它已是个大杂院了。魏太太王碧书曾和我的母亲说起，魏先生对她说过，新中国成立以来经过多少次运动，想着这回可能不会有什么大错了，不想更错！当时两位老太太不胜慨叹的情景，宛在目前。

65 号哲学系郑昕先生、后迁来的东语系马坚先生和抱病多年的老住户历史系齐思和先生俱以疾终。1982 年父亲和我从美国回来不久，我的弟弟去世，在悲苦忙乱之余忽然得知 52 号黄子卿先生也去世了。黄先生除是化学家外，擅长旧体诗，有唐人韵味。老一代专家的修养，实非后辈所能企及。

女植物学家吴素萱先生原在北大，后调科学院植物所工作，一直没有搬家。20世纪70年代末期，我进城开会，常与她同路。她每天六点半到公共汽车站，非常准时。我常把校园里的植物向她请教，她都认真回答，一点儿也不以门外汉的愚蠢为可笑。她病逝后约半年，《人民日报》刊登了一张她在看显微镜的照片，当时传为奇谈。不过我想，这倒是这些先生们总的写照。九泉之下，所想的也是那点学问。

冯定同志是老干部，和先生们不同。在55号住了几十年，受批判也有几十年了。他有名句言："无错不当检讨的英雄。"不管这是针对谁的，我认为这是一句好话，一句有骨气的话。如果我们党内能有坚持原则不随声附和的空气，党风、民风何至于此！听说一个小偷到他家行窃，破窗而入，翻了半天才发现有人坐在屋中，连忙仓皇逃走。冯定对他说："下回请你从门外进来。"这位老同志在久病备受折磨之后去世了。到他为止，燕南园向人世告别的"户主"已有十人。

但上天还需要学者。1986年3月6日，朱光潜先生与世长辞。

朱家在"文化大革命"后期从燕东园迁来，与人合住原统战部小楼。那时燕南园已约有80余户人家，兴建了一座公厕，可谓"文化大革命"中的新生事物。现在又经翻修，成为园中最显眼的建筑。朱家也曾一度享用它。据朱太太奚今吾说，雨雪时先由家人扫出小路，老人再打着伞出来。令人庆幸的是北京晴天多。以后大家生活渐趋安定，便常见一位瘦小老人在校园中活动，早上举着手杖小跑，下午在体育馆前后慢走。我以为老先生大都像我父亲一样，耳目失其聪明，未必认得我。不料他还记得，还知道我的近况，不免暗自惭愧。

我没上过朱先生的课，来往也不多。1960 年 10 月我调往《世界文学》编辑部，评论方面任务之一是发表古典文艺理论。我们组到的第一篇稿子是朱先生摘译的莱辛名著《拉奥孔：论画和诗的界限》，原书 16 万字，朱先生摘译了两万多字，发表在 1960 年 12 月《世界文学》上。记得朱先生在《译后记》中论及莱辛提出的为什么拉奥孔在雕刻里不哀号，在诗里却哀号的问题。他用了化美为媚的说法，并曾对我说用“媚”字译 charming 最合适。媚是流动的，不是静止的；不只是外貌的形状，还有内心的精神。“回头一笑百媚生”，那“生”字多么好！我一直记得这话。1961 年下半年他又为我们选择了一组文艺复兴时代意大利文艺理论，都极精彩。两次译文的《译后记》都不长，可是都不只有材料上的帮助，且有见地。朱先生曾把文学批评分为四类，以导师自居、以法官自命、重考据和重在自己感受的印象派批评。他主张第四类，这种批评不掉书袋，却需要极高的欣赏水平，需要洞见。我看现在《读书》杂志上有些文章颇有此意。

也不记得为什么，有一次追随许多老先生到香山，一个办事人自言自语：“这么多文曲星！”我便接着想，用“满天云锦”形容是否合适，满天云锦是由一片片霞彩组成的。不过那时只顾欣赏山的颜色，没有多注意人的活动。在玉华山庄一带观赏之余，我说我从未上过“鬼见愁”呢，很想爬一爬。朱先生正坐在路边石头上，忽然说，他也想爬上“鬼见愁”。那年他该是近七十了，步履仍很矫健。当时因时间关系，不能走开，便说以后再来。香山红叶的霞彩变换了二十多回，我始终没有一偿登“鬼见愁”的夙愿，也许以后真会去一次，只是永不能陪同朱先生一起登临了。

“文化大革命”后期政协有时放电影，大家同车前往。记得一次演了一部大概名为《万紫千红》的纪录片，有些民间歌舞。回来时朱先生很高兴，说：“这是中国的艺术，很美！”他说话的神气那样天真。他对生活充满了浓厚的感情和活泼的兴趣，也只有如此情浓的人，才能在生活里发现美，才有资格谈论美。正如他早年一篇讲人生艺术化的文章所说，文章忌俗滥，生活也忌俗滥。如季札挂剑、夷齐采薇这种严肃的态度，是道德的，也是艺术的。艺术的生活又是情趣丰富的生活。要在生活中寻求趣味，不能只与蝇蛆争温饱。记得他曾与他的学生澳籍学者陈兆华去看莎士比亚的一个剧，回来要不到出租车。陈兆华为此不平，曾投书《人民日报》。老先生潇洒地认为，看到了莎剧怎样辛苦也值得。

朱先生从《给青年的十二封信》开始，便和青年人保持着联系。我们这一批青年人已变为中年而接近老年了，我想他还有真正的青年朋友，这是毕生从事教育的老先生之福。就朱先生来说，其中必有奚先生内助之功，因为这需要精力、时间。他曾要我把新出的书带到澳洲给陈兆华，带到社科院外文所给他的得意门生朱虹。他的学生们也都对他怀着深厚的感情。朱虹现在还怪我得知朱先生病危竟不给她打电话。

然而生活的重心、兴趣的焦点都集中在工作，时刻想着的都是各自的那点学问，这似乎是老先生们的共性。他们紧紧抓住不多了的时间，拼命吐出自己的丝，而且不断要使这丝更亮更美。有人送来一本澳大利亚人写的美学书，找我请朱先生看看值得译否。我知道老先生的时间何等宝贵，实不忍打扰，又不好从我这儿驳回，便拿书去试一试。不料他很感兴趣，连声让放下，他愿意看，看看人家有怎样的说法，看看是否对我国美学界有益。据说康有为曾有议论，他的学问在29岁时已臻成熟，以后不再求改。有的老先生寿开九秩，学问仍和六十年前一样，不趋时尚固然难得，然而六十年不再吸收新东西，这六十年又有何用？朱先生不是这样。他总在寻求，总在吸收，有执着也有变化。而在执着与变化之间，自有分寸。

老先生们常住医院，我在省视老父时如有哪位在，便去看望。一次朱先生恰住隔壁，推门进去时，见他正拿着稿子卧读。我说："不准看了。拿着也累，看也累！"便取过稿子放在桌上。他笑着接受了管制。若是自己家人，他大概要发脾气的，这是他生命中最重要的事啊。他要用力吐他的丝，用力把他那片霞彩照亮些。

奚先生说，朱先生一年前患脑血栓后脾气很不好。他常以为房间中哪一处放着他的稿子，但实际上没有，便烦恼得不得了。在香港大学授予他荣誉学位那天，他忽然不肯出席，要一个人待着，好容易才劝得去了。一位一生寻求美、研究美、以美为生的学者在老和病的障碍中的痛苦是别人难以想象的。他现在再没有寻求的不安和遗失的烦恼了。

文成待发，又传来王力先生仙逝的消息。我家与王家在昆明龙头村便是邻居，燕南园中对门而居也已三十年了。三十年风风雨雨，也不过一眨眼的工夫。父亲九十大寿时，王先生和王太太夏蔚霞曾来祝贺；朱光潜先生去世时，他们还去向朱先生告别，怎么就忽然一病不起！王先生一生无党无派，遗命夫妇合葬，墓碑上要刻他

1980年写的赠内诗。诗中有句云："七省奔波逃犵犹，一灯如豆伴凄凉。""今日桑榆晚景好，共祈百岁老鸳鸯。"可见其固守纯真之情，不与纷扰。各家老人转往万安公墓相候的渐多，我简直不敢往下想了，只有祷念龙虫并雕斋主人安息。

16栋房屋已有12户主人离开了。这条路上的行人是不会断的。他们都是一缕光辉的霞彩，又组成了绚烂的大片云锦，照耀过又消失，像万物消长一样。霞彩天天消去，但是次日还会生出。在东方，也在西方，还在青年学子的双颊上。

1986年5月

原载《中国作家》1986年第4期

人老燕园

“人老燕园”这个题目，在心中已存放许久了。当时想的是父辈的老去。他们先是行动不便，然后坐在轮椅上，然后索性不能移动了。近年来，燕南园中年轻人愈来愈少。邻居中原来健步如飞的已用上助步器，原来拙于行的已要人搀扶了。我们的近邻磁学专家褚圣麟教授年过九十，前几天在燕南园边上找不着回家的路。当时细雨迷蒙，夜色已降，一盏昏黄的路灯照着趺趺撞撞的老人。幸有学生往褚宅报信。老先生又不认得来接的人，问：“你是谁？这是上哪儿去？”

“是谁？”“上哪儿去？”这是永恒的问题。我听到描述时，心中充满凄凉。人们的道路不同，这就是“是谁”；路的尽头则一定是那长满野百合花的地方，人们从生下来便向那里走，这就是“上哪儿去”。

老父去世以后，燕南园中平稳了两年，接下来的是江泽涵先生和夫人蒋守方。

江先生是拓扑学引进者，几何学权威。在昆明西仓坡，我们便是对门而居，到燕南园后又是几十年的邻居，江老先生总是随着三个男孩称我为冯姐姐。他老来听力极差，又患喉癌，说话困难，常常十分烦躁，江家诸弟便开导他："看看人家冯先生，从来都是那么心平气和。"江、蒋二先生先后去世，相差不过十天。江先生去世时，并不知蒋先生已先他而去，两人最后的时光都拘禁在病室中，只凭儿孙传递消息。记得有一次我去他家探望，正值修理房子，屋里很乱，江先生用点表示家具什物，用线表示距离，做了一个图论的图，以求搬动的最佳方案。他向我讲解，可惜如对牛弹琴。江家老二说江先生的墓碑上要刻一拓扑图形。想到这拓扑图形将也掺杂在拥挤的墓碑群中，很是黯然。

10 月间我有香港之行，不过十天。回来得知张龙翔先生去世，十分惊讶。张先生是生物化学家，20 世纪 80 年代曾任北大校长。9 月间诸位老太太在张家小聚，我也忝列，还见他走来走去。张先生多年前曾患癌症，近年转到颈椎，不能起床，十分险恶。但经医疗和家人的用心调护，他竟能站立，能行走，而且出去开会。我总说张先生是真正的抗癌明星，怎么一下就去世了呢？

56 号房屋继失去周培源先生之后，又一次失去了主人，唯有庭前树林依旧。

而我真正想到用"人老燕园"这个题目来作文，是因为自己渐增老态。多少年来我一直和疾病做斗争，总认为病是可以战胜的。我有信心：人能战胜疾病，人比疾病强大，也常以此鼓励病友。小时候读老舍的小说，记得里面有个人物老是抱怨说："从脑袋瓜子到脚步鸭子都是痛的。"我倒没有这样全方位发作，但却从头到脚轮流突出，不是这儿不舒服，就是那儿不舒服。近年忽然发现这麻烦不只是因病且因为老，而老是不可逆转、不可战胜的。

5 月间我下台阶到院中收衣服，当时因自觉能干颇为得意，不料从台阶上摔下，崴了脚，造成跖骨骨折。全家为此折腾了三个月，先是去校医院拍片子、上石膏，直到最后煎中药洗脚。坐着轮椅参加了两次集会。7 月 6 日华艺出版社向希望工程赠书，其中包括新出版的《宗璞文集》。我坐轮椅前往参加，人家看我坐轮椅而来，不知我是何许人，想想实在滑稽。又一次北大纪念闻一多先生，我又坐轮椅前往，会议厅在二楼，却无电梯。北大副校长郝斌同志看见我，说："怎么搞的！你等等，别动。"呼啦一下来了好几个年轻人，将我抬上二楼，会议结束后，又将我抬下来。我看不清眼前的人，只知道他们都年轻，是青春的力量抬动我，要上便上，要下便下。我无法一一致谢，只好念念有词"多谢，多谢"。朋友们得知我摔伤，都说这是警告，往后一切要小心，因为人已经老了。

可不是吗，人已经老了。

儿时的友伴徐恒（糜岐），原是物理系学生，后来是我国第一代播音员。她常打电话来问痊愈到什么程度，知道我已除去石膏，正洗中药，便说要来看看。她来了，坐定后见我走路东歪西倒的样子，便要我好好走路，走时不怕慢，但不能跛，并对仲德说"不能让她这样走路"。我一想起糜岐的话，便很感动，还有几个人这样操心管着我呢！在准兄弟姐妹中，糜岐是大姐，她是徐炳昶先生的长女，大姐做惯了。说起徐炳昶先生，也是河南唐河人，20 世纪 30 年代曾任北平研究院历史所所长。唐河有个传说，不知在哪个朝代，根据风水先生的意见，计划在唐河县城的四角建造四座塔，说是可以出人才。但只造好了两座塔，就停了工，可能是没有经费。于是只出了两个名人（其实唐河县人才济济），一个是冯友兰，一个是徐炳昶。我们和徐家有点拐弯亲戚关系，算起来糜岐还要高我一辈呢。近日，友人从美国寄来一份剪报，不知是哪家报纸刊登的一篇短文，题为“冯友兰二三事”，其中所言多系想象。文中说冯友兰和徐炳昶曾经为入河南省志问题而动手相打，我在电话上念给糜岐听，两人都大笑，互问你的牙掉了没有！这些胡说作为花絮还只是令人笑，可有些研究文章一本正经地把瞎话说得那么流畅，完全置事实于不顾，且为违背事实编造出理论，南辕北辙，愈走愈远，真令人悲哀。

话说远了。以前作文似乎比较严谨，现在这样也是老态吧。另一不妙的事是自进入20世纪90年代，我每年10月间好发气管炎，咳嗽剧烈，不能安枕。年年南逃也很麻烦，在仲德的坚持下安置了土暖气，于学校供暖之前，自己先行供暖。那火头军是心甘情愿的。见他头戴浴帽，下到地窖子去对付火炉，总担心他会摔倒，只赢得嘲笑说太爱瞎想。一天，他忽然说：“再过几年，我做不动了，怎么办？”

怎么办呢？其实用不着想。再过几年，我是否还需要温暖的房间？

自南方回来已十多天了。一夜的雨，天阴沉沉，地面到处湿漉漉，本来还是绿着的玉簪花，一夜之间枯黄了。读《静安文集》，有句云“天色凄凉似病夫”，不觉悚然而惊。又想起几句《人间词》，“最是人间留不住，朱颜辞镜花辞树”。“君看今日树头花，不是去年枝上朵。”乃又联想到法国诗人维龙的名句：“去年的雪今何在？”去年的花和雪永不能再，今年是今年的花和雪了。从王国维想到叔本华，年轻时很喜欢叔本华的哲学，现在连为什么喜欢也说不清，只模糊记得那“永久的公道”。叔本华说，世界之自身，即是世界之判词。他以为：意志肯定自己，乃有苦痛；则应负其责任，受其苦痛，这就是“永久的公道”。人类简直没有逃出苦痛的希望。又记得这位老先生论艺术，说美是最高的善。想查书弄明白些，连书也找不到了。

雨停了，扶杖到角门外，见地下一片黄灿灿，铺成圆形，宛如一张华丽的地毯。原来是角门边大银杏树的落叶。仰望大树，光秃秃的枝干在天空刻上窄窄的线条。树不会跌倒，无须扶杖，但是它也会老，只是比人老得慢一些。

门外向南的一条直路，两边都是年轻的银杏树，叶子也已落尽，扫掉了。这条路通向学生宿舍，年轻的人在年轻的树下来来去去。转过身来，猛然间看见墙边凋残的月季枝头，居然有两朵红花，仰着头，开得鲜艳。

1996 年 11 月中旬

原载《文汇报》1996 年 12 月 10 日

告别阅读

星期三的晚餐

去年春来时，我正在医院里。看见小花园中的泥土变得湿润，小草这里那里忽然绿了起来，真有说不出的安慰和兴奋。“活着真好。”我悄悄对自己说。

那时每天想的是怎样配合治疗。为补元气，饮食成为一件大事。平常我因太懒，奉行“宁可不吃也不做”的原则。当然别人做了好吃的，我也有兴趣，但自己是懒得动手的。得了病，别人做来我吃，成为天经地义，还唯恐不合口味，做者除了仲德和外甥女冯枚，扩及住得近的表弟、表妹和多年老友立雕（韦英）夫妇。

立雕是闻一多先生次子，和我同岁。我和他的哥哥立鹤同班，可不知为什么我和闻老二比和闻老大熟得多。立雕知道我的病况后，认下了每星期三的晚餐，把探视的日子留给仲德。因为星期三不能探视，就需要花言巧语费尽周折才能进到病房。每次立雕都很有兴致地形容他的胜利。后来我身体渐好，便到楼下去“接饭”。见他提着饭盒沿着通道走来，总要微惊，原来我们都是老人了。

好一碗鸡汤面！油已去得干净，几片翠绿的菜叶，让人看了胃口大开。又一次是煮米粉，不知都放了什么佐料，我居然把一碗吃完。立雕还征求意见：“下次想吃什么？”“酿皮子。”我脱口而出，因为知道春华弟妹是陕西人。

“你真会挑！”又笑加一句，“你这人天生的要人侍候。”

又是一个星期三，果然送来了酿皮子。那东西做起来很麻烦，要用特制的盘子盛了面糊，在开水里搅来搅去。味道照例是浓重的。饭盒里还有一个小碟，放了几枚红枣。立雕说这是因为佐料里有蒜，餐后吃点枣可以化解蒜味儿，是春华预备的。

我当时想，我若不痊愈，是无天理。

立雕不只拿来晚饭，每次还带些书籍来。多是关于抗战时昆明生活的。一次说 1945 年 1 月我们随闻一多先生到石林去玩。闻先生那张口衔烟斗的照片就是在石林附近尾泽小学操场照的。

“说起来，我还没有这张照片呢。”我说。

“洗一张就是了。”果然下次便带来了那照片，比一般常见的大些。闻先生浓眉下双目炯炯有神，正看着我们，烟斗中似有轻烟升起。

闻先生身后有个瘦瘦的小人儿，坐在地上，衣着看不清，头发略长，弯弯的。“呀！”我叫了一声，“这是谁呀？”

素来反应迟钝的仲德这次居然一眼看清，虽然他从未见过少年时代的我：“这是谁？这不是我们的病号吗！”

立雕原来没有注意，这时鉴定认可。我身旁还有一个年轻人，不是立雕，也不是小弟，总是当时的熟人吧。

素来自命清高，不喜照相，人多时便躲到一边去。这回怎么了！我离闻先生不近，却正好照上了，而且在近五十年后才发现。看见自己陪侍闻先生在照片里，觉得十分快乐。

在昆明有一段时间，我们和闻家住隔壁。家门前都有西餐桌面大的一小块土地，都种了豌豆什么的，好掐那嫩叶尖。母亲和闻伯母常站在各自的菜地里交谈。小弟向立鹤学得站立洗脚法，还向我传授。盆放在凳子上，人站在地下，两脚轮流做金鸡独立状，我们就一面洗一面笑。立鹤很有才华，能绘画、善演戏，英语也不错，若是能够充分发挥，应也像三弟立鹏一样是位艺术家。可叹他在1946年的灾难中陪同闻先生在鬼门关走了一遭，1957年又被错误地批判，并受了处分，经历甚为坎坷，心情长期抑郁不畅。他1981年因病去世，似是同辈人中最早离去的。

那次去石林是西南联大学生组织的，请闻先生参加。当时立鹤、立雕兄弟，小弟和我都是联大附中学生，是跟着闻先生去的。先乘火车到路南，再骑一种矮脚马。我们那时都没有棉衣，记得在旷野中迎风骑马，觉得寒气逼人。骑马到尾泽后，住在尾泽小学。以后无论到哪里都是步行了。先赏石林的千姿百态，为那鬼斧神工惊叹不止。再访瀑布大叠水、小叠水。给我印象最深的是尾泽附近的长湖。湖边的石奇巧秀丽，树木品种很多，一片绿影在水中，反照出来，有一种淡淡的幽光。水面非常安详闲适，妩媚极了。我以后再没有见到这样纯真妩媚的湖。1980年回昆明，再去石林，见处处是人为的痕迹，鬼斧神工的感觉淡得多了。没有人提到长湖，我也并不想再去，怕见到那本是不食人间烟火的天真烂漫，也沾惹上市井之气。

这张照片中没有风景，那时大同学组织活动，目的也不在风景。

只是我太懵懂了，只记得在操场围成一个大圈子，学阿细跳月。闻先生讲话，大同学朗诵诗、唱歌，内容都不记得了。

1980年曾为闻先生衣冠冢写了一首诗，后半段有这样几句："亲眼见那燃着的烟斗 / 照亮了长湖边的苍茫暮霭 / 我知道这冢内还有它 / 除了衣冠外。"原来照片中不只有它，还有我。

闻先生罹难后，清华不再提供住宅。父母亲邀闻伯母带领孩子们到白米斜街家中居住。我们住后院，闻伯母一家住前院。我常和立雕、小弟三人一道骑车。那时街上车辆不像现在这样拥挤，三人并排而行，也无人干涉。现存有几张当时在北海拍摄的相片，一张是立雕和我在白塔下，我的头发还是和在闻先生背后的那张上一模一样。后来我们迁到清华住了，他们一家经组织安排到了解放区。一晃便是几十年过去了。

在昆明时，教授们为生活所迫，不得不做点能贴补家用的营生。闻先生擅长金石，对美学和古文字又有很高的造诣，这时便镌刻图章，石章每字1200元，牙章每字3000元。立雕、立鹤兄弟两人有很好的观摩机会，渐得真传，有时也分担一些。立雕参加革命后长期做宣传工作，1988年离休，在家除编辑新编《闻一多全集》的《书信卷》之外，还应邀为浠水闻一多纪念馆设计和编写展览脚本。近期又将着手编闻先生的影集《人民英烈闻一多》。看样子他虽离休了，事情还很多，时间仍是不敷分配。

看来子孙还是非常重要，闻先生不只有子，而且有孙。《闻一多年谱长编》是由立雕之子闻黎明编写的。黎明查找资料很仔细，到昆明看旧报，见到冯爷爷的材料也都摘下。曾寄来蒙自"故居"的照片，问"璞姑"是不是这栋房子。房子不是，但在第三代人心中存有关切，怎不让人感动！

父亲前年去世后，立雕写了情意深重的信。信中除要以他们兄妹四人名义敬献花圈外，还说：“伯父去世是我们国家和人民的重大损失。我永远忘不了在我们最困难的时候，伯父、伯母给我们的关怀、帮助和安慰。我们两家两代人的友谊，是我脑海中永不会消失的美好记忆与回忆。”

从那桌面大的豌豆地，从那长湖上的暮霭，友谊延续着，通过了星期三的晚餐，还在延续着。我虽伶仃，却仍拥有很多。我有知我、爱我的朋友，有众多的堂兄弟姊妹、表兄弟姊妹，还有因上一代友情延续下来的诸家准兄弟姊妹——

比起“文化大革命”间那一次重病的惨淡凄凉，这次生病倒是蛮风光的，怎舍得离开这个世界呢。

活着真好。

1992 年 3 月中写，4 月底改

原载香港《大公报》1992 年 7 月 15 日

风庐乐忆

清华园乙所曾是我的家。它位于园内一片树林之中。小时候觉得林子深远茂密，绿得无边无涯，走在里面，像是穿过一个梦境。抗战时在昆明，对北平的怀念里，总有这片林子。及至胜利后，再住进乙所，却发现这林子不大，几步便到边界，也没有回忆中的丰富色彩。

复员后的一年夏天，有人在林中播放音乐，大概是所谓的音乐茶座吧。凭窗而立，音乐像是从绿色中涌出来，把乙所包围了，也把我包围了。常听到的有舒伯特的《未完成交响曲》，这是很少的我记得旋律的乐曲之一。还有贝多芬的《田园》，莫扎特的弦乐四重奏，柴可夫斯基的《悲怆》等。每当音乐响起时，小树林似乎扩大了，绿色显得分外滋润，我又有了儿时往一个梦境深处飘去的感觉。

清华音乐室很活跃，学生里音乐爱好者很多。学余乐手颇不乏人，还出了些音乐专业人才。我是不入流的，只是个不大忠实的听众而已。因为自己有的唱片很有限，常和同学一起到美国教授温德先生家听音乐。温德先生教我们英诗和莎士比亚，又深谙古典音乐。他没有家室，以文学和音乐为伴。在他那里听了许多经典名作，用的大都是七十八转唱片。每次换唱片，他都用一个圆形的软刷子把唱片轻刷一遍，同时讲解几句。他不是上课，不想灌输什么。现在大家都不记得他讲什么，却记得他最不喜欢柴可夫斯基，认为柴可夫斯基太感伤。有一次听肖邦，我坐在屋外台阶上，月光透过掩映的花木照下来。我忽然觉得肖邦很有些中国味道。后从《傅雷家书》中得知确实中国人适合弹肖邦。有很长一段时间，我最偏爱肖邦。

以后在风庐里住的约四十年中，听音乐的机会随客观情况的变化而忽少忽多，只是再没有固定的音乐活动了，也没有人义务为大家换唱片了。最后一次见到温德是在北大校医院楼梯口，他当时已一百岁，坐在轮椅上，盖着一条毯子。我忙趋前问候。他用英语说："他们不让我出去！告诉他们，我要出去，到外面去！"我找到护士说情。一位说，下雨呢，他不能出去。又一位说，就是不下雨，也不能去。我只好回来婉转解释，他看住我，眼神十分悲哀。我不忍看，慌忙告别下楼去，一路蒙蒙细雨中，我偏偏仿佛听到柴可夫斯基第六交响曲中那段最哀伤的曲调。温德先生听见了什么，我无法问他。

这几年稳定，便成为愈来愈忠实的听者，海淀这边有音乐会时，常偕外子前往。好几次见满场中只有我两人发染银霜，也不觉得杂在后生群中有什么不妥。有一次中央乐团先演奏一个现代派的名作，休息后演奏贝多芬的第七交响曲，在饱受奇怪音响的磨难之后，觉得第七交响曲真好听！它是这样活泼而和谐，用一句旧话形容，让人全身三万六千个毛孔都通开了。又一次有一位苏联女钢琴家来演奏拉赫玛尼诺夫第二钢琴协奏曲，于是满怀热望到场，谁知她的演奏十分苍白无力。我却也不沮丧，总算当场听过一次了。在海淀听过几次肖斯塔科维奇，发现他是那样深刻，和我们的心灵深处很贴近很贴近。1991 年严冬，我刚结束差不多一年病榻生活，还曾不顾家人反对，远征到北京音乐厅听莫扎特的安魂曲。记得刚一看见“莫扎特”这几个字，便感到安慰。

严肃音乐不景气，音乐会少多了。要听音乐，当然还是该自己拥有设备。我毫无这方面的志向，只是书已够我对付，够我“恨”了，怎受得了再加上磁带、唱片、CD 什么的。我憧憬的是家徒四壁，想看书到图书馆，想听音乐一按收音机。许多国家有专播古典音乐的电台，我希望我们在这一点能赶上，不必 24 小时，8 小时也够了，可不能安排在夜里。

现代音乐理论家黎青主曾说音乐是“上界的语言”，并引马丁·路德的诗句：“谁从事音乐就是有了一份上界的职业。”他自己解释说，意即音乐是灵魂的语言，是灵界的一种世界语言。音乐在诸门艺术中确是最直接诉诸灵魂的，是没有国界的。对“上界的语言”这话，我还想到两层意思：一是可以用来形容音乐的美，另一层意思我用一句话来表达，那就是，能听一点儿音乐的人有福了。

1993 年月 11 月

原载《爱乐》1994 年创刊号

1993年岁末五日记

12月27日　星期一

晚往观于魁智主演的京剧《响马传》。外子蔡仲德喜爱京剧，在电视大赛中“发现”于魁智这一艺术家。当然艺术家早用不着谁来发现，但这位外行确是自己看出高妙，而非人云亦云。我乃在其感召下，同往观剧。

剧本讲的是隋末唐初的英雄故事，全剧没有一个女角。于魁智扮演主角秦琼，唱念做打都臻妙境，唱得尤其好！声音高而醇厚，又有些苍凉，真可绕梁三日。举手投足，从容潇洒，在英雄豪迈之中有一种儒雅风流，一种秀气。一句道白“吃酒去”，再经伙伴们的白话“喝酒去啦”衬托，韵味无穷。剧场中有人低声议论：“真是文武全才！”京剧的音乐也有进步，秦琼观阵那一场开始时的唢呐独奏，很能表现月下沙场的情调。

回来路上讨论两个问题。一是中国与西方情感的不同。中国的豪杰注重的是男子间的义气，而非男女间的情爱，所谓“兄弟如手足，妻子如衣服”。西方武士则常在心中有一女性偶像，似乎这是做武士的一个必要条件。比武之后，要把胜利的荣耀献给所钟情的女子，如《撒克逊劫后英雄略》中所描写的。这种不同，可能和妇女的地位有关，不过有的时候，义气更为感人。

另一个我们关心的问题是于魁智是否会有合适的夜餐，由之讨论到千里驹是不能以凡马对待的。这样的艺术家，已超出一般的一级演员水平了，就应该有相应的对待。当然，还不只是物质一方面。

12 月 28 日　星期二

下午四时，往办公楼，参加芝生奖学金首次发奖会。芝生是父亲的字。此奖学金发给北大文史哲三系的本科生或研究生，每年每系一人，每人得 1000 元。大家都说数目虽小，却是一种鼓励。鼓励对传统文化的关心和研究，鼓励做学问，鼓励坐冷板凳。哲学系主任叶朗说，文科很穷，哲学系最穷，然而大家乐此不疲。并且说冯先生 90 岁后还在著书，人劝休息，冯先生笑答：“我是欲罢不能。”这种做学问的精神真是春蚕到死丝方尽！这也是北大人的精神。北大前党委书记、冯友兰学术基金主任委员王学珍说，冯先生一生有时处在逆境，但他不管境遇如何，从不气馁，总是有所追求，力图有创造，是很不容易的。

我讲了《冯友兰先生纪念文集》的出版情况。这本书于 1990 年底编成后，找出版社费时两年，幸有北大出版社见义勇为，给予出版，现已问世。他们照常规印 1000 册，可是出人意料，新华书店一下要800册，只好加印。这在纪念文集中，是少见的。现大多数作者尚未得到书，真是抱歉。

又据说1990年父亲逝世后，南开大学哲学系的博士生、硕士生们自发地写悼念文章，油印成册。虽然这信息三年后才传来，却一点儿不觉得遥远。

12月29日 星期三

收到第十二期《读书》，见吴江文章《为什么要特别看重史学？》。其中有一段说胡适曾主持清华国学研究院，金岳霖、冯友兰都曾在旧北大研究哲学史，读后颇感不安。历史是多么难见其本来面目！金岳霖、冯友兰在新中国成立前都是清华大学教授，从未在北大研究哲学史；胡适也从未在清华工作过。所以有一个说法：胡适从清华毕业，在北大工作，冯友兰从北大毕业，在清华工作，可说明两校血脉相通的关系。原以为这是人所共知的事，可见我的偏颇。对于两校以外的人，这可能是不易弄清楚的。

吴江文章只是叙述事情，不曾推演什么。有些文章就不同了，在不甚了了的基础上会得出某种结论，这很吓人。如果弄不清历史，怎能作“同情的理解”；如不持“同情的理解”的态度，又怎能弄清历史！由之联想到《老残游记》中那一位自命清官的酷吏，动不动把人送进站笼站死！这样想了一转之后，不免暗自庆幸，现在毕竟消灭了站笼，而且以后也不会再有了。

12 月 30 日　星期四

下午二时，前往清华大学参加人文社会科学学院成立大会。1952 年院系调整，清华文学院和法学院归并于北大，我成为清华最后一届文科毕业生。今天成立人文社会科学学院，使清华又成为一个完整的综合性大学，可谓大喜事。

父亲若有知，一定会高兴的。他任清华文学院院长十八年，老来常说，在清华那一段是他一生中最幸福的日子，无论哲学著作或教育事业，都有建树。我想值得一提的是，当时在学术界，由清华诸位大学者自然形成了清华学派。据徐葆耕《记王瑶先生与清华大学》一文记载，王瑶阐述说："这一学派的主要特点是对传统文化不取笼统的'信'或'疑'的态度，而是在'释古'上用功夫，作出合理的符合当时情况的解释。为此必须做到中西贯通，古今融会，兼取京派和海派之长，做到微观与宏观结合。"王瑶先生指出，"释古"的概念是冯友兰先生提出的。

我在清华做学生时，清华文科名师荟萃。怎奈我不用功，到现在也不敢打哪一位老师的旗号。我想我从清华得到的，不只是知识，还认识了清华的传统。那是一种蓬勃向上的、严谨的、富有创造性的人生态度和作风，是一生受用不尽的。清华校训是"自强不息，厚德载物"，想到时，常觉是一种鞭策。

12 月 31 日　星期五

清华友人来谈，始知清华校训曾经改为唯物观点、辩证观点、劳动观点等，只是鲜为人知。

我觉得还是“自强不息，厚德载物”好。“天行健，君子以自强不息；地势坤，君子以厚德载物”，是多么丰富！这是我们的民族精神，也是一种理想人格。在古人的眼光中，天是永远向前的，没有任何力量能阻挡天的行走。有天永不休止的前进精神，有地无所不载的宽广胸怀，我们民族无论怎样饱经忧患，终将立于不败之地！

伫立窗前，看到横过的枯枝，想它很快就要发芽；听到紧邻邮局传来盖邮戳的咚咚声，每到年底，总是格外热闹。一年已尽，我没有催人老逼岁除的怅惘，而是感到平静而充实。

我爱清华。水木清华，我的摇篮，我的母校。

我爱北大。我的燕园，那是我一生中居住最长久的，与我的灵魂最贴近的地方。

我爱海淀区。图书城，音乐会，名园胜景，山光水色，滋润着红尘千丈，让人常感清凉。

我爱北京。又古典又现代的北京，我爱那我到过和没到过的每一个角落。

我爱中国。

我爱中国！我们多灾多难而又自强不息的祖国啊。

别了，1993 年。

原载《光明日报》1994 年 1 月 31 日

药杯里的莫扎特

一间斗室，长不过五步，宽不过三步，这是一个病人的天地。这天地够宽了，若死了，只需要一个盒子。我住在这里，每天第一要事是“烤电”，在一间黑屋子里，听凭医生和技师用铅块摆出阵势，引导放射线通行。是曰“摆位”。听医生们议论着铅块该往上一点或往下一点，便总觉得自己不大像个人，而像是什么物件。

精神渐好一些时，安排了第二要事：听音乐。我素好音乐，喜欢听，也喜欢唱，但总未能登堂入室。唱起来以跑调为能事，常被家人讥笑。好在这些年唱不动了，大家落得耳根清净。听起来耳朵又不高明，一支曲子，听好几遍也不一定记住，和我早年读书时的过目不忘差得远了。但我却是忠实，若哪天不听一点音乐，就似乎少了些什么。在病室里，两盘莫扎特音乐的磁带是我亲密的朋友，使我忘记种种不适，忘记孤独，甚至觉得斗室中天地很宽，生活很美好。

三小时的音乐包括三个最后的交响乐《第三十九交响曲》《第四十交响曲》《第四十一交响曲》，还有钢琴协奏曲、提琴协奏曲、单簧管协奏曲等的片段。《第四十交响曲》的开始，像一双灵巧的手，轻拭着听者心上的尘垢，然后给你和着淡淡哀愁的温柔。《第四十一交响曲》素以宏伟著称，我却在乐曲中听出一些洒脱来。他所有的音乐都在说，你会好的。

会吗？将来的事谁也难说。不过除了这疗那疗以外，我还有音乐。它给我安慰，给我支持。

终于出院了，回到离开了几个月的家中，坐下来，便要求听一听音响，那声音到底和用耳机是不同的。莫扎特《第二十一钢琴协奏曲》的第二乐章，提琴组齐奏的那一段悠长美妙的旋律简直像从天外飘落。我觉得自己似乎已溶化在乐曲间，不知身在何处。第二乐章快结尾时，一段简单的下行的乐音，似乎有些不得已，却又是十分明亮，带着春水春山的妩媚，把整个世界都浸透了。没有人真的听见过仙乐，我想莫扎特的音乐胜过仙乐。

别的乐圣们的音乐也很了不起，但都是人间的音乐。贝多芬当然伟大，他把人间的情与理都占尽了，于感动震撼之余，有时会觉得太沉重。好几个朋友都说，在遭遇到不幸时，柴可夫斯基是不能听的，本来就难过，再多些伤心又何必呢。莫扎特可以说是超越了人间的痛苦和烦恼，给人的是几乎透明的纯净，充满了灵气和仙气，用欢乐、快乐的字眼不足以表达。他的音乐是诉诸心灵的，有着无比的真挚和天真烂漫，是蕴藏着信心和希望的对生命的讴歌。

在死亡的门槛边打过来回的人会格外欣赏莫扎特，膜拜莫扎特。

他自己受了那么多苦，但他的精神一点儿没有委顿。他贫病交加，以致穷死，饿死，而他的音乐始终这样丰满辉煌，他把人间的苦难踏在脚下，用音乐的甘霖润泽着所有病痛的身躯和病痛的心灵。他的音乐是真正的“上界的语言”。

虽然时代不同，文化背景不同，专业不同，莫扎特在音乐领域中全能冠军的地位有些像我国文坛上的苏东坡。莫扎特在短促的人生旅程中写出了交响乐、协奏曲、独奏曲、歌剧等许多伟大作品。音乐创作中几乎什么都和他有关，近来还考证出他是摇滚乐的祖师爷。苏东坡在宦游之余写出了诗词文赋等各种体裁的作品，始终是未经册封的文坛盟主。他们都带有仙气，所以后人称东坡为坡仙，传说中八仙过海时来了九朵莲花，第九朵是接东坡的，但他没有去。莫扎特生活在18世纪，世界已经脱离了传说，也少有想象的光彩了，我却愿意称他为“莫仙”。就个人生活来说，东坡晚年屡遭贬谪直到蛮荒之地。但在他流放的过程中，始终有家人陪伴，侍妾王朝云为侍奉他而埋骨惠州。莫扎特不同，重病时也没有家人的关心，但是他不孤独，他有音乐。（比较起来，中国女子多么伟大！）

回家以后的日子里，主要内容仍是服药。最兴师动众且大张旗鼓的是服中药。我手捧药杯喝那苦汁时，下药（不是下酒）的是音乐。似乎边听音乐边服药，药的苦味也轻多了。听的曲目较广，贝多芬、柴可夫斯基、肖邦、拉赫玛尼诺夫等，还有各种歌剧，都曾助我一口（不是一臂）之力。便是服药中听勃拉姆斯，发现他的《第一交响曲》很好听。但听得最多的，还是莫扎特。

热气从药杯里冉冉升起，音乐在房间里回绕。面对伟大的艺术创造者们，我心中充满了感激。我觉得自己真是幸运而有福气，生在这样美好的艺术已经完成之后——而且，在我对时间有了一点自主权时，还没有完全变成聋子。

1994 年 1 月

原载《音乐爱好者》1994 年 1 月号

从近视眼到远视眼

经过不到半小时的手术，我从近视眼一变而为远视眼。这是今年 6 月间的事。

我的眼睛近视由来已久。八九岁时看林译《块肉余生述》，暮色渐浓，还不肯放，现在还记得“大野沉沉如墨”的句子。抗战期间的菜油灯更是培养近视眼的好工具。五十几年，脸上从未脱离眼镜，老来患白内障，眼前更是一片迷茫，戴不戴眼镜也没有什么区别了。“老年花似雾中看”，我以为这也是人必然要经过的“老”的滋味。

可是人太可尊敬了，太伟大了，能够修理自己，让自己重又处在明亮绚丽的世界中。手术后我透过眼罩的缝隙看到地上有许多花纹，还以为眼睛出了毛病，一问才知道病房里的地板本来就有花纹，只是我原来看不见。因为感到明亮，以为房间里换了电灯泡，其实也是自己的眼睛在作怪。取下眼罩时，我先看见横过窗前的树枝，每片叶子是那样清楚，医院门前的一树马缨花，原来由家人介绍过，现在也看到了颜色。近年来我看人都只见一个轮廓，这时眼前的医生有了眉眼，我不由得欢喜地对大夫说：“我看见你了。”

本是最亲近的家人，这些年也是模糊的。现在看到老伴儿的头顶只剩下不多的头发，女儿的脸上已添了几道皱纹。我猛然觉得生活是这样实在，这样暖热，因为我看到了。

病房走廊外面，是那座尼泊尔式的白塔。以前我知道那里有这座塔，家人指着说：“看呀，看呀，就在眼前。”我看不见。因为习惯了由别人代看，也不觉得懊恼。这时我特地到窗前去看，原来那塔很近，很大，很白，由蓝天衬着，看上去有几分俏皮，不是中国塔的风格。我在这塔的旁边从近视眼变成远视眼，它应该是我的朋友。

因为高度近视，将白内障取出后，不放人工晶体。结果是两眼各有几百度的远视，成了远视眼。我看不清东西时，习惯地把它拿近，反而更看不清，倒是远处的东西较清楚。虽不能像正常人，我已经很满足了。我们回家，进了西门，经过大片荷塘时，见朵朵红荷正在盛开，花瓣的线条都显得那样精神。露珠在荷叶上滚动，我几乎想走下车去摸一摸。燕南园好几栋房屋换过房顶，我第一次看清一层层的瓦。走进家门，院中的荒草好像在打招呼，说：“看看我们，早该收拾了。”我本以为我的住处很整洁，却原来只是一种幻象。现在看到的是有裂纹和水迹的房顶，白粉剥落的墙壁，还有油漆差不多褪尽的地板，而且这里那里的角落，都积有灰尘。

我看着窗外一只灰尾巴喜鹊坐在丁香的一段枯枝上，它飞走了，又一只黑尾巴喜鹊飞来。这两种喜鹊是两个家庭，“文化大革命”前就居住在这里，“十年内乱”时鸟儿也逃难，后来迁回。这几年，鸟丁兴旺，我只听见闹喳喳，这时看得清楚，恍如旧友重逢。它们似乎也在问我：“嘿，你怎样了？”

我们素来阴暗的房间增加了亮度，我在镜中看到了自己，我有很长时间没有“自知之明”了。我相信通过爱心而做出的描述，总之是不显老。现在我看清了自己的额前沟壑，眼下丘陵。忽然想到了“不许人间见白头”这句话。看来，近视眼也有好处，让人不知道老态的存在。

我去医院复查，沿路大声念着街旁店铺的招牌，“看，这个馆子叫湘菩提。”“哦！这儿还有鱼翅宴。”司机很觉莫名其妙。他哪里知道看得见的快乐。

7月6日我们去游览白塔寺，也拜访我的朋友——那座白塔。这天下着小雨，家人说，他们来来去去看见正门是不开的。我们打着伞走过去，却见正门洞开，门不高大，有七七四十九颗门钉在微雨中闪闪发亮。我们走进去，见院中有一个新铸的鼎，为西城区金融界所献，鼎上有一条彩色的龙。这鼎似乎与佛法较远。前面的殿正举行万佛艺术展，因为离得近，我反而看不清每个塑像的姿态面目。正殿供奉据说是三世佛，居中是释迦牟尼不成问题，两旁是阿弥陀佛和药师佛。我有些疑惑，觉得在别处看到的未来佛和过去佛好像不是这两位。我们走到白塔下面，塔身高五十一丈，只能看见底座，又据说转塔一周可以祈福消灾。这时一位游人——我们之外唯一的游客，她对我们说：“白塔寺正门从今天起正式开放，今天是阴历五月二十三日，好像和观音菩萨有什么关系。我们是第一批走进第一次开的正门，真是有福气。”我们绕塔一周，在塔后看到四株古老的楸树，不知有多少年了。我想如果世上真有福气，它应该属于驱逐病魔的医生们。他们使人的生命延长，他们使人离开黑暗，其实是他们给了病人福气。作为医学界代表的药师佛怎么能是过去佛呢，他应该属于未来。

医学是科学的一部分。我默默念诵，科学真是了不起！人类真是了不起！有了科学才有各种治疗，有了人的智慧才有科学。人类智慧的一大特点是有想象力，这样才能创造。千万不要扼杀想象力！人类另一个特点是能积累经验，在积累的经验上才能求得进步。不知多少治疗的经验，才捧出一双双明亮的眼睛。经验是最可宝贵的，怎能忘记！

最初的喜悦过去了。因两眼视力不平衡，我看到的世界不很端正，楼房、车辆都有些像卡通。想想也很有趣，是近视眼时，常常要犯错误。作为眼疾患者的日子，更是过得糊里糊涂。成为远视眼，又看不清近处的事。希望能逐渐得到调整，若是能够，也许日子会过得清醒些。

牛顿在他 70 岁的时候，人问他得到了什么，他答道："不过在人生的海滩上拾到了一些蚌与螺。"我总觉得这句话很美，美得让我感动。

我已迈过了 70 岁。回头一看，我拾到的不过是极小的石粒。如果我有一双较正常的眼睛，又不是那么糊涂，我还会多拾几颗小石粒，虽然它们很平凡，虽然它们终究都是要漏去的。

1999 年 7 月下旬

原载《人民文学》1999 年第 10 期

告别阅读

2000年，正逢阴历龙年。春节前，看到各种颜色鲜艳、印刷精美的贺卡，写着千禧龙年，街上挂着红灯，摆着花篮，真觉得辉煌无比。

龙年是我的本命年，还未进入龙年，便有人说，你要准备一条红腰带。我笑笑说，才不信那些呢。临近兔年除夕，我站在窗前，突然眼前一黑，左眼中仿佛遮上了一层黑纱帘，它是我依靠的那只眼睛，右眼早已不大能用。现在一切都变得朦胧，这是怎么了？我很奇怪。自从去年夏天，做过白内障手术后，我已经习惯了过明白日子，而且以为再不会糊涂，现在的情况显然是眼睛又出了问题。因为就要过节，只好等到春节后再去就医。

龙年的第一件大事便是去医院。诊断是我没有想到的：视网膜脱落。医生说只要做一个小手术，打气泡到眼睛里，即可复位。我便听医生的话住院，做手术。手术后真有两周令人兴奋的时光，眼前的纱帘没有了，一切和以前差不多，头脑似乎还更清楚些。

不料十几天后，气泡消尽，再加上我患喘息性支气管炎，咳嗽得山摇地动。2 月 27 日，视网膜再次脱落。

我只有再次求医，医生还是说要打气泡。我想这次脱落的范围大了，气泡是否顶得住。经过劝说，还是做了打气泡的决定。

当时我认为咳嗽是大敌，特住进医院求保护，果然咳嗽是躲过了，但仍然没有躲过网脱。

3 月 20 日，气泡快消尽时，视网膜第三次脱落。气泡果然不能完成任务。我清楚地看见，视网膜挂在眼前，不再是黑纱，而像是布片。夜晚，我久不能寐，依稀看见窗下的月光。月光淡淡的，我很想去抚摸它，我怕自己再也不能感受光亮。查夜的护士问，为什么不睡？有什么不舒服？我只能说，我很不幸。

第三次手术，是把硅油打在眼睛里，是眼科的大手术。手术确定了，可是没有床位。一天天过去了，可以清楚地感觉到网脱的范围越来越大，后来，无论怎样睁大眼睛，眼前还是一片黑暗，无边无涯，没有人能帮助我解脱。忽然，我仿佛看见了我的父亲，他也睁大了他那视而不见的眼睛，手拈银须，面带微笑，安详地口授巨著。晚年的父亲是准盲人，可是他从未停止工作。以后父亲多次出现在黑暗中，像是在指点我，应该怎样面对灾祸。

终于熬到了住进医院，熬到了做手术的这天。上手术台前的诊断是，视网膜全脱。

在手术室里还和麻醉师有一番争论。麻醉师很年轻，很认真负责。她见我头晕，十分艰难地躺上手术台，便不肯用原定的麻醉计划，说："你这是要眼睛不要命。要我麻醉最好再签一回字。"经主刀医生解释，已经过各科会诊，麻醉师最后同意用局麻进行手术。

她怕我出问题，给麻药很吝啬。于是我向关云长学习，进行了一次刮骨疗毒。麻醉师也是有道理的，疼是小事，命是大事。手术安排得不恰当，时间的延误，我都没有什么好抱怨的，我只怪一个人，那就是上帝。他老人家造人造得太不完美了，好好的器官，怎么要擅离职守掉下来，而且还顽固地不肯复位。头在颈上，手在臂上，脚在腿上，谁曾见它们掉下来过？怎么视网膜这样特别？

其实，我自己也知道这不过是几句气话。网脱是一种病，高度近视是起因。我再一次被病魔擒获。

手术顺利，离战胜病魔还很远。接下来的是长期俯卧位——趴着。人是站立的动物，怎么能趴着呢？为了眼睛也渐习惯了。据说手术成功与否和是否认真趴着很有关系。硅油的作用是帮着视网膜重新长好。三个月到半年后，再做一次手术将油取出。油取出后常有视网膜重新脱落的病例。我真奇怪科学发展这样迅速，怎么对网脱的治疗没有完善的办法。用油或气顶住，气消失油取出后，重脱的可能性极大，也只能到时候再说了。希望我这是杞人忧天。

手术后，重又感觉到光亮。视力已经很可怜，但是能感觉光亮。光亮和黑暗是两个世界，就像阳间和阴间一样。我又回到了阳间，摆脱了黑暗，我很满足。回到家中，我在房间里走来走去，还可以指出窗帘该换，猫该洗了。丁香早已开过，草玉兰还剩几朵，我赶上了蔷薇花，有人家的蔷薇一直爬到楼上，几百朵同时开放，我看不清楚花朵，但能感受到那是一大幅鲜艳的画图。

但是我不再能阅读。

对于从小躲在被子里看小说的我来说，不能阅读真是残酷的事。文字给了我多么丰富，多么美妙的世界，小小的方块字，把社会和历史都摆在了面前。我曾长时期因患白内障不能阅读，但那时总怀有希望，总以为将来还是能看书的。午夜梦回，开出一长串书单，我要读丘吉尔的文章，感受他的文采，《维摩诘所说经》、苏曼殊文都想再读。白内障手术后，这些都未做到，但是希望并未灭绝。视网膜的叛变，扑灭了读书的希望，我不再能享受文字的世界，也不再能从随时随地磕头碰脑的书中汲取营养。我觉得自己好像孤零零地悬在空中，少了许多联系，变得迟钝了，干瘪了，奇怪的是我没有一点儿烦躁。既然我在健康上是这样贫穷，就只能安心地过一种清贫的生活。我的箪食瓢饮就是报刊上的大字标题，或书籍封面上的名字，我只有谨慎地保护维持目前的视力，不要变成盲人。

我的父亲晚年成为准盲人，但思想仍是那样丰富，因为他有储存，可以“反刍”。这一点我是做不到的。听人读书也是一乐，但和阅读毕竟是不一样的。幸好我还有一位真正可听的朋友，那就是音乐。

文学和音乐，伴随着我的一生。可以说，文学是已完嫁娶的终身伴侣，音乐是永不变心的情人（如果世界上有这种东西的话）。文学是土地，是粮食；音乐是泉水，是盐。文学的土地是我耕耘的，它是这样无比宽广，容纳万物。音乐的泉水流动着，洗涤着听者的灵魂，帮助我耕耘。

我又站在窗前，想起父亲在不能读写时，写出的那部大书，模糊中似乎看见老人坐在轮椅上，指一指院中的几朵蔷薇，粉红色的花瓣有些透亮。忽然间，“桃色的云”出现在花架边，他是盲诗人爱罗先珂笔下的精灵——春的侍者。我揉揉眼睛，“桃色的云”那翩翩美少年，手持蔷薇花，正含笑站在那里。

我不能读书，可是我可以写书。也许，我不读别人的书，更能写好自己的书。

我用大话安慰自己，平心静气地告别阅读。

原载《中华散文》2000 年 9 月号（第 12 期）

那祥云缭绕的地方

——记清华大学图书馆

图书馆，在一座大学里，永远是很重要的，教师在这里钻研学问，学子在这里发奋学习，任何的学术成就都是和图书馆分不开的。

我结识清华图书馆是从襁褓中开始的。我出生两个月，父亲执教清华，全家移居清华园。母亲在园中来去，少不得抱着我，或用婴儿车推着我。从那时，我便看见了清华图书馆。我想，最初我还不会知道那是什么。渐渐地，能认识那是一座大建筑。在上幼稚园时就知道那是图书馆了。

图书馆外面的石阶很高，里面的屋顶也很高，一进门便有一种肃穆的气氛。说来惭愧，对于孩子们，它竟是一个好玩的地方。不记得什么时候了，我第一次走进图书馆，父亲当时在楼下，向南的甬道里有一间朝东的房间，我和弟弟大概是跟着父亲走进来的。那房间很乱，堆满书籍文件，我不清楚那是办公室还是个人研究室，也许是兼而用之。每次去不能多停，我们本应立即出馆，但常做非法逗留，在房间外面玩。给我们的告诫是不准大声说话，于是我们的舌头不活动，腿却自由地活动。我们把朝南和朝西的甬道都走到头，甬道很黑，有些神秘，走在里面像是探险，有时我们去爬楼梯，跑到楼上再跑下来。我们还从楼下的饮水管中，吸满一口水，飞快地跑到楼梯顶往下吐，就听见水落地“啪”的一声，觉得真有趣。我们想笑却不敢笑，这样的活动从来没有被人发现。

上小学时学会骑车，有时由哥哥带着坐大梁，有时自己骑。当时校中人不多，路上清静，慢慢地骑着车左顾右盼很是惬意。我们从大礼堂东边绕过去，到图书馆前下车，走上台阶，再跑下来，再继续骑，算是过了一座桥。我们仰头再仰头，看这座“桥”和上面的楼顶。楼顶似乎紧接着天上的云彩。云彩大都简单，一两笔白色而已，但却使整个建筑显得丰富。多么高大，多么好看。这印象还留在我心底。

从外面看图书馆有东西两翼，东面的爬墙虎爬得很高，西面的窗外有一排紫荆树，那紫色很好看，可是我不喜欢紫荆，对于看不出花瓣的花朵我们很不以为然。有人说紫荆是清华的校花，如果真是这样，当然要刮目相看。

抗战开始，我们离开清华园，一去八年，对北平的思念其实是对清华园的思念。在清华园中长大的孩子对北平的印象不够丰富，而梦里塞满了树林、小路、荷塘和那一片包括大礼堂、工字厅等处的祥云缭绕的地方。胜利以后，我进入清华外文系学习，在家中虽然有一个小天地，图书馆是少不得要去的。我喜欢那大阅览室，这里是那样安静，每个人都在专心地读书。只有轻微的翻书页的声音。几个大字典架靠墙站着，字典永远是打开的，不时有人翻阅。我总是坐在最里面的一张桌上，因为出入都要走一段路，就可以让自己多坐一会儿。在那里看一些参考书，做各种作业。在家里写不出的作文，在图书馆里似乎是被那种气氛感染，很快便写出来。当然也有时在图书馆做功课不顺利，在家中自己的小天地里做得很快。

在这一段日子里，我惊异地发现图书馆变得越来越小，不像儿时印象中那样高大，但它仍是壮丽的，也常有一两笔白色的云依在楼顶。

四年级时，便要做毕业论文，可以进入书库。置身于书库中，真像是置身于一个智慧的海洋，还有那清华图书馆著名的玻璃地板，半透明的。让人觉得像是走在湖水上，也像是走在云彩上，真是祥云缭绕了。我的论文题目是托马斯·哈代的诗，本来我喜欢哈代的小说，后来发现他的诗也是大家，深刻而有感染力，便选了他的诗做论文题目。导师是美国教授温德。在书库里流连徜徉真是乐事，只是在当时火热的革命形势中，不很心安理得，觉得喜欢书库是一种落后的表现。直到以后很多年，经过时间的洗磨，又经过不断改造，我只记得曾以哈代为题做毕业论文，内容却记不起了。有一次，偶然读到卞之琳翻译的哈代的诗，竟惊奇哈代的诗原来这样好。

那时，图书馆里有教室。我选了邓以蛰的美学，便是在图书馆里授课，在哪间房间记不起了。这门课除我之外还有一个男生，邓先生却像有一百个听众似的，每次都做了充分准备，带了许多图片，为我们放幻灯。幻灯片里有许多名画和建筑，我在这里第一次看见蒙娜丽莎，可惜不记得邓先生的讲解了。这门课告诉我们，科学的顶尖是数学，艺术的顶尖是音乐。只是当时没有音响设备，课上没有听音乐。

父亲在图书馆楼下仍有一个房间，我有时去看看。常见隔壁的房门敞开着，哲学系学长唐稚松在里面读书，唐兄先学哲学又学数学，现在在“计算机科学与软件工程”方面有重大成就，享有国际声誉。我们在电话中谈起图书馆，谈起清华，都认为清华教我们自强、严谨，要有创造性，终身不能忘。

从清华图书馆里走出来的还有少年闻一多和青年曹禺。闻一多1912年入清华学堂，在清华学习九年，少不了要在图书馆读书。九年中他在课余写的旧体诗文自编为《古瓦集》，去年经整理后出版。可惜我目力太弱，已不能阅读，只能抚摸那典雅的蓝缎面，让想象飞翔在那一片彩云之上。

曹禺的第一部剧作《雷雨》是在清华图书馆里写成的。我想那文科的教育，外国文学的熏陶，那祥云缭绕的书库，无疑会影响着曹禺的成熟和发展。我们不能说清华给了我们一个曹禺，但我们可以说清华有助于万家宝成为曹禺。我想，演员若能扮演曹禺剧中人物，是一种幸运。他的台词几乎不用背，自然就会记得。“太阳出来了，黑暗留在后头，但是太阳不是我们的，我们要睡了。”上中学时，如果有人说一句“太阳出来了”，立刻会有人接上“黑暗留在后头”。“我的中国名字叫张乔治，外国名字叫乔治张”，短短两句话给了多么宽广的表演天地。也许这是外行话，但这是我的感受。

从图书馆走出的还有许多在各方面有成就的人，无论成就大小，贡献大小，都是促使社会进步的力量，想来在清华献出了毕生精力的教职员工都会感到安慰。

我已经把哈代忘了许多年。忽然有一天，清华图书馆韦老师告知我，清华图书馆中保存了我的毕业论文，这真是意外之喜。后知馆中还存有一九五〇、五一级的部分论文。我即分告同班诸友，大家都很高兴。韦老师寄来了我的论文复印件，可翻译为《哈代诗歌中的必然观念》，厚厚的有27页。我拿到这一册东西，仿佛看见了五十年前的自己，全部文章是我自己打出来的，记得为打这篇论文，我特地学了英文打字。原来我是想写一本研究哈代的书，这论文不过是第一章。生活里是要不断地忘记许多事，不然会太沉重，忘得太多却也可惜。我在论文的序言中说，希望以后有时间真写出一本研究哈代的专著以完夙愿。这夙愿看来是完不成了。我已告别阅读，无法再读哈代，也无法读自己五十年前写的文字。我想，若是能读，也读不懂了。

今年夏天，目疾稍稳定，去清华参观新安排的“冯友兰文库”，顺便也到图书馆看看。大阅览室依旧，许多同学在埋头读书，安静极了。若是五年换一届学生，这里已换过十届了。岁月流逝，一届届学生的黑发变成银丝，但那自强不息的精神永在。

原载《不尽书缘》，清华大学出版社2001年

漫记西南联大和冯友兰先生

和几个少年时的朋友在一起，总会说起昆明。总会想起那蓝得无比的天，那样澄澈，那样高远；想起那白得胜雪的木香花，从篱边走过，香气绕身，经久不散；更会想起彪炳青史的国立西南联合大学，北大、清华、南开三校联合，在抗战的艰苦环境中，弦歌不辍，培养了大批人才，成为教育史上的奇迹。

今年是卢沟桥事变、中华民族开始全面抗战七十周年，也是西南联大成立七十周年（包括其前身长沙临时大学）。十四年抗战，中华民族经历了各种苦难，终于取得了最后的胜利，西南联大也是这段历史中极辉煌的一部分。

这些年来，对西南联大的研究已成为专门题目。记得似乎是在20世纪70年代末或80年代初，美国人易社强来访问我的父亲冯友兰先生，请他谈西南联大的情况。这是我接触到的第一个西南联大的研究者。他是外国人，为西南联大的奇迹所感，发愤研究，令人起敬。可是听说他多年辛苦的结果错误很多，张冠李戴，鹊巢鸠占，让亲历者看来未免可笑。历史实在是很难梳理清楚的，即使是亲历者也有各自的局限，受到各种遮蔽，有时会有偏见，所以很难还历史原貌。不过，每一个人都说出自己所见的那一点，也许会使历史的叙述更多面、更真实。

余生也晚，没有赶上入西南联大，而是一名联大附中的学生。只因是西南联大的子弟，也多少算是亲历了那一段生活。生活是困苦的，也是丰富的。虽然不到箪食瓢饮的地步，却也有家无隔宿之粮的时候。天天要跑警报，在生死界上徘徊，感受各种情绪的变化，可算得丰富。而在学校里，轰炸也好，贫困也好，教只管教，学只管学。那种艰难，那种奋发，刻骨铭心，永不能忘!

现在有人天真地提出重建一所西南联大，发扬她的精神。还是那几个少年时的朋友一起谈论，都认为那是完全不可能的。情况完全不一样了，环境也不一样了，人更不一样了。真的，连昆明的天也不像以前蓝得那样清澈了。现在昆明的年轻人，甚至不知道木香花。我们不再说话，各自感慨。

确实各方面都不一样了。那是在国难当头，民族危亡之际，一种生死存亡的紧迫感，让人不能懈怠。这是大环境。从在长沙开始直到抗战胜利，不断有学生投笔从戎。学校和民族命运是一体的。据联大校史载，先后毕业学生三千余人，从军旅者八百余人。奔赴抗日前线和留在学校学习，是一个事物的两个方面。冯友兰先生曾在他为学校撰写的一个布告中对同学们说："不有居者，谁守社稷？不有行者，谁捍牧圉？"不论是直接参加抗日还是留校学习，"全国人士皆努力以做其应有之事"。前者以生命作代价，后者怎能不以全身心的力量来学习？学习的机会是多少生命换来的，学习的成绩是要对国家的未来负责的。所以联大师生无论遇到怎样的困难，从未对教和学有一点松懈。1938 年，师生步行，从长沙经贵阳，跋涉千里，于 4 月 26 日到昆明，5 月 4 日就开始上课。1942 年以前，昆明常有空袭，跑警报是家常便饭，是每天必修之课。师生们躲警报跑到郊外，在乱坟堆中照常上课。据联大李希文校友（现任云南大学外语系教授）记忆，冯友兰先生曾站在炸弹坑里上课。并不是没有别的教室，而是炸弹坑激励着教与学。这种不屈不挠的精神，上昭日月。

西南联大的子弟从军旅者也不乏人，这也体现了父辈的爱国精神。梅贻琦先生的子女，梅祖彦从军任翻译官，梅祖彤参加国际救护队；冯友兰先生之子冯钟辽、熊庆来先生（当时任云南大学校长）之子熊秉明、李继侗先生之子李德宁都参军任翻译官。当时，梅祖彦、冯钟辽都在联大二年级，未被征调。他们是志愿者。西南联大纪念碑碑阴刻录了参军同学的名字，但因当时条件限制，未能完全收录。在这里，我愿向碑上有名或无名的所有参军的老学长们深致敬意！

我的母校联大附中属于联大师范学院，为六年一贯制，不分高中初中，有实验性质，计划要将中学六年缩短为五年，但终未实现。因为学校是新建的，没有校舍，教室是借用的，借不到教室，就在大树底下上课。记得地理课的“教室”便是在树下。同学们各带马扎（帆布小凳），黑板靠在树上。闫修文老师站在树下，用极浓重的山西口音讲课，带领我们周游世界。课后我们笑闹着模仿老师的口音：“伊拉 K（克）、K（克）拉 K（克）”。伊拉克现在是人所共知的了，但克拉克在什么地方，我却不记得。下雨时，几个人共用一柄红油纸伞，一面上课，一面听着雨点打在伞上，看着从伞边流下的串串雨珠。老师一手拿粉笔，一手擎伞，上课如常。有时雨大，一堂课下来，衣服湿了半边。大家不以为苦，或者说，是根本不考虑苦不苦，只是努力去做应该做的事。

管理学校，校方要和政府打交道，这可以说是一个中环境。在这个环境里，学校当局有多少自由以实行自己的规划，对办好学校来说是关键性的。1942 年 6 月，陈立夫以教育部长的身份三度训令联大务必遵守教育部核定的应设课程、统一全国院校教材、统一考试等新规定。联大教务会议以致函联大常委会的方式，驳斥教育部的三度训令。此函由冯友兰先生执笔，全文如下：

> 敬启者，屡承示教育部二十八年十月十二日第 25038 号，二十八年八月十二日高壹 3 字第 18892 号、二十九年五月四日高壹 1 字第 13471 号训令，敬悉部中对于大学应设课程及考核学生成绩方法均有详细规定，其各课程亦须呈部核示。部中重视高等教育，故指示不厌其详，但准此以往则大学将直等于教育部高等教育司中一科，同人不敏，窃有未喻。夫大学为最高学府，包罗万象，要当同归而殊途，一致而百虑，岂可刻板文章，勒令从同。世界各著名大学之课程表，未有千篇一律者；即同一课程，各大学所授之内容亦未有一成不变者。惟其如此，所以能推陈出新，而学术乃可日臻进步也。如牛津、剑桥即在同一大学之中，其各学院之内容亦大不相同，彼岂不能令其整齐划一，知其不可亦不必也。今教部对于各大学束缚驰骤，有见于齐无见于畸，此同人所未喻者一也。教部为最高教育行政机关，大学为最高教育学术机关，教部可视大学研究教学之成

绩，以为赏罚殿最。但如何研究教学，则宜予大学以回旋之自由。律以孙中山先生权、能分立之说，则教育部为有权者，大学为有能者，权、能分职，事乃以治。今教育部之设施，将使权能不分，责任不明，此同人所未喻者二也。教育部为政府机关，当局时有进退；大学百年树人，政策设施宜常不宜变。若大学内部甚至一课程之兴废亦须听命教部，则必将受部中当局进退之影响，朝令夕改，其何以策研究之进行，肃学生之视听，而坚其心志，此同人所未喻者三也。师严而后道尊，亦可谓道尊而后师严。今教授所授之课程，必经教部之指定，其课程之内容亦须经教部之核准，使教授在学生心目中为教育部之一科员不若。在教授固已不能自展其才，在学生尤启轻视教授之念，于部中提倡导师制之意适为相反。此同人所未喻者四也。教部今日之员司多为昨日之教授，在学校则一筹不准其自展，在部中则忽然周智于万物，人非至圣，何能如此。此同人所未喻者五也。然全国公私立大学之程度不齐，教部训令或系专为比较落后之大学而发，欲为之树一标准，以便策其上进，别有苦心，亦可共谅，若果如此，可否由校呈请将本校作为第……号等训令之例外。盖本校承北大、清华、南开三校之旧，一切设施均有成规，行之多年，纵不敢谓为极有成绩，亦可谓为当无流弊，似不必轻易更张。若何之处，仍祈卓裁。此致常务委员会。

此函上呈后，西南联大没有遵照教育部的要求统一教材，仍是秉承学术自由兼容并包的原则治校。这说明斗争是有效果的。

学术自由，民主治校，原是三校共同的理念。现在，三校联合，人才荟萃，更有利于实践。由此形成一个小环境。西南联大在管理学校方面，沿用教授治校的民主作风，除校长、训导长由教育部任命，各院院长都由选举产生。以梅贻琦常委为首，几年的时间，形成一个较稳定的、有能力的领导班子。这是联大获得卓越成绩的一大因素。他们都是各专业举足轻重的人物，又都是干练之才，品格令人敬服。另一个文件可以帮助我们增加了解。

1942 年，昆明物价飞涨，当时的教育部提出要给西南联大担任行政职务的教授们特别办公费，这应该说是需要的，但是他们拒绝了。也有一封信，已由清华档案馆查出。信为文言繁体字，字迹已经模糊，经任继愈先生辨认，我们得到准确的信文。任先生认为此信明白晓畅，用典精当，显然为冯友兰先生手笔。全文如下：

> 敬启者：承转示教育部训令总字第 45388 号，附“非常时期国立大学主管人员及各部分主管人员支给特别办公费标准”，奉悉一是。查常务委员总揽校务，对内对外交际频繁，接受公费亦属当然。为同人等则有未便接受者：盖同人等献身教育，原以研究学术启迪后进为天职，于教课之外肩负一部分行政责任，亦视为当然之义务，并不希冀任何权利。自北大、清华、南开独立时已各有此良好风气。五年以来，联合三校于一堂，仍秉此一贯之精神，未尝或异。此为未便接受特别办公费者一也。且际兹非常时期，从事教育者无不艰苦备尝，而以昆明一隅为尤甚。九儒十丐，薪水犹低于舆台，仰事俯畜，饔飧时虞其不给。徒以同尝甘苦，共体艰危，故虽啼饥号寒，尚不致因不均而滋怨。当局尊师重道应一视同仁，统筹维持。倘只瞻顾

行政人员，恐失均平之谊，且令受之者无以对其同事。此未便接受特别办公费者二也。此两端敬请常务委员会见其悃愫，代向教育部辞谢，并将原信录附转呈为荷。专上常务委员会公鉴。

签名人：冯友兰　张奚若　罗常培　雷海宗　郑天挺　陈福田　李继侗

陈岱孙　吴有训　汤用彤　黄钰生　陈雪屏　孙云铸　陈序经

燕树棠　查良钊　王德荣　陶葆楷　饶毓泰　施嘉炀　李辑祥

章明涛　苏国桢　杨石先　许浈阳

签名者共25人。他们担任各院院长、系主任等行政职务，付出了巨大劳动，不肯领取分文补贴。“同人等献身教育，原以研究学术启迪后进为天职，于教课之外肩负一部分行政责任，亦视为当然之义务，并不希冀任何权利。”难得的是，这样想的不是一两个人，而是一群人。除这25位先生外，还有许多位教授，也同样具有这样光风霁月的精神。有这样高水平的知识群体，怎么能办不好一所学校！

今年，有人问我：70年前，日本人打来了，你们为什么离开北平？这个问题真奇怪，我们怎么能不离开北平！留下来当顺民吗？那时不要说文化人，就是老百姓，也奔向大后方，要去为保卫国家尽一份力量。离开北平不是逃避，而是去尽自己的一份责任。当然，留在沦陷区的人也会有所作为。教师们肩负传递文化的重任，他们可以在轰炸声中上课，在炸弹坑里上课，在和政府的周旋中上课，他们能在沦陷区上课吗？能在沦陷区办出一所国立西南联合大学来吗？

冯友兰先生在西南联大期间，不仅担任教学，而且参加学校领导工作，从1938年起一直担任文学院院长。冯先生是西南联大的

“得力之人”，西南联大校友、旅美历史学者何秉棣在他的《读史阅世六十年》一书中这样说。老友闻立雕说，“得力之人”的说法很好，但还不能充分表现冯先生对西南联大的贡献。应该指出，冯先生为西南联大付出大量心血，是当时领导集团的中坚力量。云南师范大学雷希教授对西南联大校史研究多年，在《冯友兰先生在西南联大校务活动考略》一文中说：“从有案可查的历史记载来看，冯先生在西南联大是决策管理层的最重要成员之一，教学研究层的最显要教授之一，公共交往层的最重要人物之一。”这是符合实际情况的。

据《冯友兰年谱初编》载，除了上课，冯先生每天都开会，每周的常委会，院系的会，还有各种委员会。在繁重的工作之余，他著书立说，建立了自己的哲学体系。他的“贞元六书”与抗战同始终，第一本《新理学》写在南渡之际，末一本《新知言》成于北返途中。在六本书各自的序言中，表达了他对国家和民族深切宏大的爱和责任感。他引横渠四句“为天地立心，为生民立命，为往圣继绝学，为万世开太平”，说“此为哲学家所自期许者也”。听说有一位逻辑学者教课时，讲到冯先生和这四句话，为之泣下。冯先生的哲学，不属于书斋和象牙之塔，他希望它有用。哲学不能直接致力于民生，而是作用于人的精神。在这方面，已经有了广泛的影响。社会科学工作者李天爵先生说，他在极端困惑中看到冯先生的书，知道人除了自己的社会地位，还应当考虑自己在宇宙中的地位。一个普通工人告诉我，他看了《中国哲学简史》，觉得心胸顿然开阔。

20 世纪 40 年代，一天在昆明文林街上走，遇到罗常培先生。他对我说：“今晚你父亲有讲演，题目是《论风流》，你来听吗？”我那时的水平，还没有听学术报告的兴趣。后来知道，那晚的讲演是由罗先生主持的。很多年以后，我读了《论风流》，深为这篇文章所吸引。风流四要素：玄心、洞见、妙赏、深情，是“是真名士自风流”的极好阐释，让人更加了解名士风流的审美的自由人格。这篇文章后来收在《南渡集》中。《南渡集》顾名思义，所收的都是作者在抗战时写的论文，1946 年已经编就，后来收在《三松堂全集》中。

最近，三联书店出版了“贞元六书”和《南渡集》的单行本。《南渡集》是第一次单独出版。它和“贞元六书”一样，凝聚着作者对国家民族的满腔热情。它们的写作距今已超过半个世纪，仍然可以感到，作者的哲学睿智和诗人情怀化成巨大的精神力量，扑面而来。

西南联大这所学校虽然已不复存在，但它的精神不会消失，总会在别的学校得到体现，在众多知识分子、文化人身上延续。对此我深信不疑。冯友兰先生在他撰写的“国立西南联合大学纪念碑碑文”中为这一段历史做出了深刻而全面的总结，指出可纪念者有四。转述不如直接阅读，节录如下：

> 我国家以世界之古国，居东亚之天府，本应绍汉唐之遗烈，作并世之先进，将来建国完成，必于世界历史，居独特之地位。盖并世列强，虽新而不古；希腊罗马，有古而无今。唯我国家，亘古亘今，亦新亦旧，斯所谓“周虽旧邦，其命维新”者也。旷代之伟业，八年之抗战已开其规模，立其基础。今日之胜利，于我国家有旋乾转坤之功，而联合大学之使命，与抗战相终始。此其可纪念者一也。
>
> 文人相轻，自古而然，昔人所言，今有同慨。三校有不同之历史，各异之学风，八年之久，合作无间。同无妨异，异不

害同；五色交辉，相得益彰；八音合奏，终和且平，此其可纪念者二也。

万物并育而不相害，道并行而不相悖，小德川流，大德敦化，此天地之所以为大。斯虽先民之恒言，实为民主之真谛。联合大学以其兼容并包之精神，转移社会一时之风气，内树学术自由之规模，外获民主堡垒之称号，违千夫之诺诺，作一士之谔谔，此其可纪念者三也。

稽之往史，我民族若不能立足于中原，偏安江表，称曰南渡。南渡之人，未有能北返者：晋人南渡，其例一也；宋人南渡，其例二也；明人南渡，其例三也。风景不殊，晋人之深悲；还我河山，宋人之虚愿。吾人为第四次之南渡，乃能于不十年间，收恢复之全功，庾信不哀江南，杜甫喜收蓟北，此其可纪念者四也。

此文不仅内容丰富且极富文采，可以掷地作金石声。不止一个人建议，年轻人应该把它背下来。我想，记在心上的是这篇文章，也就是对西南联大的永恒的纪念。

2007 年 6 月至 7 月

为《西南联大建校七十周年纪念文集》而作

原载《中华读书报》2007 年 11 月 23 日

铁箫声幽

常觉得我们这一代人很幸运。旧书虽念得不多，还知道些；西书了解不深，总也接触过。没有赶上裹小脚、穿耳朵，长达半尺的高跷似的高跟鞋也还未兴起。精神尚不贫乏，肉体不受虐待，经历更是非凡。抗战那一段体会了人的最高贵的精神、信念与坚忍；“文化大革命”那一段阅尽了人的狠毒与可悲。我们的生活很丰富，其中有一项看来普通、现在却让人羡慕、值得大书特书的，那就是，我们有兄弟姊妹。

传统文化讲五伦，其中之一是兄弟。常听见现在的中年人说：他们最羡慕的就是别人有兄弟姊妹。想想我的童年，如果没有我的哥哥和弟弟，我将不会长成现在的我。

我们兄弟姊妹四人，大姐钟琏长我九岁，所以接触较少，哥哥钟辽长我四岁，弟弟钟越小我三岁。整个的童年是和哥哥、弟弟一起度过的。抗战胜利，我们回到北平，回到白米斜街旧宅中，这座房屋是父母的唯一房产。有一间屋子堆满了东西，和走的时候完全一样。那时冬日取暖用很高的铁炉，称为洋炉子。烧硬煤，热力很大，便有炉挡，是洋铁皮做成的，从前常在上面烤衣服。我们看到那铁炉依旧，炉挡依旧。最有趣的是炉挡上面写了两行字，也赫然依旧。这两行字是：“立约人：冯钟辽、冯钟璞。只许她打他，不许他打她。”当时在场的人无不失笑。父亲说：“这是什么不平等条约！”那时哥哥已经去美国留学，那条约也因炉挡的启用擦去了，他没有再见到我们的不平等条约。

我已不大记得怎么会立下那不平等条约，却有些小事历历如在目前。清华园乙所的住宅中有一间储藏室，靠东墙冬天常摆着几盆米酒，夏天常摆着两排西瓜。中间有一个小桌，孩子们有时在那里做些父母不鼓励的事。记得一天中午，趁父母午睡，哥哥在那里做“实验”，我在旁边看。他的实验是点一支蜡烛烧什么东西，实验目的我不明白。不久听见母亲说话，他急忙吹灭了蜡烛，烛泪溅在我身上。我还没有叫出来，他就捂住我的嘴，小声说：“带你去骑车。”于是我们从后门溜出。哥哥的自行车很小，前后轮都光秃秃的没有挡泥板，但却是一辆正式的车，我总是坐在大梁上左顾右盼游览校园。哥哥知道我喜欢坐大梁，便用这“游览”换得我不揭发。那天的“实验”也就混过去了。

后来我要自己骑车了。我想那时的年纪不会超过九岁，大概是八岁。因为九岁那年夏天开始抗战，我们离开了清华园。我学会骑自行车完全是哥哥的力量。那时在清华园内甲乙丙三所之间有一个网球场，我们好像从来没有打过网球，只在地上弹玻璃球。我在这场地上学骑自行车，用的是哥哥的那辆小车，我骑车，他在后面扶着座位跟着跑。头一天跑了几圈，第二天又跑了几圈。我忽然看见他不跟着车了，而是站在场地旁边笑。我本来骑得很平稳了，一见他没有扶，立刻觉得要摔倒，便大叫起来。哥哥跑过来扶住，我跳下了车，捏紧拳头照他身上乱捶。他只是笑，说：“你不是会骑了吗？”我想想也是。可是，下一次还是要他扶，他也就虚应故事地跟着跑。就这样我学会了骑自行车，我可以骑姐姐的成人的女车，在清华园里转悠。常从工字厅东边沿着小河过小桥，绕过大礼堂，经过图书馆前面，再经过当时的校医院——这座建筑还在吗——最后从工字厅西面回家。有时一直骑到西院，去看看那一片荒野。当时清华园内人很少，骑车很自由。后来，20世纪60年代，我常骑车从灯市口到建国门去上班。我从学车起到停止骑车从未摔过跤。

到昆明以后，哥哥上中学，我和小弟上小学。我们所上的南箐学校因为躲避日本飞机的空袭，迁到昆明郊外岗头村，我们都住校，家还在城里。后来家迁到东郊龙泉镇，我们又在城里住校。不记得是怎么回事了，总之有很长一段时间我们常在周末从乡下走进城，或从城里走到乡下，一次的距离大约是二十里左右。我们三个人一路走一路说话，讲故事，猜谜语，对小说的回目，对的主要是《红楼梦》和《水浒传》的回目，《三国演义》我不熟。还有一项重要内容是讲自己编的故事，轮流主讲。大概也是编故事的需要，三个人每人有一个国家，哥哥的国家叫“晨光国”，在北极；弟弟的国家叫“英武国”，在海底；我的国家叫“逸坚国”，在火星上。不知为什么，我从小便对火星有兴趣，到现在也觉得火星很亲切。我的兄、弟后来都是工程师，但他们在文艺方面的天赋绝不逊于我，故事编得很热闹，可惜我都不记得了。

家里孩子多，吃饭就成为一个有趣的局面。我小时有一个习惯，就是喜欢脱鞋。尤其是在吃饭的时候，觉得脱了鞋最舒服。这时，哥哥就会把鞋拿走藏起来，我便闹着要鞋，弟弟便会找鞋，常常是笑作一团。到后来还是哥哥把鞋拿出来，我又赖着不肯穿。直到母亲发话："不要闹了。"才算安静下来。

后来我上了联大附中，一度在城里住校。那时联大附中没有宿舍，甚至没有校舍，不知是借的哪里的一个大房间，大家打地铺。一次我生病了，别人都去上课，我昏昏沉沉地躺在空荡荡的大房间里。"妹"，是哥哥的声音，睁眼只见他蹲在我的"床"边。他送来一碗米线，碗里有一个鸡蛋。

哥哥于 1942 年考入西南联大机械系，他不用功，却热心演话剧。参加演出过曹禺的《家》，饰演觉新。我和小弟随父母去看演出那一晚，在高老太爷去世那一场，哥哥把觉新头上的孝布去掉了，为的是怕母亲看了不高兴。他还写小说，我还记得他有一篇小说的第一句是"不疾不徐的雨"。他的文字是很好的，字也写得好，还会刻图章。那时的男孩似乎都会刻图章。他大学二年级时志愿参加远征军，直接在反法西斯战争中作出贡献。有一次他从滇西回昆明度假，看见我的头发长了，要给我剪一剪。他说："头发为什么要剪成那样齐？剪成波浪式的不好吗？"当时大家都认为他很荒谬，没想到几十年后头发真的不以"齐"为美了。抗战胜利后，哥哥获得美国总统自由勋章，获得此项勋章的翻译官共 22 人。我曾想就此写一篇文章，介绍这些好男儿，因为要用一些英文材料，我的眼睛已坏，不能阅读，便放弃了。文章虽然没有写，对那些投笔从戎的大哥哥们，无论得没得勋章，我都永远怀有敬意。

以后，哥哥到美国就读于宾夕法尼亚大学，继续读机械系，也继续开展他多方面的兴趣。他喜欢击剑，入选了校队，代表学校出去比赛；还学过几个月芭蕾舞。工作以后学会开飞机，曾开着飞机从所住城市到另一城市去看望朋友，乘客只有一人，就是我后来的嫂嫂李文沛。20 世纪 70 年代哥哥一家回来探亲，说到此事，父亲说：“敢开飞机倒不稀奇，难得的是有人敢坐。”大学毕业以后，他根据兴趣又读了数学、物理两个专业。至今他还在研究有关电的问题，前两年曾回国参加静电学会的活动，但是他的理论很少人支持。前些时，哥哥来电话，告诉我一个不幸的事件，他的钱包丢了。别的都没有关系，只是其中的飞机驾驶执照也丢了，他觉得是一大损失。我安慰道：“你反正也不开飞机了。”他沉默了片刻，说：“用不着了——也不可能再补发了。”

20 世纪 90 年代初，我出版了一本散文集，书名为《铁箫人语》。取这个名字是因为家里有一只铁箫。书出版后不久，南京的“洞箫博物馆”——也许是“乐器博物馆”——来人要求看一看铁箫。他们说他们藏有铜箫，还没有见过铁箫。我把箫拿给他们看，他们观看良久，又试吹过，承认它是一支箫。但我想大概不是很合格。然而它究竟是一支箫，而且是铁箫。我还为这支铁箫写了一小段题记：

> 我家有一支铁箫。
>
> 那是真正的铁箫。一段顽铁，凿有七孔，拿着十分沉重，吹着却易发声。声音较竹箫厚实，悠远，如同哀怨的呜咽，又如同低沉的歌唱。听的人大概很难想象这声音发自一段顽铁。
>
> 铁质硬于石，箫声柔如水；铁不能弯，箫声曲折。顽铁自有了比干七窍之心，便将美好的声音送往晴空和月下，在松阴与竹影中飘荡，透入人的躯壳，然后把躯壳抛开了。

哦，还有个吹箫人呢，那吹箫人，在哪里？

吹箫人可以吹出不同的曲调，而铁箫只有一个。

是谁制作了这支铁箫？制作了这支可以从箫声和箫的本身引出许多联想的铁箫？是我的哥哥——冯钟辽。

箫属于中国文化，可以引起许多中国式的联想，都是陈货，也就不必说了。依我的极为有限的见闻，在冯钟辽做这支箫以前，从没听说过铁箫。它既是乐器，又可以做武器。我常想，最好能有一位女侠，用的兵器是铁箫；抡圆了可以自卫救人，扫尽人间不平事；吹响了可以自娱娱人，此曲只应天上来。也许，我哪天真会写出一篇武侠小说来。

在昆明时生活很艰苦，最常用的乐器只是口琴。母亲吹箫，当时家中有两支玉屏箫，母亲时常吹奏的乐曲是《苏武牧羊》。哥哥制作铁箫便是受竹箫的启发，用一根现成的废铁管，根据一点点中学物理知识，钻几个洞，居然可以吹出曲调，大家都很高兴。我们就是这样因陋就简，使得生活充实而丰富。

哥哥制作铁箫，只不过是他众多兴趣中的一项。他现在最主要的兴趣还是在电学。88 岁了，仍不断做实验。我说：“可别像苏东坡一样，为制墨，把房子烧了。”哥哥的科学知识当然比东坡强多了，房子是不会烧的。但是实验做起来也颇麻烦，哥哥却乐此不疲。在他自己的实验的过程中，就有了辉煌。

2012 年 2 月 3 日

原载《随笔》2012 年第 3 期

云在青天

2012 年 9 月 9 日，我离开了北京大学燕南园，迁往北京郊区。我在燕南园居住了六十年。六十年真的很长，我从满头黑发的青年人变成发苍苍而视茫茫的老妪。可是回想起来也只是一转眼的工夫。六十年中的三十八年，我有父母可依。还有二十二年，是我自己的日子。在这里，在燕南园，我送走了母亲（1977 年）和父亲（1990 年），也送走了夫君蔡仲德（2004 年）。最后八年，陪伴着我的是花草树木。

9 月间玉簪花正在怒放，小院里两行晶莹的白。满院里都飘浮着香气。我们把玉簪花称为 57 号的院花，花开时我总要摘几朵养在瓶里，便是满屋的香气。我还想挖几棵带到新居，但又想，今年天气已渐冷，不是移植的时候了。它们在甬路边静静地看着我离开，那香气随着我走了很远。

院里的三棵松树现在只剩两棵，其中一棵还是后来补种的。原有的一棵总是那么的枝繁叶茂，一层层枝干遮住屋檐的一角，我常觉得它保护着我们。这几年，只要我能走动，便在它周围走几步，抱一抱它。现在，我在它身边的时间越来越短，因为已不能久站。我离开的时候，特意走到它身旁拥抱它，向它告别。如果它开口讲话，我也不会奇怪。

北京大学哲学系主任王博和几位朋友来送我，我把房屋的钥匙交给王博。是他最早提出建立故居的想法。我再来时将是一个参观者。我看了一眼门前的竹子，摸了一下院门两旁小石狮子的头，上了车，向车窗外无目标地招手。

车开了，我没有回头。

决定搬家以后，我尽量找机会再去亲近一下燕园，最主要的当然是未名湖。湖北端的那条石鱼还在，在它的鳍背上缠绕着我儿时的梦。九岁那年，抗日战争爆发，我曾在燕园暂住，常来湖边玩耍，看望这条石鱼。七十多年过去了，我长大了，它还依旧。

现在湖北侧的四扇屏一带有几株蜡梅，不过我很少看见它的花，以后也不会看见了。从这里向湖上望去，湖光塔影尽收眼底，对岸的花神庙和石桥也是绝妙的点缀。从几座红楼前向湖边走去时，先看见的是湖边低垂的杨柳和它后面明亮的水光。不由得想到“杨柳依依”这四个字。它柔软的枝条是这样婉转妩媚，真好像缠绕着无限的惜别之情。那“依依”两个字，真亏古人想得出来！每次到这里，我总要让车子停住，看一会儿。

在燕园流连的时候，我总在想一件事，在我离开家的时候，正确地说是离开那座庭院的时候，我会不会哭。

车子驶出了燕南园，我没有回头，也没有哭。

有人奇怪，我怎么还会有搬家的兴致。也有朋友关心地一再劝说老年人不适合搬家。但这不是我能够考虑的问题。因为“三松堂”有它自己的道路。1952年院系调整，冯友兰先生从清华园乙所迁到北大燕南园54号。1957年开始住在57号。他在这里写出了他最后一部巨著《中国哲学史新编》。他在《三松堂自序》的序言中有几句话：“‘三松堂’者，北京大学燕南园之一眷属宿舍也，余家寓此凡三十年矣。十年内乱殆将逐出，幸而得免。庭中有三松，抚而盘桓，较渊明犹多其二焉。”这是“三松堂”的得名由来。北京大学已经决定将“三松堂”建成冯友兰故居，以纪念这一段历史，并留下一个完整的古迹。这是十分恰当的，也是我求之不得的。我必须搬家，离开我住了六十年的地方。

搬家就需要整理东西，我眼看着凌乱的弃物，忽然觉得我很幸运，我在生前看到了死后的情景。“三松堂”内的书籍我已先后做了多次捐赠。父亲在世时，便将一套《百衲本二十四史》赠给家乡唐河县图书馆。父亲去世后，两三年间，我将藏书的大部分，包括《丛书集成》和《四部丛刊》等分批赠给清华大学思想文化研究所，他们设立了冯友兰文库，后转归历史系，两个大房间装满了一排排的书，能在里面徜徉必是一件乐事。现在做最后的清理，将父亲著作的各种版本和其他的书一千余册赠清华大学图书馆。我曾勉力翻检这批书，有些是我从未见过的，书名也没听说过。如有一本《佛国碧缘击节》，很大的一本书，装帧极好。我很想看一看内容，可是只能用手摸摸。清华大学图书馆很快建立了一间冯友兰纪念室，陈设这些书籍。河南南阳卧龙区档案馆行动较早，几年前便要去了书房、卧室的主要家具。唐河县冯友兰纪念馆建成后，我也赠予了少量家具和衣物等。还有父亲在世时为唐河县美学学会写的一幅字，可能这个组织后来没有成立，这幅字就留在家里。现在正好作为唐河县纪念馆的镇馆之宝。韩国檀国大学有教师在北大学习，知道要建冯友兰故居，便来联系，便也赠给他们几件什物和书籍。他们要在学校中辟出房间，专门摆放，以纪念冯友兰先生。

最主要的东西仍留在“三松堂”，包括照片、各种文稿（含少量手稿）、信件、字画、生活用品、摆件及书籍和家具，还有父亲写的几帧条幅。这里的东西有的并不止限于六十年，几个书柜是从20世纪30年代便在清华园乙所摆放过的。多年不曾开过的抽屉里，有一沓信封，上印“昆明国立西南联合大学冯笺”，是父亲没有用完的信封。一个旧式的极朴素的座钟，每半小时敲打一次，夜里也负责任地报时。父亲不以为扰，如果哪天不响，反而会觉得少了什么。院中的石磨是母亲用来磨豆浆的，三年困难时期母亲想改善我们的生活，不知从哪里得来这个石磨，但实际没有磨出多少豆浆。这些东西，般般件件都有一个小故事。将来建成后的冯友兰故居，有他的内容在，有他的灵魂在。

我们还发现了一份完整的手稿《新理学答问》。纸已经变黄变脆，字迹却还可以看清。我决定将它送给国家图书馆。在那里已经有了《新世训》《新原人》的手稿，让它们一起迎接未来。

东西是一件一件陆续积累的，散去也不容易，我一批一批安排它们的去处。到现在已近一年，可以说才进入尾声。在这段时间里，一切都进行得很自然，我没有一点儿感伤。一切事物聚到头，终究要散去的，散往各方，犹如天上的白云。

最有影响的是冯友兰的著作。西南联大校友吴大昌写信来，说他看到了2012年出版的一本书《冯友兰论人生》，其中一篇文章

《论悲观》是为他写的。1939 年在昆明，他向冯先生请教人生问题，冯先生为回答他的问题写了这篇文章，他得到了帮助。他说：“我是一个受益的学生。我钦佩他的博学深思，也感谢他热心助人。”这都是中国哲学的力量。学中国哲学是一种受用。近年来，有一百多家出版社出版了冯友兰的著作。海外关于冯著的出版也从未断绝。《中国哲学简史》1948 年问世以来，一直行销不衰。“贞元六书”中的《新原道》于 1946 年经英国人 Highs 译成英文，名为《中国哲学之精神》在伦敦出版。我一直以为这本书没有能够再版。最近得到消息，这本书在这几十年间，一直有英、美数家出版社出版，隔几年便出一次，最近的一次在 2005 年。我非常惊异这本书的生命力，和冯著其他书一样，“文章自有命，不仗史笔垂”，它们勇敢地活着，把力量传播到四方，如同云在青天。

在这个世界上有很多不公道，但还是善良的人居多。对那些关心我、帮助我的人，我永远怀着感激之情。有些帮助是需要勇气的。从这里我看到人的高贵，一些小事也是历历在目。就燕园而言，北大校方对我时有照顾。还有那些不知名的人。地震期间，来帮助搭地震棚的学生和教师，他们走过这里便来帮忙。一次修房，需要把东西搬开，有一个班的学生来义务劳动，很是辛苦。就在我离开燕园的前几天，有人在信箱里放了一张复印件，那是一篇关于父亲的文章（《1948—1949 冯友兰再掌清华》）。放的人大概怕我没有看到。一切的好意我都知晓、领受，不能忘记。

一次从外面回来，下车时，一位中年人过来搀扶，原来是一位参观者。还有一位参观者从四川来，很想向冯先生的照片礼拜一番。当时我的原则是，室内不开放，只能在园内参观。不料，这位先生在甬路上下跪，恭敬地三叩首，然后离去。一位北大校友来信说，他在学校五年，没有到过燕南园。现在要回学校来，目的之一是看看“三松堂”。隔些时就有人来看望“三松堂”，多年来一直是这样。这里仿佛有一个气场，在屋内的房间里，也在屋外的松竹间，充满着“蜡炬成灰泪始干”的执着和对文化的敬重，还有对生活的宽容和谅解。现在，这里将建为冯友兰故居，可以得到大家的亲近。希望这里能继续为来者提供少许的明白和润泽。

我离开了。我没有回头，也没有哭。

2013 年 2 月

原载《文汇报》2013 年 6 月 10 日

看不见的光

没有名字的墓碑

——关于济慈

上大学二年级英文课时，教师是英国人。他除文章外还随意讲一些诗。一次曾问我们喜欢哪一家。我立即回答：济慈（1795—1821）。哪几首呢？《夜莺颂》和《希腊古瓮颂》。当时读书不多，感受却强烈，所以回答爽快。以后见识虽稍广，感觉却似乎麻木多了。常常迟疑，弄不清自己究竟怎么想，更不要说别人了。也许因为诗句本身的力量，也许因为读时年轻，后来的麻木并未侵吞以前的记忆，在杂乱的积累中，济慈的诗句有时会蓦地跳出，直愣愣地望着我。

1984 年 3 月中旬，我们从英格兰西南部都彻斯特返回伦敦。进市区后，车子经过一些僻静的街道，停在一座房屋的小绿门前。英国朋友说，济慈在这里住过，《夜莺颂》就是在这里写的。我们没有提过要参观济慈故居，大概是贤主人知道我的故居癖罢，顺路便到这里——恰巧不是别人，而是济慈住过的地方。

这是一座小巧舒适的房屋。原属于济慈的好友，退休商人查理斯·布朗和布朗的朋友狄尔克。济慈 6 岁失怙，11 岁失恃。1818 年他的二弟病逝后，他应邀在这里居住，前后约两年，供济慈使用的是一间卧室、一间起居室。起居室在楼下，有法国式落地窗可以坐看花园。那里现在有绿草地、郁金香和黄水仙。室内书橱中有他同时代人的作品。窗旁有莎士比亚肖像。莎翁是济慈最爱的诗人。无论走到哪里，他都带着莎翁的像和作品。展品中还有他手录的莎翁的诗。卧室的楼上，有带帐幔的床，帐顶弯起如船底，是照那时的样子仿制的。据说济慈病重时，讨厌这帐幔的花样，便总到布朗起居室的长沙发上休息。底层还有一间他自己用的小厨房，石壁石槽，阴冷潮湿，看去一点儿引不起家庭的温馨感觉。

济慈短促的一生实在没有尝过多少人间的温馨。他孤身一人，无依无靠。虽然有友谊的支持，但总还是寄居。经济拮据，又不断生病。贫病交加，那日子也许非亲自经历不能体会。他为了生计，在 1819 年底曾谋求外科医生职位，他以前学过医。布朗劝他继续写诗，并借钱给他维持生活。

1819 年 4 月，布劳恩一家租住了这房子属于狄尔克的一部分。济慈和布劳恩家长女凡妮感情日笃。这一年的春和夏，大概是诗人最幸福的日子罢，5 月一个清晨，他在这个花园里写出《夜莺曲》。那时这里还是个小村庄，这一带名为汉普斯德荒原，可以想见其自然景色。除《夜莺颂》一首外，《致赛琪》《忧愁》和他诗歌的顶峰《希腊古瓮颂》都是这时写出的。

飞呵飞呵　我要飞向你

不驾酒神的车
而是凭借看不见的诗翼

在《夜莺曲》中，济慈凭借诗的翅膀，同夜莺的歌声一起高高飞翔，展开丰富的想象。他要飞离人世的痛苦和煎熬。他在温柔的夜色中感到许多美丽的花朵，在夜莺狂喜的歌声中，死亡也变得丰富甜美。然而歌声远去了，留下的只有孤独。

据记载，1820 年春，有人看见济慈坐在小村外，对着眼前的自然景色痛哭。哪一位诗人不爱家乡、祖国，不爱家乡的田野、树木、溪水、花朵，不爱亲人朋友，不用心全力拥抱生活？在自己不得不离开时，哭，恐怕也减轻不了他的痛苦吧。

老实说，去英国时，想到的都是小说家，还有一个莎士比亚。压根儿没有想起济慈。他的故居也不像勃朗特姊妹和哈代故居那样有当时的气氛。但去过后，车子驶过越来越繁华的街道，他的两句诗忽然闪出，直愣愣看着我：

美即是真，真即是美——这就是
你们在地上所知和须知的一切。

如何解释这两句诗，已经有连篇累牍的文章。我当时联想到他不幸的一生，只有一声叹息。

3 月 23 日我们到诗会做客。诗会是诗歌爱好者自己组织的团体。我们的老诗人方敬把另一位老诗人卞之琳翻译的《英国诗选》送给他们一本。他们十分高兴，建议选一首来朗读。这首诗恰又是济慈的《希腊古瓮曲》。诗会的前任会长，一位退休的中学校长朗读英文原诗，由我念卞译中文诗。

听见的乐调固然美，无从听见的
却更美；——

我听着老人轻微而充满感情的声音，心里知道他是怎样热爱诗，又怎样热爱济慈的诗。

呵，幸福的幸福的枝条！永不会
掉叶，也永远都不会告别春天
幸福的乐师，永远也不会觉得累
永远吹着曲调，又永远新鲜

我念中文诗时，觉得卞先生的译文真是第一流的。我的“朗诵”虽未入流，但我相信如果济慈听见，一定高兴。

回想他的故居展品中，有一个石膏面像，说是他死后从他脸上做出来的，看着想着都很不舒服。据说经过解剖，发现他的肺已经一塌糊涂，医生很奇怪他居然用这样的肺活了那么长。他是顽强的人，不顽强是无法作诗的。

1820年秋，济慈的病日益严重。医生说只有到意大利过冬才有救。英国天气阴冷，一百多年前没有很好的取暖设备，的确不利于有病之身。我这次到英国一行，才懂得为什么英国小说里有夏天生火取暖的描写。9月13日，济慈离开伦敦。船经都赛时，他曾上岸，最后一次站在英国的土地上。回到甲板后，眼看英格兰在眼前慢慢消失，他把自己的一首诗《明亮的星》写在随身携带的莎士比亚诗集里，在《一个情人的抱怨》旁边。这手迹陈列在他故居中，字迹秀丽极了。

意大利的天气没有能救他。1821 年 2 月 23 日，他终于告别人世，再也不能回到他爱的土地，想来那美丽的风光一直印刻在他心中吧。再也不能见到他爱的人，她戴着他赠予的石榴石戒指一直到死。

两天后他被葬在罗马新教徒墓地。照他自己的安排，墓碑上没有名字，只有他自己选的一句话：

这里长眠的人
他的名字写在水里。

1984 年 4 月下旬

原载《北京文学》1984 年第 6 期

写故事人的故事

——访勃朗特姊妹故居

在英格兰约克郡北部有一个小地方，叫做哈渥斯。一百多年前，谁也没有想到，它会举世闻名。有这么多人不远万里而来，只为了看看坐落在一个小坡顶的那座牧师宅，领略一下这一带旷野的气氛。

从利兹驱车往哈渥斯，沿途起初还是一般英国乡间景色，满眼透着嫩黄的绿。渐渐地，越走越觉得不一般。只见丘陵起伏，绿色渐深，终于变成一种黯淡的陈旧的绿色。那是一种低矮的植物，爬在地上好像难于伸直，几乎覆盖了整个旷野。举目远望，视线常被一座座丘陵隔断。越过丘陵，又是长满绿色榛莽的旷野。天空很低，让灰色的云坠着，似乎很重。早春的冷风不时洒下冻雨。这是典型的英国天气!

车子经过一处废墟，虽是断墙破壁，却还是干干净净，整理得很好。有人说这是《呼啸山庄》中画眉田庄的遗址，有人说是《简·爱》中桑恩费尔德府火灾后的模样，这当然都不必考证。不管它的本来面目究竟如何，这样的废墟，倒是英国的特色之一，走到哪里都能看见，信手拈来便是一个。这一个冷冷地矗立在旷野上，给本来就是去寻访故居的我们，更添了思古之幽情。

到了哈渥斯镇上，在小河边下车，循一条石板路上坡，坡相当陡。路边不时有早春的小花，有一种总是直直地站着，好像插在地上。路旁有古色古香的小店和路灯。快到坡顶时，冷风中的雨忽然地变成雪花，飘飘落下。一两个行人撑着伞穿过小街。从坡顶下望，觉得自己已经回到百年前的历史中去了。

转过坡顶的小店，很快便到了勃朗特姊妹故居——当时这一教区的牧师宅。

这座房子是石头造的，样子很平板，上下两层，共八间。一进门就看见勃朗特三姊妹的铜像。艾米莉（1818—1848）在中间，右面是显得幼小的安（1820—1849），左面是仰面侧身的夏洛蒂（1816—1855）。她们的兄弟布兰威尔有绘画才能，曾画过三姊妹像。据一位传记作者说，像中三人，神情各异。夏洛蒂孤独，艾米莉坚强，安温柔。这画现存国家肖像馆，我没有看到过。铜像三人是一样沉静——大概在思索自己要写的故事，眼睛不看来访者。其实她们该看一看的，在她们与世隔绝的一生里，一辈子见的人怕还没有现在一个月多。

三姊妹的父亲帕特里克·勃朗特年轻时全靠自学，进入剑桥大学圣约翰学院，毕业后曾任副牧师、牧师，后到哈渥斯任教区长。他在这里住到他的亲人全都辞世，自己在84岁时离开人间。他结婚九年，妻子去世，留下六个孩子，四个长大成人。他们是夏洛蒂、布兰威尔、艾米莉和安。会画画的布兰威尔是唯一的儿子，善于言辞，镇上有人请客，常请他陪着说话。只是他经常酗酒，后来还抽上鸦片，31 岁时去世。

在原来孩子们的房间里，陈列着他们小时的“创作”。连火柴盒大小的本子上也密密麻麻写满了字，墙上也留有“手迹”——据说那时纸很贵。他们从小就在编故事，两个大的编一个安格利亚人的故事，两个小的编一个冈达尔人的故事。艾米莉在《呼啸山庄》之前写的东西几乎都与冈达尔这想象中的国家有关。可惜“手迹”字太小，简直认不出来写的什么。

帕特里克曾对当时的英国女作家、第一部《夏洛蒂·勃朗特传》的作者盖茨凯尔夫人说：孩子们能读和写时，就显示出创造的才能。她们常自编自演一些小戏。戏中常是夏洛蒂心目中的英雄威灵顿公爵最后征服一切。有时为了这位公爵和波拿巴、汉尼拔、恺撒究竟谁的功绩大，也会争论得不可开交，他就得出来仲裁。帕特里克曾问过孩子们几个问题，她们的回答给他印象很深。他问最小的安，她最想要什么。答：“年龄和经验。”问艾米莉该怎样对待她的哥哥布兰威尔。答：“和他讲道理，要是不听，就用鞭子抽。”又问夏洛蒂最喜欢什么书。答：“《圣经》。”其次呢？“大自然的书。”

我想大自然的书也是艾米莉喜爱的，也许是最爱的，位于《圣经》之前。几十年来，我一直不喜欢《呼啸山庄》这本书，以为它感情太强烈，结构较松散。经过几十年人事沧桑，又亲眼见到哈渥斯的自然景色后，回来又读一遍，似乎看出一点儿它的深厚的悲剧力量。那灰色的云，那暗绿色的田野，她们从小到大就在其间漫游。作者把从周围环境中得到的色彩和故事巧妙地调在一起，极浓重又极匀净，很有些哈代的威塞克斯故事的味道。这也许是英国小说的一个特色。这种特色在《简·爱》中也有，不过稍淡些。现在看来，《呼啸山庄》的结构在当时也不同一般。它不是从头到尾叙述，而是从叙述人看到各个人物的动态，逐渐交代出他们之间的关系。过去和现在穿插着，成为分开的一段段，又合成一个整体。

1835年，夏洛蒂在伍列女士办的女子学校任教员，艾米莉随去学习。但艾因为想家，不久便离开，由安来接替。艾二十岁时到哈利费克斯任家庭教师，半年后又回家。艾离家最长的时间是和夏一起到布鲁塞尔学习的九个月。她习惯家里隐居式的无拘束的生活，爱在旷野上徘徊，让想象在脑子里生长成熟。她和旷野是一体的，离开家乡使她受不了，甚至生病。但她不是游手好闲的人，她协助女仆料理一家人的饮食。据说她擅长烤面包，烤得又松又软。她常常一面做饭一面看书，《呼啸山庄》总有一部分是在厨房里写的吧。夏洛蒂说她比男子坚强，比孩子单纯；对别人满怀同情，对自己毫不怜惜。她在肺病晚期时还坚持操作自己担当的一份家务。

夏洛蒂最初发现艾米莉写诗，艾很不高兴。她是内向的，本来就是诗人气质。她1846年写成《呼啸山庄》，次年出版，距今已一百多年了，读者还是可以感到这本书中喷射出来的滚沸的热情。她像一座火山，也许不太大。

从她给出版人的信中，我们知道她于1848年春在写第二本书，但是没有片纸只字的手稿遗留下来。一位传记作者说，也许她自己毁了，也许夏洛蒂没有保藏好，也许现在还在她们家的哪一个橱柜里。

1848年9月布兰威尔去世时，艾米莉已经病了，她拒绝就医服药，于12月19日逝世。可是勃朗特家的灾难还没有到头，次年5月，安又去世。安也写过诗，和两个姐姐合出了一本诗集，写过两本小说《艾格尼丝·格雷》和《野岗庄园房客》，俱未流传。她于1849年5月24日往斯卡勃洛孚疗养，夏洛蒂陪着她。28日病逝，就近殡葬。

牧师宅中只有夏洛蒂和老父相依为命了。

陈列展品中有夏洛蒂的衣服和鞋，都很纤小，可以想见她小姑娘般的身材。她们三人写的书，曾被误认为是出于同一个作者，出版人请她们证实自己的身份。夏和安不得已去了伦敦。见到出版人拿出邀请信来时，那位先生问她们从哪儿得来的这信，完全没有想到这两个小女人就是作者。

三人中只有夏洛蒂生前得到作家之名。她活得比弟妹们长，也没有超过40岁。她在布鲁塞尔黑格学校住过一年多，先学习，后任教。这时她对黑格先生发生了爱情。她爱得深，也爱得苦，这是毫无回报的爱。这也是夏一生中唯一一次的充满激情的爱，结果是四封给黑格的信，在他的家里保存下来。夏于1854年6月和尼科尔斯副牧师结婚。她看重尼科尔斯的爱，对他也感情日深。勃朗特牧师宅中有一个房间原是女仆住的，后改为尼科尔斯的房间。

夏洛蒂于1855年3月，和她的五个姊妹一样，死于肺病。

楼上较大的一间房原是勃朗特先生用，现在陈列着三姊妹著作的各种文字译本，主要是《简·爱》和《呼啸山庄》。但是没有中文本。这缺陷很容易弥补。要知道我们中国人读这两本书非今日始，上一代已经在读在译了。我们立刻允诺送几部中译本来陈列。

从窗中望去，可见近处教堂尖顶，据说墓地也不远。勃朗特全家除安以外都葬在那里。因为时间关系，我们不能去凭吊了。离开牧师宅时看见有人在三姊妹像旁拿了一张纸，我也去拿了一张，原来是捐款用的。这里的一切费用都是三姊妹的忠诚读者捐赠的。人生得一知己足矣，有这样多的人爱她们，关心她们的博物馆，真让人高兴——当然不只是为她们。

我们又回到旷野上。风还在吹，雨还在飘。满地深绿色看不出一点儿摇动，仿佛天在动，而地却停着。车子驶过一座又一座丘陵，路一直伸向天边。这不是简·爱万分痛苦地离开桑恩费尔德的路吗？这不是凯瑟琳·恩萧和希斯克利夫生前和死后漫游的荒野吗？他们的游魂是否还在这里飘荡？勃朗特姊妹在这里永远与她们的人物为伴了。

听说这一带还有勃朗特瀑布、勃朗特桥，一块大石头是勃朗特的座位，连这个县都以勃朗特命名了。人们说夏洛蒂是写云能手，而艾米莉笔下的风雪，也使人不忘。或许还该有勃朗特云和勃朗特风雪吧。

1984年5月上旬

原载《文汇月刊》1984年7月号

看不见的光

——弥尔顿故居及其他

这座小屋是约翰·弥尔顿1608年到1674年间住过的，至少有三百余年历史了。据说有一部分重修过，还时常修葺，所以不很破旧。但那砖砌的烟囱和窄窗都表现出它的古老。低矮的门，狭窄的门道，不大的房间，这就是二十年奔走革命以后弥尔顿老人活动的场所。进门左手一间是从前的厨房，壁炉里吊着旧式的锅、壶等，吊杆上有很多锯齿，可以移动容器，掌握离火的远近，还有个像大钟似的烤炉，很有田舍风味。右边一间是从前的起居室，现在陈列着弥尔顿的著作。据说老人每天清晨即起，在室内踱步，一面构思，等女儿起身后，便将腹稿口授给女儿笔录。

他44岁双目失明，在黑暗中过了二十年。他的伟大诗篇《失乐园》《复乐园》和《力士参孙》都是在这一时期写成的。它们给人怎样灿烂的光辉！有的评论家说，人们常用崇高这一字眼，但真正当得起的，只有很少数的艺术品，弥尔顿的史诗是其中之一。

作为一个诗人，弥尔顿有两个特点，一是有生活，一是有学问。他用一生三分之一的时间参加政治斗争，为国为民也为他的教会，积极反对君主专制。他主张人人生而平等，最先大声疾呼支持处决查理一世。他担任克伦威尔共和国政府的拉丁文秘书，为共和国政府做了很多宣传方面的工作。他在《为英国人民声辩》里说："基督教徒不应有任何国王，既已有一个，他应是国民的公仆。"他在《失乐园》里歌颂了撒旦反对上帝的斗争，也对后来成为独裁者的克伦威尔有所批评。我想这是他能写出称得上伟大、崇高作品的一个重要原因。

弥尔顿的政治生活使他取得直接的经验，他的博览群书使他取得间接的经验。《失乐园》里有这样三行诗：

> 途中，它（按：指撒旦）降落在塞利卡那，
> 那是一片荒原，那里的中国人
> 推着轻便的竹车，靠帆和风力前进。

杨周翰先生从这三句诗出发，写了一篇文章《弥尔顿〈失乐园〉中的加帆车》，文中论及知识与创作的关系。说弥尔顿的学识使他的作品获得"高致"。"高致"是看不见的，也不是立竿见影能得到的。只能在读万卷书，行万里路中渐渐地"高"起来。"读万卷书，行万里路"这八个字不知出自何典，它形象地说出生活和学识对于创作的必要性。

小屋外是普通小花园，整洁宜人。这一切都由一个"房客"照管。这是英国管理故居的办法之一。由一家居住，也由这一家负责

维护、接待参观。楼上原为弥尔顿卧室，现因这家主妇生产，参观者不准上楼。

我在小园中少立，觉得屋内外都给人寥落凄清之感。比较起来，弥尔顿的知音比勃朗特姐妹少得多了。也许最好的艺术总是曲高和寡？也许他太古老了？也许诗歌本身总是更受语言限制，不易翻译，不易理解？老实说，我就只读过《失乐园》的片段，还不是很认真，更不要说他的其他诗作。但是他的革命精神，他的政治活动，他的学识都融会在他的诗里，发出看不见的光。他在英国文学史上的地位是不朽的。

这次带我出游的主人是三十多年前我在南开大学读书时的老师，刘荣恩贤伉俪。三十多年前他们离开南开后便在英国居住，对英国文化很了解，了解又加上热心，所以弥尔顿故居并非最后一站。再向西行，到一个16世纪古镇爱默先姆。这是一条很有趣的街，仿佛是故意搭起来拍电影用的，两旁房屋有的不免东倒西歪，但因维修仔细，不显风雨侵蚀的痕迹，好像一张保养得很好的老人的脸。那大车店的窗户依旧古式样，黑框白底涂抹分明。门很宽，敞开着，似乎随时会有驿车进来。它使我想起我们涿鹿县的大车店，那门也是这样的，二十五年前我还坐在马车上出入过。这里房屋不高，小门临街，以前都是黎民百姓的住所，现在据说租金越来越贵。街中有一座两层的石建筑，有柱无墙，是当时的粮食市场。主人引我进了旁边一个黑洞洞的门，里面弯弯曲曲有店铺，我们到一个香草店，店里全是各样加工过的香花香草，幽香沁人。据说现在又时兴用香草了，想是香水不够古雅吧。店主人是胖胖的妇女，知道我从中国来，立刻说她的叔叔到过中国，还上过万里长城呢。这样的寒暄我遇到多次了，很抱歉，我总怀疑他们当时是打仗去的。不过现在的笑容很是诚恳热情，不该勾起往事。最主要的是，我们自己已经不是一盘散沙，不可轻侮了。我们这东方的巨龙正奋力摆脱贫穷和愚昧的泥潭。因为坐在巨龙背上，世界对于我，才是一个自由的地方。

我们带着满身幽香到一个小饭馆吃饭。店门外有一株杨柳，就凭这一株柳树，店名就叫“杨柳”。店很小，但一进门便看见壁炉里烧得正旺的火，满屋暖洋洋的。那生菜真好。现在回想，店主人该把苔丝德蒙娜的“杨柳歌”贴在墙上作为装饰的。

英国有这个特点，到哪儿总能找出点古迹。他们深以悠久深厚的文化传统自豪，不遗余力地保护称得上是古迹的一切。从前有人说，英国人善于用旧瓶装新酒，中国人善于用新瓶装旧酒。他们的“新”，想是指资产阶级革命而言，现在也不见得新。我们的旧，想是指封建主义而言，也总该换掉了。人不能把自己束缚在过去。过去应该像弥尔顿的生活底子和学识一样，要在这上面写出伟大的史诗来，发出看不见的光。

归途中又下雨了，绿色的田野在薄暮的朦胧里，随着山坡起伏。弥尔顿故居的小村在田野间，很快就看不见了。

1984 年 5 月

原载《花城》1984 年第 6 期

他的心在荒原

——关于托马斯·哈代

在英格兰西南部都彻斯特博物馆中，有一个小房间，参观者只能从窗口往里看。我们因为是中国作家代表团，破例获准入内。

这是托马斯·哈代（1840—1928）的书房，是照他在麦克斯门家中的书房复制的。据说一切摆设都尽量照原样。四壁图书，一张书桌，数张圈椅。圈椅上搭着他的大衣，靠着他的手杖。哈代的像挂在墙上，默默地俯视着自己的书房，和不断的来访者。

他在这样一间房间里，就在这张桌上，写出许多小说、诗和一部诗剧，桌上摆着一些文具还有一个小日历。日历上是3月7日。据说这是哈代第一次见到他夫人的日子，夫人去世以后，哈代把日历又掀到这一天，让这一天永远留着。馆长拿起三支象牙管蘸水笔，说哈代就是用它们写出《林中人》《德伯家的苔丝》和《无名的裘德》。

书架上有他的手稿，有作品，还有很多札记，记下各种材料，厚厚的一册册，装订得很好。据说这一博物馆收藏哈代手稿最为丰富。馆长打开一本，是《卡斯特桥市长》，整齐的小字，涂改不多。我忽然想现在有了打字机，以后的博物馆不必再有收藏原稿的业务，人们也没有看手稿的乐趣了。这手稿中夹有一封信，是哈代写给当时博物馆负责人的。大意说：谢谢你要我的手稿，特送上，只是不一定值得保存。何不收藏威廉·巴恩斯的手稿？那是值得的！这最后的惊叹号给我印象很深。时间过了快一百年，证明了哈代自己的作品是值得的！值得读，值得研究，值得在博物馆特辟一间——也许这还不够，值得我们远涉重洋，来看一看他笔下的威塞克斯、艾登荒原和卡斯特桥。

威廉·巴恩斯是都彻斯特人，是这一带的乡土诗人。街上有他的立像。哈代很看重他，1908 年为他编辑出版了一本诗集。哈代自己在某种程度上也可以说是乡土作家。可是他和巴恩斯很不同。巴恩斯“从时代和世界中撤退出来，把自己包裹在不实际的泡沫中”，而哈代的意识“是永远向着时代和世界开放的”。1912 年哈代自己在“威塞克斯小说”总序中说：“虽然小说中大部分人所处的环境限于泰晤士之北，英吉利海峡之南，从黑令岛到温莎森林是东边的极限，西边则是考尼海岸，我却是想把他们写成典型的，并且在本质上属于任何地方，在那里‘思想是生活的奴隶，生活是时间的弄人’。这些人物的心智中，明显的地方性应该是真正的世界性。”哈代把他的具有浓厚地方色彩的 14 部长篇小说、4 部短篇小说集总称为威塞克斯小说，但是这些小说反映的是社会，是人生，远远不只是反映那一地区的生活。小说总有个环境，环境总是局限的，而真正的好作品，总是超出那环境，感动全世界。

哈代的四大悲剧小说，《还乡》《德伯家的苔丝》《卡斯特桥市长》和《无名的裘德》，就是这样的小说。我在20世纪40年代初读《还乡》时，深为艾登荒原所吸引。后来知道，对自然环境的运用是哈代小说的一大特色，《还乡》便是这一特色的代表作。哈代笔下的荒原是有生命的，它有表情，会嚷会叫，还操纵人物的活动。它是背景，也是角色，而且是贯穿在每个角色中的角色。英国文学鸟瞰一类的选本常选《还乡》开篇的一段描写：

> 天上悬的既是这样灰白的帐幕，地上铺的又是那种最苍郁的灌莽，所以天边上天地交接的线道，划分得清清楚楚……荒原的表面，仅仅由于颜色这一端，就给暮夜增加了半点钟。它能在同样的情形下，使曙色迟延，使正午惨淡；狂风暴雨，几乎还没踪影，它就预先现出风暴的阴沉面目了；三更半夜，没有月亮，它更加深那种咫尺难辨的昏暗，到了使人发抖、害怕的程度。

今天看到道塞郡的旷野，已经很少那时一片苍茫、万古如斯的感觉了。英国朋友带我们驱车往荒原上，地下的植物显然不像书中描写的那样郁郁苍苍，和天空也就没有那样触目的对比。想不出哪一个小山头上是游苔莎站过的地方。远望一片绿色，开阔而平淡。哈代在1895年写的《还乡》小序中说，他写的是1840年到1850年间的荒原，他写序时荒原已经或耕种或植林，不大像了。我们在1984年去，当然变化更大。印象中的荒原气氛浓烈如酒，这酒是愈来愈多地掺了水了。也许因为原来那描写太成功，便总觉得不像。不过我并不遗憾。我们还获准到一个不向外国人开放的高地，一览荒原景色。天上地下只觉得灰蒙蒙的，像里面衬着黯淡，黯淡中又透着宏伟，还显得出这不是个轻松的地方。我毕竟看到有哈代的心在跳动着的艾登荒原了。

我们还到哈代出生地参观。经过一片高大的树林，到一座茅屋。这种英国茅屋很好看，总让人想起童话来。有一位英国女士的博士论文是北京四合院，也该有人研究这种英国茅屋。里面可是很不舒适，屋顶低矮，相当潮湿。这房屋和弥尔顿故居一样，有房客居住，同时负责管理。从出生地又去小村的教堂和墓地——斯丁斯福墓地。哈代的父母和妻子都葬在这里。

葬在这里的还有哈代自己的心。

墓地很小，不像有些墓地那样拥挤。在一棵大树下，三个石棺一样的坟墓并排，中间一个写着“哈代的心葬此”。这也是他第一个妻子的坟墓。

据说哈代生前曾有遗嘱，死后要葬在家乡，但人们认为他应享有葬在西敏寺的荣耀。于是，经过商议，决定把他的心留在荒原。可是他的心有着很不寻常的可怕的遭遇。如果哈代自己知道，可能要为自己的心写出一篇悲愤的、也许是嘲讽的名作来。

没有人能说这究竟是不是真的，但是英国朋友说这是真的——我倒希望不是真的。哈代的遗体运走后，心脏留下来由一个农夫看守，他把它放在窗台上，准备次日下葬。次日一看，心不见了，旁边坐着一只吃得饱饱的猫。

他们只好连猫葬了。所以在哈代棺中，有他的心，他的夫人，还有一只猫！我本来是喜欢猫的，听了这个故事以后，很久都不愿看见猫。但是哪怕是通过猫的皮囊，哈代的心是留在荒原上了，和荒原的泥土在一起，散发着荒原的芬芳，滋养着荒原的一切。

关于哈代作品的讨论已是汗牛充栋。尤其是其中悲观主义和宿命论的问题。他的人物受命运小儿拨弄，无论怎样挣扎，也逃不出悲剧的结局。好像曼斯菲尔德晚期作品《苍蝇》中那只苍蝇，一两滴墨水浇下来，就无论怎样扑动翅膀再也飞不出墨水的深潭。哈代笔下的命运有偶然性因素，那似乎是无法抗拒、冥冥中注定的，但人物的主要挫折很明显是来自社会。作者在《德伯家的苔丝》中有一段议论，说："将来人类文明进化到至高无上的那一天，那人类的直觉自然要比现在更敏锐了，社会机构自然要比掀腾颠簸我们的这一种更密切地互相关联着的了。"他也希望有一个少些痛苦的社会。苔丝这美丽纯洁的姑娘迫于生活和环境，一步步做着本不愿意做而又不得不做的事，一次次错过自己的爱情，最后被迫杀人。这样的悲剧不只是控诉不合理的社会，在哈代笔下，还表现了复杂的性格，因为你高尚纯真，所以堕入泥潭。哈代把这一类小说名为"性格和环境小说"。在性格与环境冲突中（不只有善与恶的冲突，也包括善与善的冲突），人物一步步走向死亡。这正是黑格尔老人揭示的悲剧内容。

我们经过麦克斯门故居，因为不开放，只在院墙外看见里面一栋不小的房屋，那是哈代从 1883 年起自己照料修建的——他出身于建筑师家庭，自己也学过建筑。他于 1885 年迁入，直到逝世。据说现有人住，真不知何人胆敢占据哈代故居！

这次参观的最后一站是有名的悬日坛，这是一望无际的旷野上的大石群。据说是史前两千八百年左右祭祀太阳的庙。一块块约重 50 吨的大石，有的竖立，有的斜放，有的平架在别的大石上，像是这里曾有一个宏伟的巨人，现在只剩了骨架。冷风从没遮拦的旷野上四面刮来，在耳边呼呼响，好像不管历史怎样前进，这骨架还在向过去呼唤。

我站在悬日坛边，许久才悟过来这就是苔丝被捕的地方。她在后门中睡着了，安玑要求来人等一下，他们等了。苔丝自己醒了，安静地说："我停当了，走吧！"这些经历了数千年风雨的大石当然知道，在充满原始粗犷气息的旷野上，像苔丝这样下场的人，不止一个。

我的大学毕业论文是以哈代为题的，那是三十五年前的事了。那时我以为哈代的作品并非完全是悲观的，它有希望。举的例子是《苔丝》这书中最后安玑和苔丝的妹妹结合，这表示苔丝的生命的延续，她自己无法达到、无法获得的，她的妹妹可以达到、获得。最近听说很多本科生研究生都以哈代为题做论文，以至关于哈代的参考书全部借完。其中有我的一位青年朋友。他深爱哈代，论文题目是《苔丝》。他以为安玑和丽沙·露的结合是安玑对苔丝的背叛，表明人性不可靠。有些评论也持此观点。我则还是坚持原来看法。哈代自己在《晚期和早期抒情诗集》序中很明确地说过："我独自怀抱着希望。虽然叔本华、哈特曼及其他哲学家，包括我所尊敬的爱因斯坦在内，都对希望抱着轻蔑态度。"他还在日记中说："让每个人以自己的亲身生活经验为基础创造自己的哲学吧。"哈代自己创造的是有希望的哲学。他在作品中对资本主义社会的批判是无情的，但他给人留下的是生活中的希望。

关于悲观、乐观的问题，哈代还说他所写的是他的印象，没有什么信条和论点。他说：这些印象被指控为悲观的——这似乎是个恶谥——很为荒谬。“很明显，有一个更高级的哲学特点，比悲观主义，比社会向善论，甚至比批评家们所持的乐观主义更高，那就是真实。”

能仔细地看清真实需要勇气和本事，看清了还要写出来，需要更大的勇气和本事。哈代因写小说被人攻击得体无完肤，《无名的裘德》还被焚毁示众。有人说他因此晚年改行写诗，也有人说改行是因家庭原因。我以为他一直想写诗，在写小说时，常有诗句在他心中盘旋，想落到他笔下，他便也分给诗一些时间。他也可能以为诗的形式更隐蔽，能说出他要说的话。事实上，他从年轻时就一直断断续续在写诗。

回伦敦后，从访古改为访今了。我却还时常想起都彻斯特小城，星期天商店全关门，非常安静，旅馆外不远处斜坡下的那一幅画面：一座英国茅舍，旁边小桥流水，还有一轮淡黄色的圆月，从树梢照下来。我曾想哈代的铜像应该搬到这里。他在大街上坐着，虽然小城中人不太多，也够吵闹的了。后来得知这茅舍有个名称，是“刽子手宅”。便想幸好哈代生在近代，生前便能知道得葬西敏寺（其实诗人角拥挤不堪，不如斯丁斯福墓地多矣），若在中古，难免会和刽子手打交道。

“如果为了真理而开罪于人，那么宁可开罪于人，也强似埋没真理。”这是哈代在《苔丝》第一版导言中引的圣捷露姆的话。看来即使他有着和刽子手打交道的前途，也还是不会放下他那如椽的大笔的。

哈代出生地展有世界各国译本，但是没有来自中华人民共和国的中文译本，回来后托人带去一本《远离尘嚣》。这篇小文将成时，收到都彻斯特博物馆馆长彼尔斯先生来信，他要我转告我的同行，他们永远盼着有欢迎中国客人的机会。

应该坦白的是，在博物馆中，我把哈代的手杖碰落了两次。也许是不慎，也许是太慎。英国朋友说哈代当然不会在乎。不过我还是要向他和全世界热爱他的读者道歉。

1984 年 5 月下旬

原载《人民文学》1984 年第 4 期

澳大利亚的红心

瑙玛有个小小的习惯，怕下楼，因此当然也不能上楼。我们在阿丽思泉古斯艺术馆的圆厅里走着，见厅中心有一个螺旋形的小楼梯，梯侧有小喷泉，暗红色的灯光照着喷洒的水珠。我请她到厅边小坐，不要陪我上去。她说到上面就可以看见这个艺术馆的主要内容，她用了一个字，我一时想不起那英文的意思。“上去便知。”我想。

跨过暗红的喷泉，缓缓上到梯顶，我不觉吃了一惊。我怎么忽然来到了澳洲中部的荒原上、旷野间？苍凉而豪迈的中澳大利亚景色，扑向我眼前，这样辽阔，这样一望无际；又这样寂静，这样无动于衷，只有远处小小风车给人一点儿动的感觉。似乎时间也被这豪迈苍凉羁留住了。那一直伸展开去的原野，直到天边，看不见了，却又明知它还在继续伸延，简直使人想赶过去看个究竟。在棕褐色、有的地方是暗红色的原野上，铺缀着一丛丛灰白的草，一丛丛暗绿的榛莽。再高一些是那一对称为孪生兄弟的橡树，它们真像彼此的影子。最高的植物是一株尤加利树，它那灰白的树皮下，显示着充满了生命力的筋骨。天地交界处有一段远山，又有一座淡蓝色的平顶山，像一个倒扣的长盒，后来知道它的名字是考诺山。又有一座稍长的，一端扁平的浅棕色的山，后来我知道那便是世界最大的独石，艾耳石。

我循着楼栏走了一圈，才悟出那英文字义是全景画。这画面形成一个圆圈，观画人站在中央。近处20米的泥土植物全是实物，连接着20米高的画面。画面不但集中了澳大利亚的有特点的景物，还画出了那原野的苍郁混沌的神情，使人不觉大有“天地悠悠”之感。

次日我们乘车行驶在真正的澳洲内陆原野上，离艾耳石越来越近，这种“天地悠悠”之感也越来越强烈。车行几个小时，眼前总是莽苍苍一片。忽然远处出现了那淡蓝色的考诺山。以后我发现无论从哪个方向看，它总是保持着那淡淡的蓝，虽然远，却很分明。走着走着，考诺山不见了。太阳没遮拦地照着，蓝天亮得耀眼。地下的草格外灰白，榛莽的绿显得格外干涩。而路呢，不知何时起，变成了鲜艳的红色。如果不是亲眼得见，实在难以想象土地能红到那样地步。这红色在那全景画中并不突出，大概是要留给人自已琢磨吧。于是天是蓝的，树是绿的，草是白的，路是一味地红。风吹草低，便是原野的活动，便是原野的声音。

我拿出“罗吉的地图”，想看看行程远近。罗吉是气象学家，是瑙玛的儿子。在悉尼那几天，都是他开车。离开悉尼时，他送了我这份地图，还有一个复活节巧克力兔。他对瑙玛极为体贴关心，总是在她需要时及时出现。“这样孝顺的儿子不多了。”瑙玛常说。我也为她高兴。

罗吉的地图告诉我们，艾耳石有3.2公里长，2.4公里宽，335

米高。艾耳是一个人的名字。1872年最初来到这石山的欧洲人取此名，艾耳本人与这石山并无关系。这里原有土著，现在都迁往别处了。他们有蛇人的传说，山的阴阳两面有两种蛇，后来成为两个部落。我不禁联想到我们中华民族的龙，其实也是由蛇图腾演变来的。看来在远古时代，蛇的势力不小。

我们到了。艾耳石从近处看如同一匹趴卧的大兽，棕色的纹理好像大象粗糙的皮肤。石山上有好几处洞穴，有的洞中有简单的原始的画，都保存得很好。头一天在阿丽思泉，瑙玛曾请一位研究土著生活的英国朋友来见，他对他们的画很了解，圈圈点点，曲线直线，都有意义，都在诉说一个故事或一种感情。只是有些内容他们不愿人知，他也就闭口不言。在他那里见到一些画，圈、点和线的形状、颜色都很和谐，倒有点像当前抽象派的画。

节目中有一项是欣赏艾耳石变幻颜色。我们清早出发，登上一个沙丘，东张西望。向东看日出，向西看石山的颜色。石山在黑暗里黑黝黝的，黑夜渐渐淡去，石山逐渐显出棕色的皮肤；朝阳在天边涂抹着彩霞，石山在不知不觉间也涂了一层橘红色。在太阳跃出地平线的一刹那，据说石山会像着火一样通红，但那天不知为什么，没有见到这奇观。又因为东张西望不能兼顾，对两边似乎都无多少心得。从沙丘上下来，瑙玛笑道："走了几万里路，临了石山不变颜色。""总得把最奇特的留给想象。"我笑答。其实眼前的景色已经够奇了。在灰白和暗绿相间的原野上，破开一条鲜红的大路，向石山缠绕过去。远处虽有总是那样蓝的考诺山和另一座奥尔加山，近处的艾耳石却显得这样大、这样孤单，不知从什么时候被抛掷在这里，遗忘在这里。它像澳洲一样，终于被发现了，而且成为胜景。我记起哈代所著《还乡》的第一章，“一片苍茫，万古如斯”，那描写伊登荒原的文字是多么美；还有那红土贩子——现在科学发达，当然不用红土染色了。

“这路，这土，多么红……”我喃喃道。

“这是澳大利亚的红心，”瑙玛说，“澳大利亚的红心欢迎你。”

“红心”两字并非瑙玛发明，在导游画册里便是这样说的。在辽阔无垠的原野上袒露的红路，真像敞开了赤诚的胸怀，那是人民友好的心愿。我向她感谢地微笑，默默地俯身抓起一把红土。原来在土著的许多美好的传说中，确有红土染身的故事。说是在世界尽头住着一个女人，她的职责是早晨点火照亮世界，晚上熄火让万物安息。在点火与熄火时，她都要用红土装饰自己，红色反照在天上，便成了朝霞和落日的绮辉。

我们沿着红色的路，下午便返回阿丽思泉。在渐渐合拢来的暮色中，西天却逐渐明亮，越来越红，很快就成了一片通红。红云上压着一层层灰黑的云。这里没有别处落照的千百种颜色的变幻，整个天空，只有红与黑两种颜色。红云真像在天上烧着大火，因为天地是这样无边无际，火也烧得透旺，烧得恣意，从天的一端直烧到另一端。偏又有层层黑云，有时在红云上压着，有时在红云下托着，更显出那壮丽的通红来。通红的天连着通红的地面，仿佛从地面上也在升起红云，真使人感到一种浩大、神秘的力量。这大概是那世界尽头的女子在撒扬红土所致吧。

车上几个小孩在说儿歌：“彼吉博吉胖墩墩，拉着女孩们不住地亲；一伙男孩来游戏，彼吉博吉跑开去。”在清脆的童音中忽然发出一声赞叹，瑙玛说：“看那边！”和通红的西天遥遥相对，在草莽中升起一轮明月，月轮很大，染着淡淡的金黄，默然俯视着这原野。我忽然想起，内蒙古草原上大而圆的月亮，不也就是这一个吗？它冷眼观看了亿万年来地球各处人类的发展，不知地球上何人初见月，也不知月亮何时初照人。人的智慧发展到今天，月亮本身的奥秘也已让人探得去了。

日落的壮观持续约一小时，夜幕终于遮盖了一切。路边的地灯告诉我们已走上柏油路，红土的原野越来越远……

"告别了，澳大利亚的红心。"我在心中说。我已从自然景色中苏醒过来，和车上的旅客攀谈着。旅客来自澳大利亚各阶层，也来自世界各地。谈笑间，我也学会了瑙玛小时候就在说着的儿歌："彼吉博吉胖墩墩……"

其实，我虽然离开了那红色的原野，却并未离开澳大利亚的红心。牧场上，大学里，繁华的大城和清幽的小镇中，到处都遇到热心朋友。南澳大利亚的库诺本小学特地赠我一把银色的小勺，柄上有校徽，盒底写着："请冯女士用它的时候记住我们，并请转达对中国小朋友的友谊。"

访问小学校时，我被安置在大沙发上，孩子们围坐在地，瞪大了眼睛瞧着我。校长科博狄克先生多才多艺，他手弹吉他，领着孩子们唱欢迎歌。我讲我自己的古老伟大正在建设的国家，讲了我们小学生的一天的生活。应校长之请，我也讲了《露珠儿和蔷薇花》这篇童话。我很怀疑我的自译能否达意，孩子们却专心地听。讲完了，一个孩子举手问："那朵蔷薇死了？""骄傲的蔷薇死了。"我不无伤心地答。

校长让孩子们自由发问，空气很是活泼。问题一个接一个："中国最高的山？”“中国最长的河？”“中国的牙膏是什么颜色？”“你有多少岁？”我也问他们，问他们的志愿。几乎人人都举起小手。有的要做农民，有的要做理发师；有的女孩愿意做护士，愿做家庭妇女；有的男孩要做警察，要开飞机。只有一个孩子要做科学家，没有人愿当教师。

“如果你几年前来，会有许多孩子要做教师。”校长说，“近来教师失业的很多。”原来澳洲人口增长率趋于零，孩子少，需要的教师也少了。

“不管做什么，”校长又说，“我们要培养的是有用的、快活的人。”

临别时，校长从墙上取下两张图画送我。一张是个黄色的小人，那是海盗；一张是用拇指按出来一个个指印，组成一棵树。我想起澳大利亚名作家帕特里克·怀特的一本书《人类之树》。在人类之树上，每个民族、每个国家尽管有种种不同，都该在自己可爱美丽的国土上辛勤劳作，发展兴旺，并且互相友好往来，使这棵大树根深叶茂，绵延久远。

面对着这张天真的画，不禁又想起罗吉的地图，想起养猪人餐桌上丰盛的糕点，想起明史教授雨中送别，想起每天看着表为我煮鸡蛋的退休老船长……当然，还有代表澳中理事会接待我的瑙玛那充满了关怀、做出细致安排的亲切的声音。虽然我免不了常请她重复一次，奇怪的是，我总不觉得她说的是外国话。还有那奇特的剖露着红土的原野——澳大利亚的红心。

1981 年 6 月初

原载《人民文学》1981 年 8 月 8 日

我的澳大利亚文学日

1981 年 5 月 6 日，我动身从澳大利亚回国的前一天，是这次访问的高潮。按照日程，这天上午，我将到澳大利亚著名作家帕特里克·怀特家中拜访。然后往谒亨利·劳森之墓。下午参观悉尼艺术馆，晚上在悉尼歌剧院晚餐，有梅卓琳、考斯蒂根夫妇、基尼利夫妇和瑙玛同席。饭后在歌剧院观看现代芭蕾舞。

“太丰富了。”我赞叹。

“你会累坏的。”瑙玛说，“吃药吧，加倍！”相处了快一个月，我们几乎知道了彼此的全部习惯。

我们从瑙玛的住处莫斯曼湾乘船往悉尼市中心，海面波光粼粼，白鸥点点。岸上绿树丛中，隐约露出红白两色的房屋。初到悉尼时下榻的小旅馆，在山坡上显露着它那一角招牌。我想起旅馆中在红玻璃杯里燃烧的蜡烛，照着绘在天花板上的港湾。刚来时欣喜兴奋的心情，这时已换作依依惜别了。

船转了方向，这一带海湾看不见了。两岸仍是绿树。5 月份，澳洲正是深秋，也许因为树的种类不同，此时反不如前几天在墨尔本和堪培拉感到的秋色浓和秋意重。

在市中心办了些琐事，即驱车前往怀特家。在车上，瑙玛忽然说："听着，亲爱的，"她常这样叫我，"你可能一人去见怀特先生，因为我想他大概不会让我进门。""怎么会呢？我们两人一起去。"我有些奇怪。一面想起一路听到的关于怀特的传说。都说他宣布隐居，谢绝访问。途经墨尔本时，一家报纸重新发表了两年前一位美国导演对他的访问记，编者按语说这是罕有的，特地重新发表。人们知道我的日程中列有访问怀特，都颇为惊讶。其实这很简单，只因我是中国人。

"如果他不让我进门，我就在街上等你。"瑙玛又说。我摇头。我直觉地感到怀特先生一定会欢迎她，就像欢迎我一样。

我们准时到达怀特家。那是一座小楼。坐落在一个小山坡上。小坡本身便是花园。我们自己推开木栅门，循着两边长满各种植物的小径，到了屋门前。忽然一阵狗吠，只见另一侧的铁栅门内，好几只大狗对着我们乱叫，但它们的神情并不凶恶。"它们表示欢迎。"瑙玛幽默地说。

我们按了电铃，门立即开了。我一眼便认出，站在我们面前的便是怀特本人。他身材高大，比照片上瘦一些，嘴角显出文学家的敏感，眼睛透露着哲学家的睿智和聪明。他也许不能说像，却使我想起歌德那敏感而聪明的脸。他立即欢迎我。瑙玛站在门边，问道："我可以进来吗？"

"哦，当然了。"怀特显然没有考虑过让她等在门外。我胜利地向她微笑。

我们进屋，落座。怀特端茶时，我和瑙玛打量着墙上的两幅大画，都是抽象派的，圈圈点点，曲线直线，不知所云。我很想问问画的什么，话到嘴边，又咽住了。

我知道怀特不喜欢新闻记者采访。我自己很尊重记者的劳动，因为每个人都要看报，读新闻。但这时我不想把自己放在采访的位置提问。我们的会见只是一个中国中年作家对一位澳大利亚老作家的友好拜望，只是见见面，谈谈天。怀特的接待恰也是这样。他亲切友好，随便家常。大家处在无拘束的亲切的气氛中，瑙玛和我都很高兴。

“中国是个伟大的国家，很愿意去看看。”怀特说，“但是我太老了。”

瑙玛和我同声抗议，一致说他并不老。他1912年生，今年69岁。

“我的日子不多了，”他说，“老实说活多久我并不在乎。”

“你可以只到一个地方看看。”瑙玛说。

“如果去，我就要到许多地方。”他微笑。

我告诉他，他的书在中国的翻译情况，并把随身带的一本外国语学院出的《外国文学》送给他，那是澳大利亚文学专号，上面有《人类之树》的前四章。

《人类之树》描写澳大利亚人开发澳洲的艰辛过程。有“澳洲创世记”之称。我亲眼见到澳大利亚丛莽风光之后，才更体会这本书所形象地表现的澳大利亚历史，也更了解书中关于人类开发自然的深刻感受。我们谈到我的旅行，也谈到澳洲的自然景色，那是使人难忘的。

“便是这景色使我回来。”怀特说。

这便是怀特之所以为怀特。有些澳大利亚作家成名后，便远离故乡，定居国外，如莫里斯·魏斯特（Morris West）在意大利，《荆棘鸟》的作者科林·麦克劳（Colleen McCullough）发财后定居美国。我在阿得雷德见到一位青年女作家，出版了六部小说后即要迁居墨西哥。但是怀特回来了，因为澳洲是他的家乡。我想，比起一般人，作家是更需要祖国的土壤的，是更需要民族的后盾、更需要自己的文化传统的哺育的。

话题转到前天我们看的电影《苔丝》。我和瑙玛从澳洲黄金海岸的兰噶塔飞到悉尼，一下飞机，把箱子藏在杂物室内，就直奔电影院，兴致勃勃地在六部电影中选了《苔丝》。我以为那电影很忠实于原著，对得起我爱好的哈代。

“我也该看看这电影，”怀特说，“只是改编文学作品的电影常使我失望。亲眼见的形象总不大像读书后自己脑海中的形象。”

对极了。我也有这种想法。尤其是自己最偏爱、最熟悉的作品，最不容易满意。对中国人来说，红楼人物的扮演，大概是最难的了。视觉艺术太实了，很难满足心灵的想象。

也许这就是电影、电视不能代替文学的一个原因？

我们又谈到文学的使命。我在介绍中国当代小说时用了《明镜和号角》这个题目。怀特也认为文学作品应把这二者结合起来而不是偏废。“但是文学作品不能成为宣传品。”他加了一句。

这时马诺利·拉斯卡里斯（Manoly Lascaris）先生走了进来。他是怀特的朋友和陪伴，已经四十年了。《人类之树》便是送给他的。他身材不高，肤色较深，也很亲切。怀特斟茶时说这是为招待我而选的中国茶，问我究竟是什么茶，我可说不出。他又抱来一只哈巴狗，据说也是中国的。狗对着瑙玛和我汪汪大叫，吵个不停。我们还漫步到后院和前廊。后院除了狗以外，还有盆栽的各种花木，其中有一盆是豌豆尖，原来怀特先生也爱吃豌豆尖！这盆绿色的蔬菜使我感到分外亲切。记得小时在昆明，家门前方桌面大的一块地上，种满嫩绿的豌豆尖。那绿色给我憧憬和希望，现在的绿色却使我念及往事，将来若再相逢，就又会有另一层回忆了。前廊上吊着一个盆子，拉斯卡里斯说，他就在这里喂鸟，每天两次。各种鸟都来，也有白鹦鹉。怀特的小说《白鹦鹉》中饲鸟的描写，大概便是从这里来的吧。

我为怀特照相，瑙玛为怀特和我一起照相。照相时他特地把那只中国哈巴狗抱在手中。遗憾的是，回国后照相馆冲洗胶片时不知道是彩色胶卷，结果连黑白的也洗不出了。我只好安慰自己，我不需要那视觉的限制！好在怀特送我的两本书平安随我到了家。一本是《沃斯》，讲的是1845年沃斯这个人首次横越澳洲大陆的故事。怀特说这是大家喜欢的书，装潢也好；另一本是《坚实的祭坛》，装潢普通，是企鹅出版社出的。怀特说这是他最喜欢的一本书。这书讲的是一对孪生兄弟的故事。他们从小到大，永不分离，分享着相同的一切，但只有对事物的观点不同。哥哥很聪明，看见了一切，却不理解；弟弟是傻瓜，懒得观察什么，却懂得了人生。

我送给怀特一张篆文，写的是“道可道，非常道”那一段。听说他对道教有兴趣，这时却无时间多谈了。车来了。他陪我们走下花园，直到木栅门外。他的步履虽不龙钟，也毕竟有些老态。我们握手告别，一再希望再见。我真心相信我们会再见的，在中国，或者在澳大利亚。

在驶往悉尼墓地的途中，我和瑙玛很少说话。我在想着从劳森到怀特的澳大利亚文学。这两位创造澳大利亚文学的人经历不同，风格迥异。劳森文章的朴素的美诉诸人的心灵，怀特的复杂的心理描写不只使人感，也使人思。他那有些神秘主义的色彩又是怎样不同于劳森的质朴的哲理。但他们都从欧洲文化传统而来，又扎根于澳洲的生活现实；都描写人类的开发精神，人类驯化自然环境时所做的奋斗，他们关注着人。这也许是澳大利亚文学的一个传统和特色。

悉尼墓地临海，气氛宁静肃穆。一座座坟墓在逐渐倾斜的坡地上缓缓排向海边。几乎没有一座坟墓是相同的。有的十分豪华，如同讲究的小房屋；有的则十分简朴，似乎显示着七尺棺的本来面目。我们遇见一位中年妇女，她来看望她活着的弟弟——守墓人。她热心地帮助我们找到了劳森的墓。

亨利·劳森的墓很简朴，如同他小说的风格一样，占地不过只够一人躺卧，离左右邻居都很近，有些拥挤。1972年，即劳森逝世五十周年时重新修理过，墓面还新。我在墓前肃立片刻，又特地把从祖国带来的龙井茶叶轻轻撒在墓的周围。如果劳森知道有一个黑发黑睛的中国人，不远万里来看望他，是否会在他那充满不幸的心中，感到些许安慰呢？

我环顾周围的坟墓，出现在我眼前的却是劳森笔下那些充满同情心的人物：绰号“长颈鹿”的小伙子，总是张罗着“把帽子传一传”，募捐帮助别人；好心的安迪，不肯告诉贝克太太她丈夫死亡的真相。我觉得人世间太需要这种同情、这种热心、这种体贴了。希望我们的读者，都来读一读劳森的书！

当然，劳森描写的“伙伴情谊”，是在人开发自然时形成的。像他的诗句所说，先驱者没有被统治的烦恼，他们不见容于自己的故土，到这里来开创家园。现在这一片土地成为充满希望的花园，贪婪又来染指，情况就又不同了。虽然情况变化，但劳森的“伙伴精神”永远给人以鼓舞和安慰。

从墓地出来，我们到了悉尼艺术馆，在那里用午餐。这时我想到昨天的午餐。昨天中午我们在一家叫“颐和园”的中国餐馆里吃午饭，同席的朋友有澳大利亚理事会（澳大利亚政府主管文化的机构）文学局负责人考斯蒂根博士，他是个很有修养、博学而沉静的人。我初到悉尼，在悉尼笔会主席克伦先生欢迎我的家宴上，他也曾出席并讲话。这时他送我一本澳大利亚儿童作品，是把各地区、各民族的许多孩子的作文收在一起编印的。装潢、印刷都很精美，然而最美的是那些孩子天真的、充满向往的心和话语了，有文法拼法错误都照原样不改，益发显出孩子的本色。从这里，会有伟大的文学家成长起来吧。考斯蒂根博士还安排同席的两位女士饭后陪我参观文学局，也很有意思。

这次午餐时，第一次遇见了克里斯朵夫·考希（Christopher Koch）。他的长篇小说《艰危一年》描写1965年在雅加达的动乱生活，那一年苏加诺下台，几乎有50万人丧生。英国著名作家安东尼·伯吉斯评论说：书中比利·克万这个人，是近年来小说中最值得记住的人物之一。除了这本畅销、扬名的书外，考希还有两本小说：《岛上少年》和《越过海上的墙》，想来都和他所居住的塔斯马尼亚岛上生活有关。应该一提的是，考希崇敬两个中国人。一位是白居易。他通过亚瑟·维利的翻译读了许多中国诗，他最喜欢白居易。在《艰危一年》的扉页上，考希引用了白居易的诗。林庚先生帮助我查到诗的原句。那是《缚戎人》的最后四句：“缚戎人，戎人之中我苦辛，自古此冤应未有，汉心汉语吐蕃身！”另一位是何其芳。他读过其芳同志的《梦中之路》。我自己一直敬佩其芳同志的文章学问、品格修养，常以为像他那样德才兼备，而且在德才两个领域里又都很全面的人，世上不是很多。考希的谈话使我感到安慰。可见桃李无言，自然会有通往的路。考希说他即将到中国来，希望见到何夫人。后来我在北京又遇见他和诗人哈斯拉克（Nicholas Hasluck）和报告文学家、评论家安德逊（Hugh Anderson）两位朋友。因时间匆促，考希没有来得及见到何其芳的夫人牟决鸣同志。

很快便到了此行的最后一个夜晚，薄暮时分，瑙玛和我来到悉尼歌剧院。曲折的海湾在暮色中显出一条条明亮的灯光，形成好看的曲线。歌剧院的大贝壳屋顶在我头上张开，我尽力仰头又仰头。这贝壳中，不是孕育着艺术的珠宝吗？那满孕着风力的帆，不是想在艺术中探寻真和美吗？我凭栏凝望几十级也许是几百级台阶下的海水，海水宽阔而平静，反射出淡淡的光，我的心也充满了平静而又宽阔的欣喜。虽然还没有欣赏在这建筑中表演的艺术，我已经为这建筑本身的艺术感动了。

我们走进了歌剧院的餐厅。这餐厅三面都是落地的玻璃。我和主人们周旋谈笑，坐下来时，忽然迎面扑来一个灯火通明的悉尼，使得我眼花缭乱。璀璨的灯光画出了悉尼的一个个建筑的轮廓，好一幅豪华的夜景！在这明亮的灯火后面，每一个房间里，人们感觉到什么？又在思索着什么？他们常常是快活的，唱歌、聊天、冲浪、野宴……他们也有无穷的苦恼，罢工、失业、疾病、酗酒……

我对澳大利亚的了解很少。只对眼前一同吃饭的朋友，似乎还略知一二。梅卓琳是我们熟悉的，她曾获中国哲学和中国历史方面的博士学位，现在是澳中理事会执行主席。前些时在堪培拉中国大使馆举行的招待会上，大家都称赞她为中澳友好作出的贡献。在我访澳前，她读了《三生石》，并写出了英文提要分送各地，可见她的细致周到。前面提到的考斯蒂根和夫人，这时正高兴地翻看我送给他们的《中国文学》英文版，寻找着《弦上的梦》。

我想介绍一下另一位在座的澳大利亚著名作家，托马斯·基尼利（Thomas Keneally）。上次到悉尼，他曾请我吃饭，这次算是老相识了。据说澳洲只有两位作家能靠稿费为生，一位是怀特，一位便是基尼利。我在各处旅行，听到谈论最多的除怀特外，就是基尼利。在昆士兰州，有一位女作家曾热情推荐他的小说《带来百灵鸟和英雄》（Bring Larks and Heroes），在墨尔本，一位讲明史的大学教师也称赞他的才情。这位朋友说，他的有些作品显然是为了挣钱，那也难怪，不如此他何以为生？但他并不只是为了挣钱。这位朋友相信他会写出真正最好的作品，超过他已出版的所有的书。

基尼利即席为我开出他的著作目录。最新的一部《次等王国》（The Cat-Rate Kingdom）初次见面时他已送给我。那书前作者的话中写道："这小说不是真人真事。如果有些线索有所指，作者希望它们和任何个人私事无关，而是关系到澳大利亚灵魂的特征。"

这话打动了我。每一个从事写作的人，不是都想表现自己民族的灵魂，而避免"对号入座"的纠缠吗？

和有悠久岁月的中国文学相较，澳大利亚文学是年轻的。唯其年轻，也便应该有生命力。以前澳洲文学的两个主题似乎已在变化。那两个主题是："逐客心情"和"澳洲之梦"。前者描写被放逐的悲凉，后者描写建设的希望。如爱尔兰诗人叶芝的诗句所说：“把自己的祖国当做宇宙的中心”，现在的澳洲作家，已经更着眼立足于澳洲的现实生活了。

还应该讲几句瑙玛。因为和她是这样熟悉，竟以为大家都和我一样了解她。瑙玛姓丁（Norma Marty），是悉尼笔会副主席，写过不少长、短篇小说，还在写研究张骞通西域的学术文章。她也积极参加国际文学运动，是个能干人。这时她策略地催我快些吃喝，说澳洲人吃饭快说话快是闻名世界的，而我吃饭慢、说话慢是闻名澳洲了。这一次却是关于澳洲文学的遐想羁留了我。我们兴冲冲离开餐厅赶往剧场时，话题转到今晚的芭蕾舞，便把文学放开了。

1981 年 8 月初

原载《世界文学》1981 年第 6 期

羊齿洞记

记得二十二年前写《西湖漫笔》时，第一句便是“平生最喜欢游山逛水”。岁月流逝，直到现在，还是改不了山水旧癖、烟霞痼疾。

1982 年美国的三个月之行，原拟偷暇去寻访几处自然景色；行到第一站檀香山，便知很难做到了——87 岁的老父兴致虽好，究竟行动不便。7 月 12 日，国际朱熹会议组织花园岛之游，本应陪侍老父，不能前往。幸有历史研究所的冒怀辛先生，情愿代我一日之劳，我才得以一览幽胜。

到花园岛之前，并不知岛上有个羊齿洞，只听说在夏威夷群岛中，花园岛是最美的一个。从檀香山乘飞机，掠过大海，20 分钟即可到达。岛上满眼绿色。车行在蜿蜒的公路上，随时可以看见大海：有时灰，有时蓝，有时茫茫一片，有时闪亮得刺眼。路旁除树木外，最多的是甘蔗田，随着山势起伏，偶有较平坦处。颇有些“青纱帐”的意思。

到了外米亚山谷，红黄色的泥土和岩石裸露在外，没有绿色覆盖，给人一种原始的赤膊的感觉。因为峡谷太深、太宽而不陡，初看时不知其深到何等地步；仔细看谷底，却又看不见。不一会儿，一架直升机从谷中飞过，飞机在我们下面，也不显得很大，才知道这峡谷之大了。然而这只是一个准大峡谷，比起美国大陆著名的大峡谷，还差得远呢！

望台上风很大，吹得人几乎站不住。那赤裸的原始的峡谷，却似乎什么也不觉得，只是默默地任风吹，凭雨淋，没有遮拦，没有雕饰，把人吸引了来，又把人的想象牵引到不知何处。

中午在椰林饭店午餐。饭后与澳洲学者柳存仁先生和任继愈兄、邱汉生先生、李泽厚学长一起在椰林中散步。椰林一端望不到边，林中遍生青草，隔不远便有一个小炉子，当为晚会时烤肉用。林的另一端与餐室之间，有一条莹洁的小河，水上有独木舟，岸上有奇花异树，无人叫得出名字。又有几位日本学者和我们一起谈笑，在树下水旁，兴致勃勃，都早把朱熹老人抛在了脑后。

然后乘船。船很大，游人凭栏而坐，中间有夏威夷姑娘跳舞。前几天，在夏威夷商店里看见过草裙，裙已非草制，但式样还是仿草裙的。船上的舞者穿长裙，跳的当然仍是民间舞。舞者身材、面目都很秀美，肤色很黑，睫毛很长，舞姿曼妙，她们自己似乎也很快活。但是想想她们靠这个吃饭，背后的辛酸，还不知有多少呢！

水平如镜，两岸树木郁郁葱葱，绿得很浓。映在水中，连水也是浓绿色。夏日的阳光也很浓，一切都是浓酽的，浓酽得有些慵懒。据美国朋友说，这是夏威夷的一个特点。

船到转弯处停泊了，大家弃舟登岸。一上岸不觉诧异，原来已置身热带树林中。树身高大茁壮，藤蔓纠结，把骄阳隔在远处。循小路上行，两边全是植物的世界，很少空隙。走着走着，忽然豁然开朗！我真不知世间还有这样奇异的景色。

这是一个很大的洞，大到不觉得它是洞。大束大束的羊齿植物从洞顶悬挂下来，一片叶子连着一片叶子，突出到洞顶外。仿佛这洞翻了个个儿，这些植物本该朝上长的，却朝下长了。大滴的水珠，不断从洞顶落下来，滴到羊齿草上。每片叶子都那么绿，那么亮，绿得透明，绿得鲜嫩。不是盆景中的绿，也不是“绿满阶前”的绿，而是悬在头顶上，很大很大的任意生长的一片绿。它像瀑布一样垂下来，好像就要流到我们身上，浸湿衣服，浸湿每一个人……

我一直抬头望着，望得脖子发酸，才想起来问：“这是什么地方？”奇怪的是，无论北京来的，台湾来的，还是美国大陆来的各方学者，都不知道。

大家一面赞叹，一面循着靠侧面洞壁的窄坡向上，走到一个平台。平台边，洞壁有一处凹进去的地方，就像一个供奉佛像的坛座。我忽然想，应该有一个精灵住在这儿，绿色的、头上长着角一样的两棵羊齿草的小精灵。若是他问我有什么愿望，我会告诉他：我愿用一切代价换得弟弟的健康！我那身染沉疴的弟弟啊，你现在感觉怎样？我真想把这洞天一下子移到你的前面……

从高坡下望，地上全覆盖着矮矮的植物，也是千姿百态。绿丛中有一泓水，浅浅的，很清澈。这是洞顶的水，流过羊齿草滴下来积成的，也不知有多少年了。

归途中，我满眼仍是洞中景色。车又停过几次，可我都没有注意观赏。一处似睡巨人山（不是“睡美人”，而是“睡巨人”）；一处据说是看瀑布，可谁也没有看见瀑布在哪里。几位英、美女学者和我，在路边攀谈、照相，哈佛杜维明教授走过来，对我说：“我打听到那洞的名字了。”他随即说了那英文名字，意思是“羊齿植物洞”。哦，羊齿洞！

会议结束后，我们在檀香山又逗留了几天，才有暇找地图、导游书等来看看。这才发现，羊齿洞不仅风景特殊，还有一个大用场——结婚圣地。

花园岛的结婚办法很富有浪漫色彩，结婚证是到游船部、照相馆领的，手续简便。然后到椰林中的教堂或羊齿洞举行仪式即可。原来那小小的“坛座”，还真有“圣坛”的作用呢！

那“坛座”上的绿色精灵，是不是该改为手持红线的月下老人呢？我不知道。不过我知道，那绿色的小仙早飞进许多各种肤色的人的心中，并永远留驻在那里了。

1983 年 4 月 21 日

原载《十月》1983 年第 4 期

奔落的雪原

——北美观瀑记

对北美洲五大湖区的尼亚加拉大瀑布真是向往已久了。听说有人前往观赏，看着看着，忍不住跳了进去。也有人专门到那里自杀，大概以为那咆哮的急流能洗净世间的污秽吧。便想我若结识了大瀑布，当写一篇小说，写本是前往结束自己生命的人终于获得了生的力量，懂得了怎样赞美人生、谱写人生。那是一切名山大川应该给予人的，我相信尼亚加拉也是如此。

一路上我总想不通，这样大的瀑布怎能不在崇山峻岭之中，而是在平原上。经过五大湖之一的伊利湖时，只见水天一色，无边无际。公路上有不少疾驶的车，顶上倒扣一条船，便是去湖里游荡的。据说这湖连同另外三湖的水都是经大瀑布落到尼亚加拉河中，再经安大略湖、圣劳伦斯河流入大西洋的。这么多的水，想来那瀑布一定够壮观了。

车过靠近加拿大的巴法罗城时，已是下午。“不远了。”来过的人说。“怎么没有声音呢？”我想，因为目的地近了，大家都有些兴奋。我却忽然害怕起来，这平淡的湖水，连同周围平淡的景色，能汇集出怎样的雄伟呢？

下车后，我以为还要走一段路，却忽然发现已经到瀑布旁了。最先看到的是美国瀑布，立足处比河流的水面约高两三层楼。河水平静地、放心地流过来，似乎万万没有料到会猛然跌落。水色碧绿，到悬崖边时，忽然变作了大块的雪，轰然落下，溅起无数水花，使得瀑布下部宛如在云雾中。大雪块不断崩落下来，云雾不断升起。它这样宽，悬崖岸长 1100 米，又这样高，落差 180 米。奔腾咆哮，好像要在顷刻间使出全身解数，而这顷刻一直延长了不知多少万年，永没有疲惫的时刻。

瀑布下是深谷，若凭走路，恐怕要走好一阵。我们乘电梯下到谷底去乘船，一会儿便到。电梯中可见美国瀑布旁边的小瀑布，名唤新娘的面纱。小瀑布再往北是三个瀑布中最大的、属于加拿大的马掌瀑布，悬崖岸边呈巨大的马蹄形，宽 2500 米，落差 170 米。上船时发雨衣，船走时轰鸣的水声越来越大，船也越来越颠簸。真高啊，那急遽奔流的水壁！好像是天门大开，尽情地把水倾泻下来。到马掌瀑布下面了，浪花飞腾着，人们如立雨中。船还向前行，眼前什么也看不见，只是迷雾一片，不少人叫着笑着，连船下的水也在跳动，翻起无数水花。我望着四周迷蒙的水汽，就像在黄山上想跳入云海，在太平洋岸边想踏上海波一样，我真想跳下去！

当然只是想想而已。船慢慢地转身，回头看那宛如在天际的翻腾跃落如雪块般的水，因为太宽太高太大，一眼难以尽收。一条巨大的虹出现在迷茫的水汽中，弯弯的弧只划过瀑布的一角。在这里，瀑布一词似乎已不适用。布是窄条，而这里是这样雄伟，这样宽阔，这样急速地流动着，简直叫人喘不过气来。整个的雪原从天上崩落了！

啊，奔跑而崩落了，崩落了还继续奔跑着的雪原！

据说曾有不少人把自己装在桶里，随着瀑布落入深渊。不少人中只有一个少年生还，人们惊喜之余，给他将息调养，然后罚款。我在瀑布下走一遭，对这些冒险家增加了几分理解。可能谁都想随着瀑布跃下悬崖，尝一尝那飞在半空中、震撼灵魂的喜悦。不过真的伸出双手去拥抱能毁灭自己的巨大的力量，固然需要勇气，也未免任性。

这里人们的勇气和智慧是用在正当途径上的。原来流量每秒二十万零两千立方英尺的水，一半用来发电了。它给了人们多少光明，多少力量！到晚上，瀑布也不寂寞，强烈的灯光照着它，反正它不在乎，也不能抗议。古人叹昼短夜长，有人秉烛夜游，有人“只恐夜深花睡去，故烧高烛照红妆”。现代人的气魄大多了，夜游改用探照灯，白色灯光可以帮助人在黑夜中看到瀑布汹涌崩落的气势。凭栏倚望，有灯光处的水是一片闪烁的白，不像白天，在雪般的水花下泛出碧绿来。只是瀑布太宽，峡谷太深，无论多么强的光，落到那崩落的雪原般的千万年不曾停息的层层水花上，那巨大的无底深谷中，全显得黯淡微弱，使得整个峡谷更添了些神秘莫测、捉摸不定的色彩，一切都显得更遥远了。忽然间灯光颜色变了，暗红的颜色罩住了深谷。一会儿又变作绿的、蓝的、紫的，据说这是尼亚加拉大瀑布重要的一景。我却宁愿只要素朴的白，能帮助人们夜游便足够了。绮丽的颜色和伟大磅礴不大相称，何况还使人想起霓虹灯来。莫非这气势庄严的大瀑布也在做着一场繁华梦吗？

夜深了。我们要睡了。大瀑布不管灯光怎样变幻，只顾奔跑着，跌落着，跳跃着，夜以继日地给人忘却一切的喜悦。它是勤劳的，清醒的。

次日清晨，我们又跨过美国瀑布上游，从山羊岛上步行向下，来到瀑布半中腰流连。这里上看飞流，下临云雾。瀑布似乎是悬空的，不知来龙去脉，只是向平面延伸，一直转了半圈，成为马蹄形。有这么大的马么？是霍桑在《奇异的书》里描写的，载了英雄人物去砍下妖魔的三个头的那匹飞马吧？可惜我没有听到这里的传说，不过我自己可以编出一个来。

这时，在美国瀑布下面和对岸加拿大一侧的山谷中，都有三三两两的黄衣人在行走。什么虾兵蟹将？我们问。原来可以通过隧道下去，到瀑布近身处观看。在美国这一边的叫“风洞”，我们兴致勃勃地去了。穿上雨衣雨靴，也都成了虾兵蟹将。乘电梯从岩石中下去，走过隧道，到得洞口，洞外有栈桥，位置在美国瀑布和“新娘面纱”之间。水声轰鸣，比在船上时更强十倍！我们不管浪花飞舞，循栈桥向大瀑布走去，真走到它身旁了！离水流只有 25 米！这时仰面上看，急流自天而降，仿佛就浇在自己头上！厚重的水在脸面前奔腾着，厚重得像浮雕，却是奔跑着的活的浮雕。风挟着水蒙头盖脸而来，风和水都是硬的。这里不是水花水汽，简直是置身波涛中了。这奇异的站立着的波涛啊！“我们算是到过瀑布里面了。”一个西班牙人说。

啊！崩落了还在奔跑的雪原！要把我们带到哪里去呢？我伸出

手，想和瀑布巨人握一握，他却置之不理。又是一阵水浪浇来。“快走，请快走。”管理栈桥的人说，他的声音在雷鸣般的轰响中消失了。

我又伸出手来，抓住一捧水。水从指缝间漏出了，尼亚加拉大瀑布的雄姿却永不会从我的记忆里筛去。我会永远记住你的伟大精神，你的磅礴气势，你的力量，你的速度！我会永远记住你那如同崩落的雪原般的流水。

下午到山羊岛和附近的三姐妹小岛。在山羊岛北端，可见烟波浩渺的湖面，水鸥点点。岸边树木还绿着，已带些初秋的萧瑟了。它们静静地站着观看水波流去。辉煌的激昂慷慨的乐章结束了，这里是一段慢板，徐缓悠扬。湖水从山羊岛分开，流过各种形状的石头，水清见底，从容不迫。到三姐妹岛时水面很宽，却越流越急。下面便是马掌瀑布了。绿浪时起，汹涌的水波似乎比我们站的地方还高，它们准备着，准备加入到奔落的雪原中去。

据说从加拿大一侧看尼亚加拉大瀑布更为壮观，我想不去也好。生活中美好的事物是没有穷尽的，叹为观止的景色还没有止。留着，让人向往，让人期待，让人悬念。

1984 年

原载《散文》1984 年第 4 期

在黄水仙的故乡

近年从外面旅行回来，常有一句问话在等着：你印象最深的是什么？这次归自伦敦，不必等问，我逢人便说，印象最深的是黄水仙，那在绿草地上轻轻摇摆着的、明亮的黄水仙。

最初见到这花是在英国朋友家里，是栽在盆中的。“这就是华兹华斯所写的黄水仙。”她指给我们看。只见一丛黄色的花，花瓣形状有些像养在水中的中国单瓣水仙，然而大得多，整个花朵犹如饮黄酒用的大酒杯，在窗台上安静地垂着头，似乎并没有什么特别出色之处。

根据记忆中的诗句，这花应该是“一眼望去千万朵，摇着头儿舞婆娑”的。花盆里、窗台上，显然不是它应该居住的地方。

伦敦已经没有人为的雾。但因天气阴晴不定，时常飞雨飘忽，景色远望总有些朦胧，好像一幅幅水墨濡染的画，颇有我国江南韵味。市内有几处公园，在淡淡的朦胧中，那大片草地总像刚经过细雨浇洗，绿色中常有一小块鲜亮的黄，驱车来去经常看见。“那是黄水仙了。”大家指点说。只是没有停下来看过。

和北京的春天特别短相反，英格兰的春天特别长。晴晴雨雨，迟迟疑疑，乍暖还寒。一天到白金汉郡的一所大宅去参观，这座宅子名为沃德逊府，原属私人，现已交国家。看完外面巍峨的众多尖顶，里面豪华的复杂陈设，便往它所属的园地走去。经过鸟厅、玫瑰亭，又经过一种软皮的大树，我们来到一个长满绿草的山坡。满眼的绿十分滋润丰满、又像是刚下过雨。走着走着，我忽然觉得眼前一亮。

草地上好大一片黄水仙！它们随着微风轻快地摇摆。简直分不清一朵朵花，只觉一片跳动着的嫩黄，让人眼亮心明。它们好像冷不防把景物中那点朦胧揭去了，告诉人们，不管怎样乍暖还寒，看，明媚的春天在这里呢！

> 我看着，看着，竟没有想到
> 这景象带给我怎样的珍宝。

又是华兹华斯的诗句。对每一个作者来说，他的所见所闻不知什么时候会给作品添上胜过珍宝的光辉。对于每一个看花人来说，自然的生命的欢乐又是艺术的力量比不上的。这后一点也许需要存疑，或者说对作者是一种鞭策。

以后在格林尼治公园、克有皇家公园都看到大片黄水仙翩跹起舞，每次都使我惊喜。这大片的花总少不了更大片的绿草地做背景，使人于惊喜中又感到开阔而踏实。同伴们回国后，我独自留在伦敦。每天走约20分钟的路去乘地铁，到大英图书馆看书。20分钟的路，一路都是住宅。每座房屋前空地不大，但都整治得很好，种着各种花草，其中当然少不了黄水仙。它们一丛丛站在绿草间，调皮地把头歪来歪去。

英国人喜欢黄水仙是无疑了，有华兹华斯的诗为证。它一定也是容易种的，才这样随处可见。它很普通，绝不孤芳自赏。每一棵每一朵都很平淡，但是成为一大片时却那样活泼，那样欢乐，那样夺目，又那样朴素。它们形成群体时才充分显示出自己这一种花的美。它们每一朵每一棵都互相依靠，而且紧挨着绿草地的胸怀。

一眼望去千万朵
摇着头儿舞婆娑

美丽的黄水仙，这时想已谢了。

1984 年 5 月初

原载《上海文学》1984 年第 10 期

客有可人

这天天气很好。我想在客厅摆些花。5 月初，花不少，插两枝丁香或几朵月季就可以添许多生气。可是似乎到客人来了，花也没有插上。

客人是英国人。一位是多丽斯·莱辛，根据报上的称呼，她是一位文豪。另一位玛格丽特·德拉布尔，则是著名作家。同来的还有德拉布尔的夫婿麦克尔·霍罗尔伊德，是传记文学作家。两位女作家的大名我当然知道，但没有读过她们的书。九年前访英时她们不在伦敦，未曾谋面。这次得知她们要来访我，心下是有几分诧异的。

《中国大百科全书·外国文学卷》中有莱辛小传。她 1919 年生于英属伊朗，童年时全家迁到英属罗得西亚。1949 年才返回伦敦定居。对于祖国来说，她是一个异乡人，一定会有很多不寻常的感受。卷中说，她写作题材广阔，富有社会意义。“西方有的评论家认为，莱辛是当代英国最优秀的女作家，堪与简·奥斯丁和乔治·艾略特媲美。”她的作品有《青草在歌唱》《天狼星的试验》《优秀的恐怖分子》等数十种。在向百科全书讨教之余，我记起有人送过我一本莱辛的短篇小说集《习惯的爱》（抑或《爱的习惯》？），为了领略文风，很想找来翻一翻，但是书籍一入风庐，向来难以寻觅，于是临时的佛脚也没有抱成。

德拉布尔是一位女性文学的现实主义作家，著有《光辉的道路》《自然的好奇》和《象牙之路》三部曲等书。由于文学上的成就，已被封为英国勋爵。她生于1939年，一家人都毕业于剑桥大学。我在伦敦时倒是见过她的姐姐安托尼亚·勃雅特，也是一位小说家。她们的妹妹海伦是艺术史家，弟弟理查德是一位法官。关于玛格丽特·德拉布尔的介绍，总是全家出动的。

她们进了院门，从小径上走过来了。莱辛是一位瘦削的小老太太，满头银发。德拉布尔则较高大，看去不像年过半百。英语系教授陶洁陪同前来。她们刚刚在英语系会见学生，讲了英国文学情况。

坐定后献茶。这时莱辛对我说：“我不喝印度红茶。”我一愣，顿时想起贾母不喝六安茶的声明，想来这是老年人的性情。当即回答说我这里没有印度红茶，我们喝的是北京花茶。“茶叶用茉莉花熏过的。”陶洁的英语极流利。

茶过三巡，话也说了不少。她们所以来访，原来是因为读了我那篇小说《鲁鲁》（见于《1949—1989中国最佳短篇小说》）。这书是中国文学出版社编选出版的，前面有李子云序。全书无论从哪方面看都很好，子云的序也很精彩。最令我高兴的是《鲁鲁》的译文，除一些小地方不够准确（谁也难免）外，颇为传神。好几年前，澳大利亚一家出版社出版了一本中国女作家三人集《吹过草原的风》，内有《鲁鲁》，译文较为生硬。有的翻译更看不出原作面貌了。《最佳短篇小说》中《鲁鲁》的译者是克利斯朵夫·司密斯。

她们说她们喜欢动物，也喜欢写动物的作品。奇怪的是她们没有读过屠格涅夫的《木木》。话题转到英国文学，说起哈代。莱辛说她喜欢哈代，最喜欢《无名的裘德》。我想我最喜欢的是《还乡》，其中游苔莎一心向往大城市的心态，现在若重读，定会有新的感受。

她们去过了八达岭。莱辛说那一条路很像意大利（希望我没有记错）。她问我写不写长篇小说，我说写的。她说希望早读到，可得找个好翻译。她的小说《金色笔记》已译成中文，我没有勇气替她看看文笔如何，以前读书读稿一目数十行，随意间就完成，现在数行之后眼睛就发花，想看也看不见了。

话题转向了德拉布尔。我说你们家很像勃朗特姊妹一家，三姊妹都写作，有一个兄弟。她笑起来，说："大家都这么说。可是我们的弟弟比她们的强多了。"勃朗特家的男孩游手好闲，有人请客，常找他陪着说话，类似清客一流人物。说话间，德拉布尔送我一本图文并茂的书《作家的不列颠》，其中有许多作家故居和他们吟咏描写过的景物。莱辛也拿出书来，但并不送我，而是交给陶洁，赠英语系。当然这样读这书的人会多得多，是好办法。两个多月后，莱辛从伦敦寄了书来赠我，书名《伦敦观察》，是一本短篇小说集，内容多为自己成为祖国的异乡人这类感受，正是我关心的。

霍罗尔伊德不只写传记，还做了许多组织工作，曾任英国作家协会主席、英国笔会中心主席。他话不多，显得很谦逊。在座的还有英语系教授陈瑞兰，她翻译了多篇安格斯·威尔逊的小说。客人们希望见她，可能也希望她多译些英国作品吧。

过了几天，数理逻辑专家兼哲学家王浩教授偕夫人哈娜来访。王浩兄留了胡子，须发灰白，若在路上相遇，一定认不得了。他的成就是大家熟悉的，于此不多赘。他们从美国来参加北大校庆，特别是数学系系庆，后在勺园小住。哈娜是捷克人，思路活泼敏捷，说的英语很悦耳。我觉得她很可爱。她说她到北大来，只想见一个人，可惜见不到了，那就是我的父亲——冯友兰先生。人见不到，还可以看看三松，看看遗著，看看我，于是来到三松堂。哈娜说她最喜欢《中国哲学简史》这本书，我们马上互引为同调。我素以为《简史》是一本出神入化的书。写这书时，父亲已有哲学史方面的研究成绩，又创造了自己的哲学体系，两卷本《中国哲学史》和“贞元六书”俱已流传。《简史》将两方面成就融会贯通，深入浅出，内行不觉无味，外行不觉难懂。还有经过卜德教授润饰的英文，可谓清丽流畅。哈娜还喜爱文学，对莱辛、德拉布尔的作品都很熟悉。也说起勃朗特姊妹。人处五洲，肤色各异，可是谈起来都很了解。世界真像个大家庭。

座间还有清华学长唐稚松。他 1948 年到香港，我父亲写信叫他回来，他就回来了。唐兄现任中科院学部委员，一项研究成果获国家自然科学一等奖，为国家人民作出了贡献。除是科学家外，他还是诗人，旧诗格调极高，有“志汇中西归大海，学兼文理求天籁”之句。1951 年陈寅恪先生曾专函召他赴穗任唐诗助教，可见其造诣。他因另有专长，未能前往。

和王、唐两位谈话，每觉有新趣。他们都是“志汇中西”“学兼文理”的人物，聚在一起，真是难得。遗憾的是，说的话我渐渐不懂了，虽用心听着，还如在五里雾中坐地。

8 月下旬，美国女学者欧迪安来访。她是冯学研究专家，最近将几篇研究冯学的论文译成英文，自己写了一篇洋洋洒洒的序，将在美国出版。她极赞赏父亲对郭象的见解，屡次提到。我乃赠以一本冯氏英译《庄子》，其中有一篇专论郭象的文章。她真是大喜过望，如获至宝。她这次要查清冯著每一本书的出版年月，十分认真仔细。有一本书一时找不到，她辗转问过许多人，那晚深夜又问到我这里，经过补充的线索，终于查清。

我还想起另一位女学者，日本的后藤延子。《三松堂全集》中有的文章是她在日本找到的。她也是不肯有一点马虎的，对我们有些学者大而化之的作风频频摇手兼摇头。《三松堂全集》总编纂涂又光曾慨叹道："若不认真努力，愧对延子。"

坚忍执着，知其不可而为之，本是我民族精神的重要组成部分，现在似乎是要渐渐融化在滔滔商海中了。不要说皓首穷经，就是肯安下心来坐一坐冷板凳的人也愈来愈少了。

然而总有希望。我想起另一位来访者。

20 世纪 70 年代末，大家刚刚可以随意走动，三松堂来了个李姓青年人，年纪不过十八九岁，家在河南某县农村。他来的目的，是谈谈读书。他非常喜欢读书，村里无书，便每天步行数十里路，到地区（似是洛阳）图书馆去读书，回家往往在深夜。我后来根据他的谈话写了童话《星之泪》，写星星为一位好学的年轻人照亮路程。他的读书范围很广，除中国经典书籍外，那时正在读西方启蒙运动时的著作。他很想读狄德罗的《拉摩的侄儿》，却找不到。我发愿若买到一定寄去。我把他的地址姓名的纸条放在砚台里，过了好几年，纸条终于不见了。

那年轻人后来不知读了多少书，又不知走上了哪一条生活之路。我想，在读书做学问的道路上，总会有更年轻的人跟上来的。

1993 年 12 月

原载《光明日报》1993 年 12 月 4 日

冷暖自知

《红豆》忆谈

编辑同志要我写点关于《红豆》的创作情况，我实在不会写此类文字。但见人风尘仆仆来约稿，便想，若是我自己，约不到稿，岂不失望。所以即使题目不合，也不能坚决拒绝。这种设身处地的想法，虽然合乎传统的忠恕之道，却是我的一大弱点。因为勉强写自己不会写的东西，难免片面，甚至荒唐。片面、荒唐之余，只有惶惑。但我还是不能森严壁垒，挂出免战牌，宣布哪一类文章一定不写，而是老老实实执笔苦思，希望早日交卷。

因为国家多难，近百年来稍有抱负的知识分子，无不走过坎坷的人生道路。就以五十岁左右的人来说，回顾过去生活的全部阶段，几乎可以说没有一段平静的日子，疾风骤雨在头顶呼啸，很少停息下来的时候。我们在抗日战争中度过童年，在解放战争和新中国成立初期时满怀热忱地燃烧了青春，在以后大规模的思想改造和无尽无休的各式运动中，过早地花白了头发。在我们的人生道路上，不断地出现十字路口，需要无比慎重，无比勇敢，需要以斩断万种情丝的献身精神，一次次作出抉择。祖国、革命和爱情、家庭的取舍，新我和旧我的决裂，种种搏斗都是在自身的血肉之中进行，当然十分痛苦。但只要有信仰，任何痛苦都是可以忍受的。在信仰和理想中，痛苦甚至于可以变成欢乐。

于是才可以说几句话。

《红豆》写的也是一次十字路口的搏斗。那主题还可以用另一个故事来表现。那故事是：男主人公下决心离开了一个动摇不定的女学生，奔向革命。也许以后我还会把那故事写出来。在抉择中，选择献身祖国革命、人类进步事业的人，那总是想“给予”的人，应该是英勇的胜利者。只想到自己，只斤斤于“取得”的人，应该是怯弱的失败者。选择通向人的尊严的道路，需要信心和勇气。勇气是跟随信心来的。20 世纪 40 年代、50 年代能作出抉择的，到 60 年代、70 年代未必再有这力量了。我想，使这种力量延续发扬，是一项大责任。

《红豆》还想写人的性格上的冲突。这种冲突不是环境使然，而是基于人的内心世界。封建制度下的父母之命产生的梁祝悲剧，那是环境使然，江玫和齐虹的政治立场不同，道路不同，只得分手。这牵涉到人的一部分内心。而在道路相同的人中，也还会由于性格冲突引起剧烈的痛苦。人的精神世界是极复杂的，如何揭示它，并使它影响人的灵魂，使之趋向更善、更美的境界，这真是艰巨的课题。

我们前进的道路上，还会遇到各种各样的十字路口。如果我的习作，对于在十字路口痛苦徘徊的人，多少能给一点点力量，或减少一点点抉择的痛苦，我也便心安。

1980 年 10 月 4 日

原载《中国女作家小说选》，江苏人民出版社 1981 年 12 月

关于《西湖漫笔》之漫笔

曾在广播中听过一位电大教师讲《废墟的召唤》，讲得很好。我自己是讲不出的。因为讲不出，所以最不喜欢写创作经验谈一类的东西。只是出于对几百万中学教师的敬意，觉得不能坚辞不写，便在这里苦思。其实写出来，可能都是废话。

写《西湖漫笔》是在1961年夏，陪同一位以色列女作家露丝·乌尔到南方访问之后。当时我在《世界文学》任编辑，只能早晚写作。我规定自己要“冬练三九，夏练三伏”。大概每个不肯虚度光阴的人都是这样做的。记得那年暑热闷重，清晨便挥汗不止。我约在晨6时到办公室，写到8时上班。这2000字约用了两个班前时间。写完了，站在窗前，看楼下来上班的人群，看头上万里晴空，真是一种喜悦，一种丰满的喜悦。这种丰满感，真是美好的回忆。

今年夏天，我壮心不已，也想夏练三伏，但是毫无成绩，时间大部分交给了医院。整个夏天，头脑未曾清醒，哪里还谈得上“练”？尝自嘲：“现在不能发奋了。”朋友安慰说：“你已经发过奋了。”但是过去从发奋得来的丰满感是过去的，现在已经瘪去。中学生正当发奋的好年纪，能够从每一个新的一天里，获得新的丰满感，多么好呢。

写《西湖漫笔》时，我没有想到读者会从中获得什么。写作时，若常考虑作品的效果，怕是写不出好文章的。社会效果的取得，依靠作者创造时自然而然达到的境界。我只是记得，当时心中有一种神圣感，在美好事物面前的神圣感。近年来，在一部分人中似乎很缺乏这种感情了，好像生活里没有什么神圣的东西，值得为之努力，为之献身。我这篇小文若能使读者感到一点祖国山河之美，祖国文化之美，还有祖国未来之美，又从这点美的倾慕中，得到一点神圣感，就太好了。教这篇文章，是否可以从这方面讲一讲？当然，若文章本身引不起这种感觉，怎样分析也是无用的。

中学，是一个人发展的重要阶段。上点年纪的人大都有这样的经验：在漫长的岁月中，很多事情记不起来了，但是谁会忘记中学时教师的容颜？说不定还给起了创造性的绰号。谁会忘掉中学时教师的教诲？它在我们精神颓丧的时刻，会亮亮地一闪，当然不是每一张面孔和每一句话，却总有一两样言或行，金子一般砸在心底，影响了一生。《西湖漫笔》能在语文教科书上和众多的年轻读者见面，我真是高兴。读过这一册书的同学很快就要高中毕业，祝愿他们都有丰满的、神圣的未来。我更要对创造这样的未来的中学教师同志，应还有小学教师同志，致最诚挚的敬礼！

1985 年 9 月 25 日

原载《丁香结》，百花文艺出版社 1987 年 4 月

也是成年人的知己

许多人有这样的记忆：幼年时听故事，听到小红帽敲外婆家的门时，小小的心悬在半空；识字后读蓝胡子，那凶恶曲折使人又害怕又不能释手；再长大些读到丑小鸭变成白天鹅，则忍不住欣喜振奋。这些记忆随着年龄增长，回想起来，更增加了魅力。也随着年龄增长，若重读《丑小鸭》和《海的女儿》这些作品，会有记忆以外的完全新鲜的感受，会进入新的境界，领略新的意义。很少孩子会注意到关于海的女儿怎样获得灵魂的描写，虽然安徒生还特别提出遇见好孩子可以帮助她快些得到人的灵魂；成年人则会在这灵魂问题上感到震撼，为之泪下。这种作品如同放在高处的珍品，幼年时也可见其瑰丽，却只能在人生的阶梯上登到一定的高度，才能打开那蕴藏奥秘的门。

童话是每个人童年的好伙伴。近年来更体会到，真正好的童话，也是成年人的知己。

读文学作品需要“神会”，需要一点傻劲。古时金圣叹读《西厢记》，读到“不瞅人待怎生”这一句，感动得卧床三日，不食不语，堪称解人。读童话除了傻劲，还需要一点童心、一点天真烂漫，把明明是幻想的世界当真。每个正常的成年人其实都该有一点未泯的童心，使生活更有趣更美好。用这点童心读童话，童话也可帮助这点童心不泯。

也许因为我有那么一点傻劲和天真，便很喜欢童话，爱读，也学着写。数量不多，质量也差，兴趣却浓，有机会便要谈论，虽然难免谬误。

第一个童话《寻月记》，是在 1956 年写的。写一个夜晚，月亮的精魂月亮珠被妖魔抢走，月亮碎成了千万片。两个孩子经历艰险，终于使月亮重新圆在天上。在寻找月亮的过程中，他们也克服了自己的缺点：一个动手不动脑，一个动脑不动手，而成为手脑并用的孩子。20 世纪 60 年代初写《湖底山村》，反映十三陵水库的建设；《鹿泉》反映新中国成立前后内蒙古草原上人民的生活。《花的话》《露珠儿和蔷薇花》也是那时写的，近年来略加修改后发表。

那时我常想的是童话对小读者的教育作用，以及如何用童话反映社会主义建设。1978 年重新提笔后，在写小说的同时，也常考虑如何继续写童话。当然仍应注意教育作用和反映“四化”，但我写时，不再只想到孩子，童话不仅表现孩子的无拘无束的幻想，也应表现成年人对人生的体验，为成年人爱读。如果说，小说是反映社会的一幅画卷，童话就是反映人生的一首歌。那曲调应是优美的，那歌词应是充满哲理的。

我自己远未做到这一点。1978 年写《吊竹兰和蜡笔盒》。吊竹兰保持自己的“本色”，拒绝蜡笔为之涂上颜色。说实在的，这些年，作为一个人，我们多么需要自己的本色！1978年写《书魂》。听朋友说，不少人说看不懂。其实意思也很简单，十个字可以说明："文章自有命，不仗史笔垂。"我收到一位看懂了，而且感动了的不相识的朋友寄来的十多幅好看的图画，是为《书魂》作的插图。我很安慰。1980年写《贝叶》，是写作童话的一种途径的试探。

《贝叶》取材于民间传说。我写童话除凭自己的编造外，常想尝试从民间传说取得营养。这和改编、整理不同，写得好了，并不留痕迹。安徒生的一些童话也来源于民间故事，但和格林兄弟的记录整理显然不同。小说反映的可歌可泣的生活并不只是作者一个人的，只是他一个人画出来而已；童话的幻想也可以集中许多人的想象，只不过是作者一个人唱出来罢了。当然唱不唱得出，还要看作者的本事，也许唱了半天，还是一个个破碎的乐句，那就得努力练功，并不是那些乐句本身不能用。从民间故事吸取营养，是写作童话的一个重要方面，当然不是唯一的途径。

童话的教育作用如果能侧重在美育，想来会免去一些不必要的麻烦。20世纪60年代初我曾写过一篇《牛石》，不曾发表。那时要着重反映社会主义建设，写得太实，不像童话。如果多考虑给读者美的享受、美的熏陶，可能会好一些。

此次西来敦煌，朝拜我们祖先创造的艺术胜地，一直有一种不肖子孙的愧怍的心情。我不知道身临宝库时，会笑还是会哭；那里的艺术世界，那里的艺术精灵，会给我哪些灵感，哪些童话。许多原来属于幻想的事物，已经由科学实现了。如千里眼、顺风耳，如一个筋斗十万八千里。人类童年时期已经过去，童年时期的想象也已经过去，但幻想是不能穷竭的。古老的艺术和现在的生活一起滋养我们。只要有人类，就会继续有幻想，就会需要童话。因为它不只是孩子们的好伴侣，也是成年人的知己。

1981 年 7 月 24 日

原载《飞天》1981 年第 10 期

给克强、振刚同志的信

方克强、费振刚同志：

收到11月9日信，很为我们七七级大学生的水平高兴，也为你们对作品的了解高兴。你们对我作品写的是什么和如何写的理解，大体来说是正确的。

一、我自1978年重新提笔以来，有意识地用两种手法写。一种是现实主义的（不过我的现实主义也总不大现实，有些浪漫色彩，我珍视这点想象），如《三生石》《弦上的梦》等；一种姑名之为超现实主义的，即透过现实的外壳去写本质，虽然荒诞不成比例，却求神似。不知以后是否会结合，但在相当长的时间内，我想使两者特点各自更加突出，不知你们以为如何。

我所说的现实主义和超现实主义并不同于文学史上在一定时期内的一定流派，只是笼统地借用名词。超现实主义顾名思义，是与现实主义不同的、不拘泥于现实世界的现象，但并非脱离现实，也非与现实相对立。西方超现实主义流派中有些作品的意识脱离现实，非我所取。对于我的这两种写法，也许以后会有更合适的名称。

二、《贝叶》并不是短篇小说，而是童话，应不在你们文章范围之内。发表时刊物未注明，也有人误认为是一种怪诞的小说。严格地来说，《鲁鲁》属于前一类。你们的解释分析也可说是一种理解。可以说，我的这一类写作受西方现代派手法的影响，但我未有意识地学哪一家。写时觉得这样表现方便准确，便这样写。我想，西方表现主义、超现实主义的作品并非全是呓语，而有可借鉴之处。只是必须使它化入自己的作品，成为中国的、我的，才行。这两年我常想到中国画。我们的画是不大讲究现实比例的，但它能创造一种意境，传达一种精神，这就是艺术的使命了。这方面的想法我以后在作品中还会表现出来。近来听得有人讲解德彪西的音乐，也说和中国画有相似之处。我国画论中有许多卓见，实可适用于各姊妹艺术。

你们的评论文章，可就你们所见比较分析。和西方现代的东西相较，拙作的思想内容是不同的，这点你们也说到的。

三、我以为艺术都应给人想象、思索的天地。应该“言有尽而意无穷”，中国诗特别有此长处。我很注意作品的“余味”。你们讲的美学道理很好，你们对《熊掌》的理解，我很感谢。有些朋友以为这篇小说仅只描写了身边琐事。你们信中所说的，使我得知，我想要传达的，已经传达到了。

四、我没有很好地想过自己的创作道路。是否已形成了道路？好像不过几个脚印而已。至今我写的还是太少（太少了）。我在创作中遇到的问题大都是外在的。最苦恼的是没有充足的时间写出自己想写的（太多了）。至于风格的变化，读者和评论家会更清楚，是吗？

不知这答卷是否有助于你们的评论。我们的文学事业需要理论家，我一直深有感焉。评论文章究竟表现的是评论者的看法，你们只管放手写吧。

题目中“创新”二字可删。

甚望指出不足，以资长进。

1981 年 11 月 14 日

原载《钟山》1982 年第 3 期

写给《作家》

为了庆祝《作家》三十周年，编辑部同志要我写点什么。我确该写几句，因为我虽在《作家》发表的作品有限，却似乎有些不同寻常。

我的一篇小说《我是谁》写于1979年4月，辗转周折大半年，最后于《作家》前身《长春》12月号上作为头题发表。我感谢编辑部的同志们。现在看来很容易做到的事，在一定历史条件下，并不是那么轻松的。

这些年情况很不同了。人们对各种各样的文学内容、样式、手法都已司空见惯，对各种各样没有出现过的事物也都有所准备，能以宽广的胸怀去接触、分析和扬弃。我以后几篇窃称之为“内观手法”的小说，命运就比较好，而且越来越好。文坛上更是光怪陆离，异彩纷呈。这是大家都为之高兴的。

以后又在《作家》发过童话《红菱梦迹》。也常想再投稿，总未如愿。几年来，因为病，因为多方面的职责——除了“我是谁”，还有“谁是我”的问题——也因为疏懒，虽然想写的很多，提笔却少。不能把心中世界呈现在小格子里，终是水月镜花，没有成绩。

但我还是高兴，因为有许多好作者，还有许多好刊物。

1986 年 7 月 15 日

原载《作家》1986 年第 10 期

致金梅书

金梅同志：

近两个月，我很少有时间坐在书桌旁，更不要说提笔，案上书纸，满布灰尘。接读者来信——实际是一篇评论文章——觉得有话要说，不得不“挣扎”着写几句：

写一部反映抗日战争时学校生活的长篇小说，这想法在20世纪50年代就有了，所以并非受到哪一种观点的负面启发。你不作此猜测，是聪明的。也不像有些人说的，我立志要写一部史诗，那未免太伟大，不是我追求的。史，倒是有些，因为我要纪念那一段可歌可泣的生活，写的就是那段“史”，不过写出来的是小说；“诗”，则未必了。我很庆幸20世纪50年代有的想法，贮存了三十年才动笔。确实，我这个人活到现在，才会写出现在的《南渡记》，若是20世纪50年代，肯定是另外的样子。

我也曾考虑自己是否驾驭得了这样大的题材，想到是否以系列中篇出之。后来还是决定这样写，因为我以为这是我要表现的内容所需要的最好形式。形式服务内容，这是我一贯的原则。写不好，也只好认了。

不知你属于哪代人，大概不一定经过抗日战争吧？可你似乎很理解那种感情，那种席卷一切的感情。上下一心，同仇敌忾，那是全民族的灾难，也是全民族的觉醒（一定限度）和动员。那种巨大的力量，影响着不分年龄不分阶层的每一个人。原先只让想象和萤火虫一起飘舞的孩子们，受到现实的教育，热衷于打日本，甚至游戏中也忘不了打日本。这不是矫揉造作（有文章这样说），而是一种以儿童方式出之的至情。又据说这未免太"抗战化"。没有经过战争的人可能永远想不出战争怎样"化"进每个"凡俗"家庭，而影响着"凡俗"一切的一切！坦白地说，我自己便做过那样的游戏。

有些真事，在有些人看来很假，这种情况并不少见。对吕清非，你是肯定的。也有人认为他太单一平面，所以不美。我并不认为这个人物写得怎样成功，但他表现了一种民族精神。他生存的主要目的在于他的理想，而不在于他的"凡俗"。如果连吕清非这样平凡的人都觉得太拔高，又怎样理解舍生取义的文天祥，愿割去自己头颅的谭嗣同？在生死关头，"就死辞生"的中华儿女大有人在。

民族感情只要不囿于狭隘，实在是神圣的。它浸透了我们的祖辈、父辈的灵魂。所以在中华人民共和国成立初期，共产党一声"中国人民从此站起来了"，赢得了亿万人的拥护，多少学贯中西的老知识分子自愿走上艰苦的改造道路。爱自己的祖国、民族，和爱自己的家乡、居所，爱自己的亲人、邻舍一样，又都是十分美好和平凡的。便是到了世界大同，那时不还是有别的星球吗？

关于人和自然的关系，你对家父的"境界说"有所体会。张载

《西铭》开头说："乾称父，坤称母；予兹藐焉，乃浑然中处。故天地之塞，吾其体；天地之帅，吾其性。民，吾民胞，物，吾与也。"有一次我侍家父往某处演讲，他一开始便讲"天""地""人"三个字。人不过是整个自然的一部分，不过这一部分是"万物之灵"。

我本还想讨论一下所谓平面、立体人物，写一个人物的突出一面是否可以并非平面。但实在没有时间了，现在得去厨房，然后去医院。

只再说一句。这样通信的方式好处是亲切自然，但因时刻想到要给作者看，是否会有拘束？这书显然有很多大大小小的缺点，譬如嵋的叙述、几段标题的插入，诚如有人指出，打断了文气的贯穿。你未便写吧？

谢谢对《南渡记》的理解，还要谢谢你屡次引用那几首曲子，那是我的得意之作。

宗璞

1990 年 11 月 8 日

原载《文学自由谈》1991 年第 1 期

小说和我

在《三生石》正文前，我写了这样一句话：“小说只不过是小说。”这话对小说本身并无贬义，只是希望读者把我的小书只当作小说，而不是当作历史或个人档案来读。前年香港的晚报上有一篇评论《三生石》的文章，开头引了这句话，说：“‘小说只不过是小说’——但透过小说可以反映现实社会的种种现象，也可以塑造各色各样的人物。”这自然是对的。英国女小说家奥斯丁曾为小说抱不平，说甚至在小说里，小说自己也受到歧视。她为了反驳这歧视，有一段关于小说——尤指长篇小说——的名言：“小说家在作品里展现了最高的智慧；他用最恰当的语言，向世人表达他对人类最彻底的了解。把人性各式各样不同的方面，最巧妙地加以描绘，笔下闪耀着机智与幽默。”（引自杨绛译文）我们写小说的人，实应力争做到她对小说的要求，那是很不容易的。

小说常常没有做到那样完美，却也有很大影响，有时的影响大到不可思议。近人梁启超很看重小说的作用。他说，欲新一国之民，不可不先新一国之小说，欲新人心，欲新人格，必新小说。因为小说可以在不知不觉间改变人的精神面貌。他甚至把中国过去政治腐败的总根源归结于陈腐小说的影响，那些旧小说的主人公后来都当了状元宰相，宣扬升官发财思想；主人公无不得娇妻美妾，使人做无聊的才子佳人梦。他的看法，当然是本末倒置的，所持的根本观点不是存在决定意识，而是意识决定存在。但是他对小说的重视，对小说影响的估计是有道理的。比起历史、哲学或任何其他文字著作，小说更接近人的生活，也更能从根本处反映人生，因之能熏浸濡染，潜移默化。这是哲学家有时也会遗憾的。

有如此功能之小说，总应该写得好一点。窃以为小说若要有好影响，应具有社会性、可读性和启示性。

1949 年新中国成立后，尤其是 1957 年以后，有一个流行说法，即文艺是社会动向的晴雨表。因为有这样的看法，当时的批判大都是文艺界首当其冲。其实这本是一句实话，说明文学艺术对社会生活的感受是最敏锐的。我想文学的价值也在此。如果它不是从生活里来，不反映生活中的晴雨，而只是图解政策，就没有任何力量。新时期以来我们的文学出现了繁荣局面，也是因为我们写了人民大众切身的经历和感受。人们在作品里倾吐自己多年压抑着的悲痛，抚一抚伤痕，是必要的。文学作品应该反映社会的真实情况。

我的有些作品不注重情节，也不用白描叙述的手法，有些费解，遂贻“曲高和寡”之讥。其实我以为小说之为小说的一个重要条件是：能够引人入胜，使人不能释手。也就是说小说应该让人看得下去，有其可读性。不过这里说的可读性不是躺在花园里或坐在火车上随便翻翻，而是要认真地读，小说要经得起认真读，也要吸引人去认真读。20世纪50年代时我曾听我们的前辈作家老舍说，写东西要使人能感觉到。你描写冷，读者也打哆嗦；你描写热，能让人脱掉大衣棉袄。他去世后发表的《正红旗下》有一段文字写北京的风，读的时候真想擦擦桌子，真觉得到处都有黄土。伊丽莎白·波温的小说《心之死》里描写伦敦的雾，读时使人窒息。这段描写可算是一个历史记载，因为伦敦已经没有雾了。总之，小说应该能感染读者，使读者共鸣。

小说还要经得起思索，也就是要对读者有所启示。我们新时期的好小说在社会性、可读性上大体做到，但还缺少真正有启示性的作品。鲁迅的《阿Q正传》《狂人日记》给我们多少启示！简直是当头棒喝，让人不能不思索我们国民性中的弱点、我们历史传统中封建礼教的危害。中国古典小说《金瓶梅》和《红楼梦》一比较，便可以看出优劣，前者只是描写人情世态栩栩如生，反映当时社会情况，后者除也做到这些，还有理想的光辉，有一种诗意贯穿全书，因为它的作者对社会人生有他的看法，有他的向往、遗憾和悲痛。伟大的作品总有巨大的思想内容，对人有所启示。但这思想内容绝非作者在说教，而是通过作品本身给予读者。

我自己在写作时遵循两个字，一曰“诚”，一曰“雅”。这是我国金代诗人元遗山的诗歌理论。郭绍虞先生将遗山论诗总结为“诚乃诗之本，雅为诗之品”，我以为很简约恰当。没有真性情，写不出好文章。如果有真情，则普通人的一点感慨也常常很动人。如果心口不一，纵然洋洒千言，对人也如春风过耳，哪里谈得到感天地、泣鬼神！文学必须真实地反映人生才能获得自己的生命，这一点是新时期作家们普遍的认识。鲁迅所说的瞒和骗的文学是没有市场的。

只是要做到诚，不瞒不骗，并不容易。要正视生活需要很多条件，如本身的理论水平、处世能力、勇气和毅力等等。能够认真地看清楚了，还要认真地写出来，就更是谈何容易！

“雅”可以说是文章的艺术性。要做到这点，只有一个苦拙的方法，就是改，不厌其烦地改。“文章是改出来的”，这是一句尽人皆知的话，但这句话包含多大的耐心，恐怕也只有作者自己知道。

我的作品简单地说，可分为两大类。一类是现实主义的，照现实的样子写。有一位前辈曾谆谆教诲我这样写。我以为有道理。有一天忽然悟到，《红楼梦》里写了几百个年纪差不多的女孩儿，而能各有个性，并不重复，可能因为作家在现实生活中便接触了这样多，也许更多的女孩，把她们写下来，自然便不同，因为世界上没有哪两个人是一样的。我的这类作品有《红豆》《弦上的梦》《三生石》等，窃称之为外观手法。另一类我称之为内观手法。即透过现实的外壳去写本质，虽然荒诞不经，却求神似。中国画讲究“似与不似之间”，讲究神似，对我很有启发。中国画论以山水画为最高，并主张不做自然皮相之模仿，而为诗人理想之实现。有的名画看上去似乎不成比例，却能创造意境，传达精神，给人许多画外的东西。绘画和文学是两种艺术，所凭借的手段不同，但也总有相通之处。我是在尝试这样写。

卡夫卡是文学上的一个怪杰。他的《变形记》《城堡》写的是现实中不可能发生的事，可是在精神上是那样准确。他使人惊异原来小说竟然能这样写！把表面现象剥去有时是很必要的，这点给我以启发。写作手法是为内容服务的，怎样写要依内容要求而定。

有的评论说我的两种写法有会合趋势。我主观上不打算会合，而想使之各自发挥，使各自特点更突出。不过我的外观写法有不少浪漫色彩，而用内观写法时，我主张在细节上要注意符合现实。就是说前者也有不似处，后者则特别注意其似。长远以后也许会会合，以后的事，现在难说。

读小说是件乐事，写小说可是件苦事。不过苦乐也难截然分开。没有人写，读什么呢？下辈子选择职业，我还是要干这一行。下辈子再下辈子，那时可能争夺读者的不只是电影、电视，还有新发明的想象不出的什么新奇物品。不过我相信总还是有人爱读小说，也总还是需要有人写小说。

1984 年 2 月底

原载《文学评论》1984 年第 3 期

冷暖自知

近来常常奔走医院，在各种药物中，有两个中药方给我极深的印象。一个方子出自一位无名老中医之手，服药后颇觉轻快。另一个方子是位中年医生开的，服药后不大舒服。曾将后者给老人看，他笑笑说："这方子意思是对的。"

于是联想到写文章。前者像一篇融会贯通、舒卷自如的文字，后者像一篇文法正确，但是堆砌生硬的文字，效果就完全不同了。其实岂止写文章，读书、做学问，以至做人处世，各种事物间都要融会贯通，方臻上乘。只是要融会贯通，谈何容易！《神曲》中说："我刚从天庭回来，那里有无数名贵美丽的珠宝，但没有人敢把它们带出，那美妙的歌声呵，若是自己没有双翼飞去倾听，只向来人探问消息，如同问着哑子。"

任何境界，都无法向来人探问消息，只好靠自己一点点去融会，一步步去贯通。真是如人饮水，冷暖自知了。

很想请老中医长期治疗，因他上“随意班”，我没有时间精力去诊察，也就无缘得见。

希望明年始，多有些好缘分。

原载《文艺报》1985 年 8 月 17 日

《世界文学》和我

《世界文学》，是鲁迅所办《译文》的延续。它即将满四十岁了，可谓正当壮年。四十年来编辑部人员进进出出，人数想来也颇可观。我是其中极平凡的一个。若就我自己的经历来说，简历上会有这么一条：1960 年至 1981 年，在《世界文学》工作。二十一年！占我工龄的大半。我和《世界文学》，也算关系不同寻常了。

1960 年 10 月，我从《文艺报》奉调到《世界文学》，任评论组组长。“文化大革命”以后，在作品组帮着看稿。这二十一年间，除去十年内乱，又由于我自己的健康原因，实际工作时间打了大折扣。现在想来，评论和作品两方面，也还有些事可以略费几行笔墨。

20 世纪 60 年代初的《世界文学》正面临一个方向问题。为了革命的步伐，配合世界人民的斗争，刊登了许多亚非拉地区政治性极强的作品，也发表中国作家各种支援、声明等。当时作协党组提出一句话，“不要把《世界文学》办成《人民文学》”，希望多介绍外国优秀作品，在评论方面，则要求介绍古典文艺理论。这可能和当时的大气候有关，也反映了文学界对标语口号的厌恶和求知愿望。

我们组到的第一篇稿子是朱光潜摘译的莱辛著《拉奥孔：论画和诗的界限》。那时朱先生住在燕东园，我骑车去请教。当时冯至先生也住在燕东园，我也曾去讨教。随着时间推移，先生们陆续下世，令人长思风范。而我是车久已不骑，燕东园也久已不去了。

我也常记起长期在《世界文学》工作，现已去世的朱海观、庄寿慈、罗书肆等同志，他们的名字和《世界文学》分不开。

拉奥孔是希腊神话传说中特洛伊国日神庙的祭司，他和两个独生子一起被海神遣来的大蛇绞死。约在公元前 50 年，有雕刻表现这一题材，约三十年后，维吉尔把它写入诗篇。诗中表现拉奥孔的痛苦比雕刻表现的强烈得多。为什么这样？乃成为美学家们研讨的题目。莱辛认为雕刻家要表现美而避免丑，不能捕捉激烈的时刻；诗人用文字表现物体丑，因为不通过视觉，使人比较容易接受。以后陆续发表了文艺复兴时代卡斯特尔维屈罗等人的著述，莱辛的《汉堡剧评》等。这些美学见解，当时引起许多人的兴趣，也引起我自己的兴趣，曾对美丑的关系、崇高、滑稽（grotesque）等的内容想过很多。

我们在 1961 年第三期发表了雨果的《克伦威尔序言》。这是一篇文论史上极重要的文章，是浪漫主义运动的宣言。正在列入选题，安排翻译时，得知属于哲学社会科学部文学所的《古典文艺理论译丛》也要发表此文。严格说来，《世界文学》提供的窗口应该使读者看到当前的世界文坛，介绍古典文艺理论正是《译丛》的事。可是我当时非常想把重要的文论都登一遍，便征得领导同意，到文学所找《译丛》负责人蔡仪同志索取这篇稿子。照说这要求毫无道理，蔡仪同志竟宽厚地同意了。我打着得胜鼓回到编辑部，很得意了一阵子。

得意的日子并不久长。不久，大气候又有变化，评论工作转向批评。我因身体不好，经常住在北大家中，工作也不那么努力了。

1977年《世界文学》（内部发行）复刊，于1978年第三期刊登了萧乾摘译的《彼尔·金特》，我是这一稿件的责任编辑。那几年在作品组看的稿子不少，有时真是看得头晕眼花。在这一段工作中，我以为，最有意义的事就是使《彼尔·金特》先于四川人民出版社版本数年和读者见面了。

20世纪50年代中，萧乾同志曾把《彼尔·金特》英译本送给潘家洵，希望潘先生翻译。20世纪70年代初潘先生托我转回那几本书。看来，我和《彼尔·金特》早有此渊源了。

《彼尔·金特》是一个让人倾倒的剧本，充满了奇妙的想象，美丽的诗句，智慧的思想。具有人妖两重性的彼尔·金特本来的结局是在勺子里给铸造成一粒纽扣，还没有窟窿眼儿！那永远等候的索尔薇格，和中国妇女的坚贞似有相通处。格里格那旋律优美的《索尔维格之歌》浇灌着多少干涸的心！萧乾同志以极流畅的白话传达出诗剧的神韵。我在经手这篇译作时，从作者、译者都学习到了很多很多。我还因此对北欧文学深感兴趣而有一阵子分管北欧。

记得在发稿过程中，和萧乾同志打过好几次电话。那时他家没有电话，我家的电话第二次被拆掉了，都用公用电话。有几次还没说到正题电话就断了，后来萧乾同志总是说："我们赶快！"在以后的岁月中我常常姑息自己，懒得做事，不知不觉还会想起这四个字："我们赶快！"

在《世界文学》这一段日子，没有什么功绩，对我自己来说是有收获的。如果不作为工作任务，我大概不会读那些理论文章。如果不是做编辑而是在研究所这么多年，书会读很多，大概很难从书堆里钻出来了。我常说希望自己有三个头，一个搞创作，一个搞研究，一个搞翻译。却从未想过还要一个头来编刊物。其实做一段编辑工作很有好处。何况除了获得知识以外，还有编辑部里里外外的众多故事呢。

那时我有巨大的财富——年轻。于编辑工作之余，还有精力创作。《西湖漫笔》这篇散文是1961年7月的几天间，每天清晨6时到8时在办公室写作的。桌上玻璃板下压着一张父亲为我写的墨迹："莫以善小而不为，莫以恶小而为之。"我写着，看着窗外的天愈来愈亮，心中充满喜悦。1980年写《废墟的召唤》时，已完全不是那种抖擞的状态了。我太累了。1981年，我离开了《世界文学》。

以后我并没有忘记《世界文学》，虽然看得少多了。从20世纪70年代后期起，它就不是通向世界文坛的唯一窗口了。但它在许多介绍外国文学的刊物中保持了自己的特色，从未做趋时之举。这是全体编辑人员努力的结果，我想也和它属于外国文学研究所有关。

1993年3月18日

原载《世界文学》1993年第3期

我与人民文学出版社

1979年，人民文学出版社召开中、长篇小说座谈会，邀我参加。当时我正酝酿写“文化大革命”中一个癌症病人的故事。本来想写成短篇，又觉得写出来会太长，短篇容纳不下这样的内容。座谈会上，人文社要推动中、长篇的写作，大家谈了许多对中、长篇的想法，很有启发。会后我又考虑了许久，决定写一个中篇，便是后来的《三生石》。先在《十月》上发表，发表后，王笠耘同志要我在人文社出单行本。我那时虽已年过半百，却仍然“少不更事”。因已口头应允百花出版社，要重然诺，竟未与人文社合作。

我从20世纪50年代就想写一部长篇小说，反映抗日战争时知识分子的生活。但总因各方面条件不成熟，没有落笔。那次会上，韦君宜同志、李曙光同志都认为我已经进入写长篇的阶段，向我约稿。我相信自己总是要写的，但一拖又是几年，仍旧没有落笔。

1984年人民文学出版社在烟台召开长篇小说座谈会，又邀我参加。大家讲了很好的意见。记得李曙光同志曾说，作者是出版社的衣食父母。好像还没有听哪家出版社这样说过，其实作者也很需要出版社的督促培养。

我在烟台会上没有发言，后来杨柳要我写一个书面发言。我写的是长篇小说要好看又要耐看。必须好看，才能耐看，也必须耐看，好看才有价值。我希望我能写出这样的作品，可是不知能否做到。

当时，我在外文所，还有研究任务。我写了论曼斯菲尔德和波温的文章，本来想接着写一本伍尔芙评传。有人认为研究伍尔芙我比较合适，我也有兴趣。可是一部长篇小说已在我心中逐渐形成，发了芽，长了枝叶，若再不把书中人物落在纸上，他们会窒息、干枯而死。研究和创作两方面的大题目同时并进，在我来讲是不可能的。且不说两种思维方式互相打架，只就精力而言也远远不够。我必须作出选择。我决定放弃科研专心写小说。因为我不做研究，还会有别人做，研究的毕竟是别人的东西，而小说是作者灵魂的投入，是把自己搅碎了，给小说以生命。而且我要表现的不只是我自己，是一个群体，一个时代。我不一定成功，但不试一试我是不甘心的。

1985 年，我终于开始写长篇了。这部长篇分为四卷——南渡、东藏、西征、北归。总的题目想了很久都没有定下来，后来确定为《野葫芦引》，原有个题释："葫芦里装的什么药，谁也不知道，更何况是野葫芦。"后自己觉得并不能释，故未印出。我在外文所"挂单"，云游于"野葫芦"中。我曾考虑怎样来写这部长篇，如果用当时我正探索的内观手法，读者会看得太累，生活的巨大内容也难以表现，或表现了也难以和读者沟通。李曙光同志说，他记得在一次谈话中，我曾自问自答，我的书要怎样写，自答的结果是用现在的比较写实的手法。人文社很关心这部书。责编王小平常来了解进度，写成两章便先拿去，不只她一个人看，这本书是在人文社的热心关怀下写出来的。

1987 年底书成，君宜同志已病。李曙光同志关心地安排这小说先在《海内外文学》杂志上发表，1988 年 9 月即出书。

1988 年秋，趁西南联大校友重返昆明之便（我在昆明上的是联大附中，也被扩大为联大校友），云南省文化局介绍我到保山，保山地区为我提供了交通工具，并派人陪伴。我从大理到保山，又到腾冲等抗日旧战场走了一遭。我到了国殇公园，在松山碉堡旧址看到一个残破的小碑，纪念抗日阵亡将士。我站在秋风中，不禁泪流满面。

1989 年至 1993 年，我经历了父丧和重病。1993 年下半年开始写《野葫芦引》第二卷《东藏记》。为了给自己的记忆之井中添些活水，觉得需要回昆明一趟。我向高贤均同志说了这个意思，人文社立即提供了来往旅费。在昆明我得到云南诸友的热情帮助，又感染了昆明的旧城气氛。1995 年，《东藏记》的第一、二章先在《收获》第三期发表。

以后是漫长的等待，隔几个月便要生一次病，几乎成了规律。再加上莫名其妙的干扰，只能写写停停，停停写写。责编杨柳细心而耐心地守候着这部书。她从不催稿，但总能感到她的关心。今夏终于写成了《东藏记》，杨柳和我都舒了一口气。因为目疾，书成后我不能通读全稿，免不了许多遗憾。不过我已是尽力而为了。

人文社出版了“中华散文珍藏本”系列，其中有我一卷。散文浩如烟海，选择特别需要眼光。散文什么都可以写，在各种各样的题材中，我总觉得最好能有做大题目的、较有思想的散文，使我们散文创作的境界有所提高。

在当前众多的出版社中，人文版书籍的错误较少，虽然还免不了遗憾，但他们在校对方面是很认真的。

人文社的美术方面的工作似可改进，就我看到的有限的书来说，有些书的装帧封面和书的内容不甚相称。我一直有个想法，长篇小说需要好插图。现在的书有插图的很少，有好插图的更少。这种插图需要对文学有浓厚兴趣的美术家，可能这是可遇而不可求的。

随着社会的发展，出版社会遇到不同的难题，我想他们会以发展对付发展，走得更快更好。人民文学出版社不愧为我国第一家文学出版社，她的工作人员有见识、有才干、有为文学事业奋斗的热忱，我向他们敬礼。

2000 年 11 月 10 日

原载《我与人民文学出版社》，人民文学出版社 2001 年 3 月

一只小蚂蚁的敬礼

时间本来是无始无终的，是人划分了日、月、年、世纪。一会儿过节，一会儿过年，一会儿热热闹闹地要进入新世纪。“天不生仲尼，万古如长夜。”没有人，一切都是没有意义的。

人活着很不容易的。对我这样的老病号，更是如此。我很庆幸，自己过了七十余年还是个活人。我没有什么好的医疗条件，在和疾病斗争中，却曾得到一些医生的帮助，在关键时刻搭救我。我的感谢是深厚长远的。

我活着，就要写作。检点过去的材料，有这么多的亲友帮助我，在我的记忆之井中不断地添注活水。我无法一一列出他们的名字。有些人已经离开这个世界，书夹中业已发黄的纸上留着他们的话语；大多数人仍在辉煌地生活。我们是一个割不断的群体，我想他们能感受到我发自内心的谢忱。

还有读者，那是最有力量的支持者，从来不是很多，但从未断绝，总有延续。这延续对于作者来说是一种福分。

20 世纪，我写完了长篇小说《野葫芦引》的第一、二卷，《南渡记》与《东藏记》。书中人物在等候我写下去，他们也要生存，也要发展。我因目力不佳，写作极为艰苦，就像一只小蚂蚁，奋力搬运沙粒，衔一粒再衔一粒，堆成小丘。在未来的日子里，我只愿安静地当好一只蚂蚁，尽伦尽职，堆好沙丘。人说，你何不用蜜蜂做比喻，究竟有一个酿造的过程。我想，蜜蜂在花丛里嗡嗡地飞，那景象对于我来说是太美好了，蚂蚁的比喻也许更为合适。

一切创造生活的人，请接受一只小蚂蚁的敬礼。

原载《人民日报》2000 年 12 月 30 日

衔一粒沙再衔一粒沙

——在《南渡记》《东藏记》研讨会上的发言

《野葫芦引》的开头是很久远的事了。从20世纪50年代起，我就想写一部反映中国读书人在抗日战争时期的生活的小说。那个时候因为客观条件不允许，没有时间和精力来写这样大部头的书，主观上也不成熟。现在想想很庆幸那时没有写，而是放在20世纪80年代。这个时候我可以用自己的眼光来看待事物，作出判断，才有了这几个不算太不像样的“野葫芦”。

应该说我很幸运，我写的其实是大家的生活，是很多人的生活。是我的许多亲戚朋友和熟人在我的记忆之井里添满了活水，然后我才有丰富的材料来写作。

他们从生活的那头走来帮助我。比如我的老朋友立雕同志记性很好，抗日战争时期我们有共同的经历，他给我讲了许多日军轰炸的细节；书中提到赶马帮是受到陈岱孙先生的启发；说要“把学校搬到地图上找不到的地方”是邓广铭先生告诉我的。我就像一只蚂蚁衔一粒沙再衔一粒沙。当然，这不只是堆积，而是要把它们调和塑造。这倒是用上了那句话，“再抟再炼再调和，我中有你，你中有我”，真是费尽了心血。我要提醒的是，小说不过是小说，深究起来，七宝楼台也成碎片。当然，如果说是一座楼台的话，人们并不需要去研究一木一石，可是有这一木一石，才能塑造出艺术的世界。对于每一位在我的记忆之井的活水里加上一点一滴的朋友，我都怀着衷心的感谢，在大家的帮助下我才写出了这本书。

我也要感谢人民文学出版社，这部书二十年前就是人民文学出版社约稿，从老一代韦君宜等领导到现在的领导都很关心。20 世纪 80 年代初，君宜同志对我说：“你现在到了可以写长篇的阶段了。”现在想想，这真是一句不简单的话，对于一个作者，她可以看出你现在到了可以写长篇的阶段，一位出版家关心着作者的发展阶段，是何等的眼光和气度。

从《南渡记》出版到今年《东藏记》出版，已过去了十三年，十三年是一个很长的时间，一年级的小学生都考上了大学。在这样长的日子里，有时完全看不到交稿的希望，而人民文学出版社从来没中断和我的联系，他们耐心又细心，让我感到的只有关心而没有压力。我的眼睛不好，不能通读校样，稿子交给他们，我完全放心。

许多朋友都惦记着这部书，我要在大家的关怀下继续写下去。若停了，可怎么甘心。希望我的身体争气，不要辜负这份关怀。

评论家和读者是作者的知音，要是没有这种知音，高山再高，流水再长也不会有效果。过去大家给了我很多鼓励，我要说的只有四个字：“谢谢大家！”这是我最想说的衷心的话。

2001 年 5 月

在复旦大学宗璞长篇小说研讨会上的发言

今天我来参加这个会，非常高兴。一个大学中文系专门组织一次研讨会，讨论我的书，要我参加，在我来说还是第一次。这个第一次不在北方，不在我熟悉的大学，而是在南方，在复旦这所我闻名已久却从来没有到过的大学，我觉得很有趣也更可贵。又恰值复旦大学百年校庆这样一个喜庆的日子，更是让人高兴。会上听到许多宝贵的意见，虽然我耳朵不好，听得不全，也要好好地领会。作品是要有了读者的反应，才算真正地活起来。作品在读书人的读书过程中成长了、丰满了。何况今天到会的都是关注当代文学、研究当代文学的学者。我发现了很多慧心人，大家从不同的角度谈了我的小说，都很有见地，对我很有启发。

《东藏记》最初是在《收获》发表的，1995 年发表了前三章，2000 年才发表了全部。1995 年是反法西斯战争胜利五十周年，我写了一个题记："谨以此书献给抗日战争中的阵亡将士和被日本军国主义杀戮的在战乱中丧生的无辜同胞。"我说我们不会忘记。一转眼已经到了反法西斯战争胜利六十周年，个人的记忆确实有些模糊，但是作为民族的集体记忆是永远鲜明的，我们有责任让这个记忆鲜明。另一方面，我们要超越战争。战争使人异化，而人应该还原为人。《东藏记》中就表达了这个意思。冯友兰先生在他的《中国现代哲学史》最后一章引用了张载的话：“有象斯有对，对必反其为；有反斯有仇，仇必和而解。”这是张载归纳的客观辩证法。冯先生指出，人类是聪明的，一定会照着“仇必和而解”的方向发展。我相信，从长远来讲，一定是这样的。在这个长远的过程里面，我们还要付出很大的努力。我的书是写那一段战争的，可我是为了人、为了和平而写。我深知自己的能力很有限，说出来的话怕做不到，总觉得自己像在说大话，但我是努力去做的。

感谢复旦大学中文系，感谢大家给我的帮助和鼓励。特别感谢王安忆。

2005 年 5 月

宗璞文学创作六十年座谈会答谢词

看到这么多朋友光临这个会，听到大家十分温暖的讲话，我心里充满了感激。我的一首词中有两句“托破钵，随缘走”，我觉得自己就像托破钵化缘的僧人。我的写作是生活给予的，是社会给予的。我在平常的生活里更是得到很多的、具体的帮助，在座的朋友几乎没有不给过我帮助的。怎么能不感觉到温暖，怎么能不心怀感激呢？

说到创作六十年，我深感惭愧。从1947年，我发表第一篇作品《A.K.C.》起，那时是19岁，今年我79岁，算是六十年了。《A.K.C.》发表在天津《大公报》，后来又接着写了几首短诗，再后来就停顿了。1957年发表《红豆》以后，和大家一样，有一段长时期的搁笔，算了一下，是十四年。我曾经有一首小诗，第一句就是“钝笔尘封十四年”。在以后的时间里，也是断断续续，要关心的事情太多，很少集中精力写作。所以说创作六十年，实在是非常惭愧，实际说起来，充其量也就是二十年吧，也许是十几年。我曾称自己为“四余居士”，因为居士不出家，始终保持业余身份，业余的佛门弟子，那么我是业余作者，正好用“居士”这个称号。四余者，运动之余，工作之余，家务之余，和病魔作斗争之余。在这些“余”中，写了这些作品，也实在是很努力了。我的姑母冯沅君，有一部书，称为《四余诗稿》，也很惭愧，我从来没有见过这本书。我真想起姑母于地下，问一问她的“四余”是哪“四余”。据说老年人分几个层次，有年轻的老年人，真正的老年人。现在我已进入耄耋之年，成为真正的老年人。这一阶段可以说是人生的“余”了，我现在应该称为“五余居士”了。

我收到一封读者来信，是两个年轻人写的。他们说等着看《西征记》《北归记》等得不耐烦了，他们要我“加油！加油！！！”，加油后面打了三个惊叹号。老实说，这油也剩得不多，不过我会努力写，以稍减惭愧之情。

元遗山论诗，有两句话：“诚乃诗之本，雅为诗之品。”这好像是郭绍虞先生总结出来的遗山的意思，不是原话。“诚”“雅”两字，是我一贯的创作追求。许多朋友有很好的阐述。我想，诚，就是说真话，也可以说是思想性。从良知开始到具有思想性，有很长的路。雅，就是艺术性。这个雅并不和俗相对。说真话有好几层，一个是勇气，一个是认识，认识有高下。能认识了，要有勇气说出来。我非常喜欢英国作家哈代，他在《苔丝》第一版弁言中引了圣徒圣捷露姆的话：“如果为了真理开罪于人，那么，宁可开罪于人，也强似埋没真理。”这很有勇气。可是勇气又分两个方面，一个是对外界来说，宁可开罪于人，也要坚持真理；一个是对自己来说，有的时候，没有勇气去看事物的深层；有的时候是看到了又不愿写，不忍写。读伟大作品时，有时有一种感觉，作者对自己很残忍。这是高尚的残忍。

王国维说，能够“感自己之所感，言自己之所言”，才能写出伟大的文学。言自己之所言，就是宁愿开罪于人，而不可埋没真理；感自己之所感，就是对事物、对生活，要有自己的看法，独立的见识，这是人格的力量。静安认为宋代以下，有些人能够做到“言自己之所言”，而也能做到“感自己之所感”的只有东坡一人。又说屈子、渊明、子美、子瞻都因为有极高的人格，才有极高的作品。如果他们没有文学天才，就人格而说也“自足千古”。没有相应的人格，写不出好作品，这是永远不会改变的。对于文学高峰，我只能心向往之，以为榜样，要想靠近是不自量了。

创作的道路很长，攀登不易，人生的路却常嫌其短，很容易便到了野百合花的尽头。我只能“托破钵，随缘走”。我的破钵常常是满满的，装的是大家的关心和爱护。我再次感谢大家。感谢人民文学出版社、外文所举办，现代文学馆、作家出版社协办的这次盛会。

我的大学毕业论文写的是哈代的诗。几年前，清华大学图书馆一位馆员热心地找到了我的论文，保存得那么好，它让我又想起哈代的诗。最后我来念一首，题目是《路》，卞之琳翻译。

我的面前是平原，
平原上是路。
看，多辽阔的田野，
多辽远的路！

经过了一个山头，

又来一个，路
爬前去，想再没有
山头来挡路？

经过了第二个，啊！
又是一个，路
还得要向前方爬——
细的白的路？

再爬青天不准许，
又拦不住，路
又从山背转下去，
看，永远是路！

2007年11月2日

漫说杂谈

耳读《朱自清日记》

前两年写过一篇文章《乐书》，即读书之乐。其实我现在是读不了书的，只能听书，是曰耳读。耳读感受不到字形的美，偶然用放大镜看到几句文章真觉舒畅极了，只是这机会越来越少。因为同音字多，听力也不是很好，便要常常追问到底是什么字，费时费力，也只能大体知道个意思。但我幸亏还有这点听的本事，能有耳读之乐。

那大概已是前年的事了，仲为我读《朱自清日记》，从头到尾。日记从 1924 年 7 月 28 日开始，到 1948 年 8 月 2 日为止。记叙简略，一般是记下了书信、人际往来，自己做了什么事，读了什么书，间或也有感想。文字极平淡，读后掩卷之余，我们似乎觉得朱先生就在面前。

这是一本真正的日记——照日记本来的意思，都是为自己看的，不必给别人看。现在有些日记，在写时尤其在整理时都是想到有个读者在，若以为日记所记都是真实的，就未免太老实了（我本想说那就是大傻瓜）。《朱自清日记》是真正的日记。朱先生怕别人看，有一部分用英文和日文杂写，他绝没有想要通过日记来炫耀什么，或掩饰什么。而我们就从这些文字中看到了一个真正的人，和一段真正的历史。

我曾有过这样的问题：朱先生这样怕别人看他的日记，事先还做了防备，现在出版他的日记是否违反本人的意愿。但我又想，能够提供一段珍贵的史料，朱先生可能是会同意的。

我们在日记中看到的是一个平凡的普通人。他常常借钱借米，他自谦得有时甚至有些自卑，总觉得自己的学术地位不如人。但是他勤奋、宽容，常常为别人着想。最使我感动的是闻一多先生殉难后，朱先生在成都讲演募捐，做了很多工作。那是需要勇气的，有些人避之唯恐不及。他本不是一个热心斗争的人，但是出于最普通的同情心，他要做他所能做的事情。一直到胃病很严重的时候，他仍勉力编撰《闻一多全集》。闻朱之交可能不像有些人以为的那样深，但是却达到了一种高致。我并不否认朱先生的觉悟、认识、热情，但总以为他的本性不是英雄人物。正是他作为一个平常人的朴素的感情，使得他的人格发出光辉。这种光辉也许不是很强烈，却能沁透人心。

日记多次记述了和冯友兰先生的交往，1933 年 2 月 11 日记载："晚赴王了一宴……多一时俊彦。芝生述张荫麟所举柏拉图派主仆故事，谓共相不足恃，渠亦将举学童解'吾日三省吾身'之'吾'字故事以证共相之作用。又述辜鸿铭论'改良'及'法律'二词及陈独秀与梁漱溟照相事。又绍虞误认杨今甫为白崇禧事。皆隽永可喜。归金宅，转述芝生笑谈，殊无反应。殆环境既异，才能亦差也。"又一则日记，1935 年 2 月 28 日，"对霍士休进行考试的口试委员会今天下午开会。进展颇顺利。冯友兰先生指出唐代以后大量传奇故事的渊源。唐代的传奇故事是霍的研究题目，而这正是他论文中的大弱点，但我们却没有发现。”

日记还记下了在某家遇好饭食，一口气吃了七个馒头。也曾告诫别人冯家的炸酱面虽好，切不可多吃，不然胀得难受。读来觉得朱先生真可爱。他的胃病持续了很多年。抗战中没有好的医疗条件，复员以后，似乎也没有认真地医治，也没有认真地休息。从最后几天日记中可以看到，他仍在读书写作，料理公事。日记忽然中断了。他再也不能写了。十天以后，他离去了。记得他去世前数日，父母到医院看望，也带着我。我站在母亲身后，朱先生低声问了一句：“你还写诗吗？”我嗫嚅着，不敢大声说话。他躺在那里，比平时更加瘦小，脸色几乎透明。那时我对死亡没有什么概念，只觉得父母亲的脸色都很严肃。五十多年过去了，我还记得那个院子和病榻上朱先生几乎透明的脸色。

1948 年我到清华上学，那时常写一点儿小诗，都是偶感之类，不合潮流。一次曾随几个同学到朱先生家，同学们拿出自己的诗作请朱先生看，我也拿出一首凑热闹。朱先生认真看了，还说了几句话，可惜不记得说的什么了。

我上中学时，课本里有朱先生的文章，几十年以后的中学课本里还是有朱先生的文章。大家都记得《背影》《匆匆》，而且都会背：“燕子去了，有再来的时候；杨柳枯了，有再青的时候；桃花谢了，有再开的时候。但是，聪明的，你告诉我，我们的日子为什么一去不复返呢？”真的，我们的日子为什么一去不复返呢？这是我和我的同龄人常常发出的慨叹。一天，一位老友打电话，说他极想再读一读《匆匆》这篇文章，想着我这里总会有的，能否查一查。那时我查书比较方便，只需要和我的图书馆长仲说一声。文章找到了，我先在电话里念给老友听，念完了，我们都沉默了半晌。

时光如河水般地流去了，在荷塘月色中漫步的朱先生已化成一座塑像伫立在荷塘月色之中。老实说，现在经过修整的这座荷塘远不如旧时，那时颇有些荒凉的荷塘要自然得多，美得多。不过，朱先生的文字中凝聚着的美，那是朱先生的精魂，是不会改变的。

这部日记是朱先生之子乔森在化疗期间骑自行车送来的。读完全书，他已又住进医院。我说我要写一点感想，真写下来时，乔森已然作古。这一道门槛，是每个人都要跨越的。

朱先生并不需要我来为他添加什么，现在也不是某种纪念日。只因读过他的书和日记，我在心底升起一种情感，便写出来。

时间继续流逝，“去的尽管去了，来的尽管来着；去来的中间，又怎样地匆匆呢？”在这去来之间，在时间的匆匆里，有了多少变化，不能预防，不可改变。人，只有忍受。

聪明的，你告诉我，日子为什么一去不复返呢？

2002 年 5 月稿

2002 年 12 月改

2004 年 9 月重读

原载《人民日报》2004 年 9 月 9 日，题为

《耳读偶记——读〈朱自清日记〉》

有感于鲜花重放

《重放的鲜花》这书名，使人百感交集。

鲜花，本应盛开，开到如云似锦，喷火蒸霞，然后按照自然规律落入大地，化作春泥，更育来者。鲜花，而需要重放，这是多么沉痛的悲剧！为什么当时不能开个畅快呢？为什么被当作毒草刈去，还要备受折磨呢？为什么这种施之于鲜花的虐行能够通行无阻呢？无阻到后来，不要说鲜花，连一瓣小叶芽儿也要放在显微镜下检验毒性，只有落得个白茫茫大地真干净了。

每个花朵本身，完全可以宽宏地忘记一切不愉快，只记得重放的幸运。而从历史的角度看，难道不该把悲剧的原因仔细探讨，总结清楚，铭记心头，引为教训，以避免历史重演吗？

因为有了重放的鲜花，不由人联想到是否还有应放未放的奇蕊，或还有应重放未重放的异葩。过去的总是过去了，总要攀住过去的不通达的人毕竟不多。最让人关心而且担心的是，将来还会不会有鲜花需要重放？若要让花朵盛开，必须有真正的创作自由，若要有创作自由，我想可能需要一种政治上的大度。这里且不说高度的民主，只说大度。要容忍那望之不似鲜花之物，还要容忍那望之竟似毒草之物。因为只有时间和人民，能够评定究竟何者为鲜花，何者为毒草，何者为渣滓——或什么也不是。这是老生常谈了。当然，我这里说的是艺术。一些诲盗诲淫根本算不得艺术的东西，不在此列。而在需要大度时，这种精神还是太少了。

政治上的大度来自以平等态度待人，来自从内心里承认人人平等，在真理面前人人平等，在艺术、学术面前人人平等，在国法党纪面前人人平等。可怜这一简单真理，我们讨论了几十年！我想，现在完全有理由希望把它付诸实现，不再需要几十年了。

我希望以后的鲜花都能及时盛开，不需重放。希望重放的鲜花永远成为中国当代文学史上稀有的奇迹。奇迹是不需要重复的，鲜花重放，一次足矣。

1985 年 9 月 12 日于风庐

原载《丁香结》，百花文艺出版社 1987 年 4 月

感谢高鹗

初读《红楼梦》是在清华园乙所。应是在我九岁以前，因为九岁时抗战爆发，我们离开了清华园。以后在昆明，在那木香花的芬芳中又多次阅读，但都是断断续续。大概是在上大学时，读了增评补图《红楼梦》，有大某山民和护花主人等评点，那是最初的完整的阅读。20 世纪 50 年代，读到人民文学出版社出版的由何其芳作序的《红楼梦》，这是一次完整的阅读，似乎比较懂了，不过还是在“楼外”行走，不是“痴”也没有“魇”，我甚至没有读过脂批，也弄不清程甲本、程乙本及各种手抄本的复杂性。读小说还是要读小说本身，研究小说是另外一回事，叫作“做学问”。我对所有的研究者都怀有敬意，他们对《红楼梦》感情深厚，各有贡献。各种研究作为《红楼梦》的辅助读物也很有趣，它们互相启发参照，可以使读得的天地更广阔。我只是一个普通读者，有些读后感，便想说出来。

要说的主要是续书问题。近百年来，《红楼梦》后四十回一直是批判对象，说狗尾续貂是很客气的，甚至有人说它把一部伟大的作品毁坏了。全世界都在读这一百二十回《红楼梦》，亿万人为它哭坏了眼睛，高鹗却总在被批判，被否定，被讥讽嘲笑。这个现象很奇怪。续书究竟是好是坏，功过如何，值得探讨。

先说续书的功。首先在于它给了我们一个完整的故事。设想一部《红楼梦》到八十回就没有了，是何等光景？难道会有现在这样的影响吗？我想是不会的。只因有了后四十回，《红楼梦》才成为一部伟大的小说；有了一百二十回，才有了《红楼梦》研究的大平台。我们说全部《红楼梦》的故事是完整的，因为它是忠实地沿着宝黛悲剧的线索发展开来的。《红楼梦》曲中“终身误”“枉凝眉”两曲，已把钗黛和宝玉的关系交代得十分清楚。“一个是阆苑仙葩，一个是美玉无瑕。”宝黛是木石姻缘，终成虚话。“空对着，山中高士晶莹雪；终不忘，世外仙姝寂寞林。”宝玉娶了宝钗而不能忘情黛玉，所以宝钗是误了自己终身。木石姻缘与金玉姻缘相对。书中从开始写木石感情节节发展，从来就在金玉威胁之下。“梦兆绛芸轩”一回写宝玉在梦中大喊不要金玉姻缘，只要木石姻缘时，宝钗就坐在床边。宝玉要回归木石本色，却逃不出金玉枷锁。续书给了宝钗坐在宝玉床边的地位，没有弄出四角、五角的多边关系，是十分忠实于雪芹的设计的。紧扣住这一根本设计从不偏离，是续书的最大成功处。应该说这就是雪芹要说的故事。

其次，续书给我们的不只是一个故事梗概，而是有高度艺术感染力的文字。宝玉说：“我有一个心早已交给林妹妹了，她来时带了来，好歹装在我的肚子里。”照园中大众看，这是痴话，痴话表现的正是海枯石烂的一种至情。王国维在《红楼梦评论》中引了一段文字，是九十六回宝玉与黛玉最后相见那一节，并评论说“如此之文，此书中随处有之。其动吾人之感情何如，凡稍有审美的嗜好者，无人不经验之也”。九十六回到九十八回，关于黛玉死的描写，都是十分动人的文字。“竹梢风动，月影移墙，好不凄凉冷淡。”这样的描写，我在七八岁时读到，现在已过了七十年，它还是那么新鲜。俞平伯老先生竟说描写黛玉死的一段文字“一味肉麻而已”，林语堂则说俞老先生是“恶人之所好，好人之所恶”。照我看，俞老先生有这样一句话，也就很难让人相信他的俗、浊等批评了。

黛玉死，二宝成婚，实为全书高潮。紫鹃试宝玉一段，宝玉的痴情已显露无遗，怎能让他接受他人？宝玉病到半昏迷状态，在这种状态中还是念念不忘黛玉，就只有移花接木一法了，这样的写法实在是不得已。不知作者怎样呕心沥血，才成就了这文学上的千古大悲剧。

宝玉的结局，也是让人永不能忘的。白雪中一个穿大红袈裟的僧人，似悲似喜并不言语，然后飘然作歌而去。我想这比做乞丐、采药、卖字都要来得干净。多有人批评宝玉出家前拜别父母是败笔，我却以为这是最近人情处。宝玉虽是封建礼教的逆子，却不是野人。他是大情种，这情不应限于男女之情，亲情也是重要的。拜别父母的描写是合理的，中举人也无不可，算是给父母的一个交代。他这交代是按照父母的标准，而不是按照他自己的标准。只是遗有一子不妥，“终身误”中已言“空对”，宝钗应该只是宝玉名分上的妻子，而且宝玉本是一块石头，何必有子。

书中次要人物的性格发展大都符合前文。最好的是对紫鹃的描写。她没有册子可循，写来不只符合人物性格，而且更突出了这个人物。紫鹃坚守在黛玉临终的病榻旁，不肯趋炎附势，令人于悲痛中感到一点安慰，很好地表现了紫鹃这样一个平凡丫头的可敬人格。儿时所读《红楼梦》版本，附有护花主人评，依稀记得有这样的评语：紫鹃于黛玉，在臣为羁旅，在子为螟蛉，而不渝其忠，其忠则更可贵。近来海选《红楼梦》演员，谈话间不免戏言谁该演谁。一位音乐学院研究生郑重地说，我要演就演紫鹃。写紫鹃所以写黛玉，黛玉若是一味地尖酸刻薄，耍小性儿，哪里会有这样的侍女。《水浒传》中林冲娘子坚贞不屈，金圣叹批曰："写娘子所以写林冲。"娘子被逼死，益增林冲悲剧之惨烈深刻。

妙玉的命运完全照册子安排，甚至有些呆板。她的断语明书"可怜金玉质，终陷浊泥中"；《红楼梦》曲子"世难容"中又明说她是"到头来，依旧是风尘肮脏违心愿"。妙玉是书中最矫情的人物。续书照着雪芹指出的方向走，却没有写出这矫情人物的丰富性。

最后，续书也反映了当时的社会。如：庄头送东西来，路上车子被官府截去，经人说情才发还，和乌进孝送年货遥遥呼应。若是现代人来编写，肯定写不出这样的情节文字。这些是续书的成功之处。

我曾设想，后四十回也是雪芹所作。后四十回的才气功力等等不及前八十回，也许是因为那时雪芹的精神才气都已用尽。写东西后面不如前面是常见的，何况这样大的长篇。有人指出，林黛玉吃五香大头菜加些麻油醋，简直不像黛玉的生活。我想那时雪芹举家食粥，吃多了咸菜，也可能写进书里。作者的生活很可能影响书中的人物。可是很快我就推翻了这种想法，后四十回为他人所续是显然的，可指出的例证很多。最大的问题是有些人物的结局不符合原意，而那结局在判词中已交代明白。如探春的判词中已说明她如断线的风筝，"千里东风一梦遥"，不会再回故土，续书中却写了回家的一段，还说她出挑得更好了。对她的远嫁描写很简单，也没有回应“日边红杏倚云栽”的签文。年未及笄即能管理偌大家事的探春、给了王善宝家的一记响脆巴掌的探春，结局似太草率，应有一段花团锦簇的文字才好。又如香菱的判词中写明“无端两地生枯木，致使芳魂返故乡”，比较清楚地说明了她是受夏金桂虐待致死。香菱是全书第一个出现的薄命司中人，她原名英莲，照谐音讲该是“应怜”，她又姓甄，更是真应怜了。也就是说薄命司中的人都是那么可怜。而香菱的容貌又有些像“东府里小蓉奶奶”（秦可卿，警幻之妹）。所以香菱的命应该是薄而又薄，才有代表性，写她被扶正生子不合原意。这都是老生常谈了。这样明显地违反判词，可以证明后四十回为他人所作。从文字上讲，有些篇章固然很好，但是败笔也不少。最大的败笔是宝玉重游太虚幻境，第一次游让人感到扑朔迷离，有仙气，重游的一段就似乎有妖气了。宝玉看得清楚，记得清楚，知道各姐妹的命运，岂不像练了气功，有了特异功能，能看见人的五脏六腑一样，多么别扭。又如有几句形容黛玉过生日时的打扮，全是套话。前八十回对人物的描写或浓或淡或粗或细，绝少用套话。“丹凤眼，柳叶眉”本来是极一般的形容，但“一双丹凤三角眼，两片柳叶吊梢眉”就活灵活现地画出一位厉害人物。若要挑毛病，还有许多。也有人揣测高鹗得到雪芹残稿，编辑补缀成书。这也是一种说法。我们可以把精彩片断交还雪芹，平庸文字派给高鹗。不过，补缀整理也是一个大功夫。

其实，前八十回也有不合理处，指出的人很多。近见对小红的谈论，说她在后四十回没有得到发展塑造，成了一个毫不出色的普通丫头。在前八十回，小红出身的安排就不够妥当。小红是大管家林之孝的女儿，在贾府中应属于“干部子弟”。书中写她被秋纹等欺压，不大合理。她可以不必是林之孝的女儿，安排她是个家生女儿即可，更符合现在书中表现出来的她的地位、性格。又如贾赦索要鸳鸯，贾母迁怒于王夫人，书上写迎春、惜春提醒贾母“小婶怎知大伯的事”，照迎、惜的性格不见得会出头管事。电视剧改为探春来说这句话，倒是合适。

现在专门来谈史湘云。对史湘云命运的安排有许多种，有一种是她与宝玉最后结为夫妇，以应“因麒麟伏白首双星”的回目。我想这是最不真实的故事。“白首双星”是一个谜，却是可以解释的。“白首双星”出现在回目中，本来就不够合理，因为它不符合薄命。我想这是在小说的长期写作中应改而没有来得及改的地方。据张爱玲《红楼梦魇》说，早本有个时期写宝玉、湘云同偕白首，后来结局改了，于是第三十一回回目改为“撕扇子公子追欢笑，拾麒麟侍儿论阴阳”（全抄本），但是不惬意，结果还是把原来的一副回目保留了下来。后回添写射圃一节，拾麒麟的预兆指向卫若兰，而忽略了若兰、湘云并未白头到老，仍旧与“白首双星”回目不合。“脂批讳言改写，对早本向不认账，此处并且一再代为掩饰。”这一段话讲了两件事，一是“白首双星”曾被改过，留下是失误；一是卫若兰射圃与金麒麟有关。二者都较可信。

林语堂在《平心论高鹗》一文中戏言，程伟元应悬赏征求两篇文字，一是小红在狱神庙，一是卫若兰射圃，每篇一千美金。（我建议再加一题：探春远嫁。多花一千美金。）有卫若兰射圃一段情节，似已为人接受。1987版电视剧《红楼梦》里也安排了这一场面，但剧中人都变了哑巴，想来是台词难写。卫若兰就是湘云的夫婿，就是那才貌仙郎。怎样把卫若兰、金麒麟、史湘云联系起来，倒要动一番脑筋。

《红楼梦》曲子《乐中悲》说湘云“从未将儿女私情略萦心上”，最后“云散高唐，水涸湘江”。若是我们尊重前八十回，应该知道，湘云和宝玉虽然自幼常在一起，早于黛玉，但并无“情”，而宝黛的木石前盟是大书特书的，怎能将湘云顶替黛玉？宝玉的人间知己只有黛玉一人。所以他说“林姑娘说过这些混账话么，若说过这些混账话，我和她早生分了”。他还对湘云说，“姑娘请别的屋子坐坐吧”。宝玉在清虚观中将一个金麒麟饰物揣起，不过是好玩而已，也使得情节发展摇曳有致。在宝玉心上，湘云和黛玉的分量是不可同日而语的。又“云散高唐”一句指丈夫早死，“水涸湘江”一句指湘云的生命结束。判词也云：“富贵又何为，襁褓之间父母违。展眼吊斜晖，湘江水逝楚云飞。”水逝云飞人何在？所以她不见得能活过宝钗。宝玉一娶宝钗已是违了初心，怎能再娶湘云。这样安排，把宝黛间海枯石烂、生死不渝的爱情降为普通的感情了。而书中已经说明木石姻缘是一种前盟，黛死钗嫁、宝玉出家，这是最符合雪芹原意的安排。就这一安排，我们也应该感谢高鹗。

总之，后四十回虽不及前书，但它成就了全书。后书与前书血肉相连，功是根本的、主要的。有人要把后四十回割下来扔进字纸篓，那还有《红楼梦》存在吗？我们可以提出更好的设想，甚至写出精彩的片断，但要写出超过高鹗文稿的《红楼梦》后半部，是不可能的。

我要说一句：感谢高鹗！这是胡适、顾颉刚说过的话，我想也是很多人心里要说而没有说出来的话。

全部《红楼梦》深刻表现了人生的悲凉，“乱哄哄，你方唱罢，我登场，反认他乡是故乡”。人总归是要回去的，回到那大荒山青埂峰下。功名利禄，不必挂心，是非功过也只在他人谈笑中。仿宝玉偈，编了几句，以为文尾：

你证我证，心证意证。

各有已证，是为立证。

各无已证，是为大证。

问何所证，红楼一梦。

2005年2月初稿

2006年10月改稿

原载《随笔》2007年第1期

漫说《红楼梦》

《红楼梦》是个永远的话题。我自七八岁起读《石头记》，抗战期间在昆明，和兄弟上学路上，我们一路走一路对回目，你说上联，我说下联。喜欢《红楼梦》的人，一辈子都喜欢。

那时我读的《红楼梦》，与现在的人民文学出版社 1982 年版不同，但忘记是什么本子了。人文版第三回“林黛玉抛父进京都”，我读的本子，“抛父”作“别父”。“别父”是她不得不离开，“抛父”好像是她主动的，显得无情。第八回“比通灵金莺微露意，探宝钗黛玉半含酸”，我读的本子是“贾宝玉奇缘识金锁，薛宝钗巧合认通灵”，正式推出了金玉相会，我觉得这样比较好。第二十七回“滴翠亭杨妃戏彩蝶，埋香冢飞燕泣残红”，“杨妃”“飞燕”的说法不好，“宝钗借扇机带双敲”一回中描写，宝玉把“杨妃”的比喻告诉宝钗，宝钗大怒。现在作者在回目里这样写，岂不要把宝姐姐气煞。玉环飞燕虽都是美人，却有不洁的传说，用来比喻闺阁女儿，太唐突了。我读的本子是“宝钗扑彩蝶”“黛玉泣残红”。第五十六回的

“时宝钗小惠全大体”，我读的本子是“贤宝钗”。第四十二回的“潇湘子雅谑补余香”，“香”大概是错字，应是“补余音”。第三十九回刘姥姥讲的抽柴女孩“茗玉”，应是“若玉”。第七十八回宝钗解释她出园去的原因，其中姨娘、姨妈混杂，似乎应该整理。

秦可卿的出身，我认为是个谜。她在书里是很重要的人物，简直是仕女班头，可是她是从养生堂抱来的。她的弟弟秦钟呢，又是秦业五十岁上亲生的。早先读的时候，我就对秦可卿的出身地位感到扑朔迷离。照刘心武的考证，她是废太子的女儿。这样说可以增加阅读的兴趣，好像也增加了了解，使得人物更丰富了，是否真实倒也不必考。

香菱也是个很重要的人物，她是第一个出现的女儿。她的原名“甄英莲（真应怜）”，意思是“真应该可怜”。所以香菱的命应该是薄而又薄，才有代表性，她把所有的女儿的命都包括了。

我父亲冯友兰先生也很喜欢《红楼梦》。他认为《红楼梦》的语言特别好，三等仆妇说出话来都是耐人寻味的。念出来是可以听的。但是曹雪芹写王熙凤不识字，我觉得是一个缺陷。王熙凤自幼假充男儿教养，怎么能不识字呢？

还有一个地方也是不合适的。薛宝钗进京来是为选秀女，可她小的时候就有一个金锁，要“有玉的才嫁”，那应该从小就知道贾宝玉有玉的事。为什么还来选秀女，还住在贾家，这有点矛盾。也许是薛家想着万一能选上秀女，前途就更光明了，就不把金玉良缘放在心上了？现在许多人对薛宝钗的印象好过林黛玉。我在哪里看见一句话，说是“我们虽然喜欢林黛玉，可是给儿子选媳妇还是选择薛宝钗”。其实《红楼梦》的好就在这里。一个是在世俗社会里头很圆满，一个是离经叛道、整个人都不合流。林黛玉代表了一种精神。人们喜欢黛玉是有原因的，在黛玉身上表现了觉醒的人格意识。某一回写到宝黛口角之后，黛玉说我为的是我的心，宝玉说我也为的是我的心，这在中国小说史上是头一次有这样的对话，他们有自己的心。所以这两个人物光辉万丈，他们的爱情又是在知己的基础上形成的，更是感人。

还有不少人喜欢探春。她有独立的精神，这在女子中是比较少见的。探春有政治家风度。林语堂在《平心论高鹗》一文中戏言，程伟元应悬赏征求两篇文字，一是小红在狱神庙，一是卫若兰射圃，每篇一千美金。我建议还应再加一题：探春远嫁。多花一千美金。因为那是很值得写的。

冯紫英这个人物，我觉得像跑江湖的。卫若兰在前八十回没有现身，丢失的“卫若兰射圃”一定很好看。现在的描写只有喝酒看花，很少室外活动。想起《战争与和平》中描写的年轻人坐着雪橇到朋友家去，很畅快。“射圃”若不丢，就好了。也许他们在武事上已经退化了，但男孩子骑马、射箭还是要练的，不是贾兰还拿着小弓射鹿？可能是因为退化，所以描写少了。

《红楼梦》另外有个名字《石头记》，这个名字好，它点出了主人公的本来面目，包括降生在“花柳繁华地温柔富贵乡”以前的履历，“此系身前身后事”。而且这部书本身就是记在石头上的。也许有人要考证高十二丈、见方二十四丈的大石头能记下多少文字，那就请便吧。从石头主人公，引出了一株草，引出了木石前盟的故事，使得宝黛的爱情更深挚、更刻骨铭心。因为它是从前生带来的，是今生装不下的。若套“反面乌托邦”（王蒙语）的说法，它是“反面宿命”的。深情与生俱来，却没有带月下老人的红线；石头有玉的一面，家族与社会都承认这一面；玉是要金来配的，与草木无缘；木和石乃情之结，石和玉表现了自我的矛盾和挣扎，玉和金又是理之必然。纠缠错结，形成红楼大悲剧。曾见一些评论，斥木石金玉等奇说为败笔，谓破坏了现实主义，我实在不能同意。

《红楼梦》里面讲，木石姻缘就是前生定的。雪芹写得非常明白，一个木石前缘，一个金玉良缘。世俗一方是要金玉的，可是宝黛的感情是前生带来的。这两条线非常清楚。林黛玉出场是多么隆重，完全表现了木石前缘的地位。高鹗在后面把这两条线抓得很紧，绝对没给弄乱。紧扣住这一根本设计从不偏离，是续书的最大成功处。

有人觉得“宝湘结合说”也能自圆其说：最后宝玉与湘云就是患难结合，那时已没有那么多浪漫主义了。我认为“宝湘说”有点画蛇添足的味道。宝玉对黛玉的爱情是非常真挚浓烈的：“你死了，我做和尚。”后来他果然是做和尚了。要再加个史湘云，就成了“四角”，把宝玉的感情分去了。八七版电视剧写史湘云后来做了歌女，我认为不必。她的判词非常清楚：“云散高唐，水涸湘江”“湘江水逝楚云飞”，她就是死了嘛。“水逝云飞人何在”，所以她不见得能活得过宝钗。本来史湘云是很可爱的女子，没有必要把她拔高。而且在“诉肺腑心迷活宝玉”那一回，袭人说“听说姑娘大喜了”，湘云已经许配了卫若兰。其上一回是“因麒麟伏白首双星”，金麒麟与卫若兰有关，而非宝玉，这已说得很明白了。就算在现实生活里确实有史湘云的原型，她和曹雪芹后来结为夫妇，也不必照样写到小说里。小说就是小说，可以有自己的布局，不是曹雪芹传。读小说还是要读小说本身，研究小说是另外一回事，那就是做学问了。

贾宝玉最后离开家的时候，是辞别母亲，仰天大笑而去的。他走后王夫人和宝钗都“不觉流下泪来”。这都写得够好的了。李白诗“仰天大笑出门去，我辈岂是蓬蒿人”，用来解释宝玉仰天大笑出门去，不大合适。宝玉本不是蓬蒿人，他去考试中举是为了安慰父母，以报亲恩，不是为了自己中功名；而出门别家的行为也和功名无关，而是永别了的意思。他要去出家是履行誓言，以酬知己。后面写他辞别父亲，又是那样一个动人景象。多有人批评宝玉出家前拜别父母是败笔，我却以为这是最近人情处——这就行了，这人就走了，我们再也看不见他了。他不会再从天上掉下来，“二进宫”的。

还有“宝钗早死”说，这说法不对。宝钗应该死在宝玉后面，她的命运一定是守寡。宝玉出家，就是进入了另外一个世界。有三段描写支持我的看法：一是第二十二回“制灯谜贾政悲谶语”中，宝钗作的诗谜最后一句是“恩爱夫妻不到终”，谜底是竹夫人，想来是竹枕一类，冬天就用不着了，不得长久。这是我从前看的《红楼梦》里有的，我记得很清楚。人民文学出版社1982年的本子，这个诗谜没有了。这个本子里宝钗的诗谜是“更香”，照注解说也是要守寡的意思，不过不如“恩爱夫妻不到终”直接。我看的那个本子“更香”这个诗谜是黛玉作的。二是“琉璃世界白雪红梅”那一回，大家穿的外套都很好看，都是大红猩猩毡的，映着白雪一定很好看。唯有两人穿的不是红衣，一个李纨，一个宝钗。李纨穿的藏青色，宝钗穿的莲青色。李纨已经守寡了，这暗示宝钗将来也会守寡。这个我印象很深。还有第三点，就是她住的屋子，雪洞似的。贾母就给她收拾，拿点古玩摆一摆，还说年轻人不该这样。这都说明她将来要守寡的。我觉得这很明确，高鹗续也是对的。因为宝钗将要守寡，宝玉是不可能娶史湘云的。

紫鹃是个很完美的人物。她也是表现一种精神。护花主人评她“在臣为羁旅，在子为螟蛉”，她对黛玉那么忠诚。写她也正是写黛玉。黛玉有这么好的丫头正说明黛玉的为人。但我不大喜欢晴雯，她对坠儿那么凶。晴雯是黛玉的影子，可黛玉是个小姐，所受的教育是不一样的，黛玉可以使小性儿，但不能泼辣。《红楼梦》高就高在这儿，写地位不同的人物，非常准确，非常细致，非常活。

还有一个谜团人物是薛宝琴。对这个人物我有一些看法，她不只完美，而且还很显眼，宁国府除夕祭宗祠就是从她眼中写出来的。她初到荣府就被贾母看中，想要她做孙媳妇。可是她不属于红楼十二钗，也看不出她的性格。西方文学批评有一种说法，说文学中有两种人物，一种是圆柱人物（Round character），他们是复杂的、多面的、立体的；另一种是扁平人物（Flat character），他们是平面的、单一的。《红楼梦》中绝大部分人都是前者，而我觉得薛宝琴近似后者，近似一个扁平人物。《红楼梦》中有很多场景，如黛玉葬花、宝钗扑蝶、香菱学诗、龄官画蔷、湘云眠石，这些场景都是活生生的活动。湘云眠石本来是一个静的画面，可是她是醉后才在石头上睡着的，嘴里还嘟嘟哝哝说着什么，身上盖满了花瓣，这就显出她豪爽豁达的性格。睡着的人是活的。只有宝琴立雪不同，她好像定格在那儿，只是一幅画，看不出性格。黛玉葬花不能换成另外一个人去做这件事，因为这是从她的性格来的；湘云眠石也一样。可是宝琴立雪就不同了，换一个人也可以有这个场景。寿怡红群芳开夜宴，宝琴也去了，可是没有写明她抽到什么签，别的重要人物可以用花的个性表现人的个性，宝琴的个性不鲜明，也就不好给她派什么花。但若说对宝琴的描写是败笔，也不对，她是很美的，只是像个瓷娃娃。不知作者想借她表现什么。她和林黛玉的关系非常好，林黛玉把她当妹妹看，两人很亲近。这是从侧面写宝琴，是比较省事的写法，让人知道她大体上的倾向。有一个数学家写了不完整的后四十回，写到薛宝琴后来起义了，最后还嫁给了柳湘莲。

有一天我看见郁金香的花瓣落满了桌面，觉得很感动，立时想起玉兰花落。中国诗词关于落花的描写很多，很美。“林花谢了春红，太匆匆，无奈朝来寒雨晚来风”，等等。但林黛玉的“葬花词”真是原创，从来没有人写过的。《红楼梦》后四十回没有什么诗词，怕是高鹗写不出来了。

有人注意到高鹗续里，有宝钗递给王熙凤烟袋的描写。我对此毫无印象，也许是我看的那个本子没有这个细节。若是宝钗、凤姐都咕噜咕噜抽起水烟来，岂不可笑！前八十回并无关于烟的描写，便是男士也没有抽烟的。所以这是高鹗的败笔。第一百一十六回“得通灵幻境悟仙缘”中的描写也稍感凌乱。宝玉从此知道了众姊妹的寿夭穷通，渐渐醒悟，使我联想到有特异功能的不幸者，每日里看见人的五脏六腑，未免煞风景。不过后四十回的主线是正确的。幸亏有了这后四十回，否则很难想象只有前八十回的《红楼梦》会是什么样子。《红楼梦》还有很多其他的续书，是绝对上不了台盘的，幸亏有了高鹗续。纵然他的才情差一点，但还是功大于过。这么伟大的一部作品，是高鹗给成全了。现在有些红学家研究十分细致，设想也到位。但总的来说，谁也代替不了高鹗。

《幽梦影》情结

近见报章杂志上常出现这样那样的“情结”字样，所谓“情结”，大约来自“俄狄浦斯情意综”一词，指在潜意识中无法化解的几乎是宿命的一种情感。《幽梦影》这本书对于我可算得是一种“情结”。

抗战时期，为了躲避轰炸，我家在昆明东郊龙头村，一住三载。当时最近的邻居有：一仓库看守，其人极胖大，称为余先生；一对犹太夫妇，称为米先生、米太太；还有北京大学文科研究所。

有一段时期，我和弟弟没有上学，获准在文科研究所去立读，随便翻阅各种书。我们常常在书架中流连徜徉，直到黄昏。我患近视便从那时始。翻阅的书不少，它们也算得上我的邻居。对十来岁的孩童来说，那些书是太深奥了。给我留下深刻印象的一本书，是清初张潮所著《幽梦影》。

这是一本讲生活艺术的书，颇像有些书上的眉批，三五句十数句，对生活这本大书作出评点。书中一部分讲人生哲理，讲入世应如何，出世应如何；一部分讲对大自然的欣赏态度，讲如何赏花，如何玩月。轻松的言及居室布置，严肃的讲到音韵学。其序跋有云：“一行一句，非名言即韵语，皆从胸次体验而出，故能发人警醒。片玉碎金，俱可宝贵。”“三才之理，万物之情，古今人事之变，皆在是矣。”也许这些说法评价太高，但读过后，使人自觉减少了俗气，增添了韵致，便是作用了。

我愿意首先提到如何做人的一则：“立品须发乎宋人之道学，涉世须参以晋代之风流。”宋人道学以诚敬为本，若无这主心骨，不拘小节的风流便是恃才傲物，或竟是轻薄，令人生厌。近年来流行得大红大紫的“潇洒”二字，因为没有主心骨，有时已成为不负责任的代名词。张潮将立品与涉世并提，先有立品，才能涉世。只有心存诚敬，才能潇洒风流，自是高见。

又一则云：“少年人须有老年之识见，老年人须有少年之襟怀。”梁启超《少年中国说》一文喻老年人为字典，少年人为戏文。或可发挥云，少年是演戏的阶段，老年是看戏的阶段。少年应以字典为规范，便有老年之识见；老年应记得自己也是轰轰烈烈演过戏文的，看戏时便有少年之襟怀。若能做到点滴，代沟或可变浅，只是很不容易。

另一则云：“情必近于痴而始真，才必兼乎趣而始化。”情到极处自然成痴。现在情近于痴的人恐已如朱鹮、白象一样稀罕。“才必兼乎趣”的“趣”字很难界说，是否可以说一方面要对生活有兴趣，生机勃勃如源头活水；另一方面则要有幽默感。17 世纪我们还没有“幽默”这个词，但当然有这种感，有些禅语机锋便是一种幽默。有了“趣”，“才”才是活的。

又言：“律己宜带秋气，处世宜带春气。”此乃律己严责人宽之古训以形象出之也。

又一则提出了值得钻研的美学问题。“貌有丑而可观者，有虽不丑而不足观者。文有不通而可爱者，有虽通而极可厌者。此未易与浅人道也。”张潮若生在现代，大可就此写一本书。丑而可观必有其特殊的力量，必定更曲折更深刻。不丑而不足观必平庸无奇。一篇文章句句合语法，并不算好文章。鲁迅文章有几篇峭峻难读，但使人如嚼橄榄，回味无穷。

张潮是大自然的知己。他热爱大自然，了解大自然。他说：“风流自赏，只容花鸟趋陪。真率谁知，合受烟霞供养。”独自和大自然相处，是他最得意的境界。他能看出每一景物最特殊的地方。他说：“天下万物皆可画，唯云不能画。”这实在是把云的千变万化揣摩透了。又一则云：“玩月之法，皎洁则宜仰视，朦胧则宜俯视。”曾在黄山，于晴夜观满月。见清光万里，觉得自己都化在月光之中。朦胧之月，则景物之朦胧更引人遐想。他又说，镜中之影是着色人物，是钩边画；月下之影是写意人物，是没骨画。传神地表达了月下的朦胧景色。

天时变化，草木虫禽在他眼中都是有生命的。不只有生命，且有伦理。“南山之乔，北山之梓，其父子也；荆之闻分而枯，闻不分而活，其兄弟也。”他还自告奋勇做红娘，提出梅聘梨花，海棠嫁杏。物如有知，当感谢他的关心了。

这书中对妇女的态度我不以为然，那不是对人的态度，而是对物的态度。拟之以花，以供观赏，而不问她们自己的意愿。这是古时中国文人对妇女的普遍态度。张岱《西湖梦寻》中有文讲一扬州名妓，年极幼，少言语，居张家数日，只说得一句话：“回家去。”

这实在是极沉痛的一句话，十数日间供人玩乐，她又有什么话可说！好在人的思想逐渐开明进步，我们也能看出古人的局限了，无论张岱、张潮，若生在今天，一定和我们持同样看法。

张潮是安徽歙县人，生于1650年，卒年不详。其弟称黄山为吾家山，可能因此他对云这样了解。他曾任翰林院孔目一类的官职，编纂过一部传奇小说选集《虞初新志》，较有影响。

继《幽梦影》之后，有道光年间朱锡绶著《幽梦续影》，近人郑逸梅又作《幽梦新影》，俱亦可读。

几十年来，我虽记不得《幽梦影》中的文字，其中的精神却拂之不去。20世纪50年代自我改造，在思想检查中还批判了《幽梦影》的影响，怎样批判记不得了。近年来，褪下了改造的紧箍儿，又很想看这本书。好容易从北京大学图书馆借得一本，湖北人民出版社出版，将三影合在一起，经钱行校注，并有前人序跋及林语堂英译此书时的介绍。这本书已经很旧了，可见看的人不少，我很感安慰。再读时渐渐明白，于我心头拂之不去的，是中国文化对人生的智慧的态度和与万物相知相亲的审美心理。我曾言自己多病，病最深者为“烟霞痼疾，泉石膏肓”。这已入膏肓的痼疾，便是中国文化赋予我的情结。

张潮文中有几则，我读后不觉技痒，这里也接着说两句。

张潮曰：“《水浒传》是一部怒书，《西游记》是一部悟书，《金瓶梅》是一部哀书。”宗璞曰，《红楼梦》是一部痴书。

张潮曰：“……菊以渊明为知己，梅以和靖为知己……鹅以右军为知己，鼓以祢衡为知己，琵琶以明妃为知己……”宗璞曰，夜莺以济慈为知己，二月兰以燕园众人为知己。

住在燕园的人，都爱那如火如荼的二月兰。今年不知为何，二月兰很是稀落，想是去年开得太盛。本想再写一则，曰最恨花有小年。但又想，花的生活也需要有张有弛。应该佩服花的聪明，而不必恨。

原载《新剧本》1995 年第 4 期

试论曼斯菲尔德的小说艺术

但是我告诉你，我的傻老爷
从危险的荆棘丛中
我们摘得平安的花朵。

在凯塞琳·曼斯菲尔德（Katherine Manthfield）墓碑上刻着这几行莎士比亚《亨利第四》中的诗句，这原是曼斯菲尔德自选来放在她的小说集《幸福》的扉页上的。人生的道路本来充满荆棘，曼斯菲尔德短促的一生很少平安，但她留给了我们一些真正的花朵——她的小说。

在英国和新西兰文学史上，都写有凯塞琳·曼斯菲尔德的名字。虽然她的作品不多，题材不广，但影响是长久的，在文学史上的地位是巩固的。她于1888年10月14日生于惠灵顿，原名凯塞琳·曼斯菲尔德·波尚（Katherine Manthfield Beauchamp）。她的父亲哈罗德·波尚1898年任新西兰银行董事，1907年任董事长。曼15岁时到伦敦皇后学院学习音乐，1906年回到惠灵顿。她受不了周围环境的褊狭和闭塞，1908年7月离开了新西兰，永未再回来。1909年3月，她极仓促地和一位声乐教师乔治·包登结婚，次日即分居。1911年夏，曼结识了在牛津大学学习的约翰·米德顿·莫瑞，当时莫瑞在办《节奏》杂志。他在曼的支持下离开牛津，专门从事文学评论和编辑活动。以后他编的刊物，为曼发表作品提供了园地。

1915年，曼的爱弟列斯里·波尚在军中演习时因手榴弹爆炸逝世，给曼打击很大，却也促使她写出了那一系列以新西兰为背景的著名小说。1917年冬，曼患肺结核，1918年与莫瑞正式结婚。1923年1月9日，曼在法国枫丹白露的一个疗养院内逝世。

“真”的探索 “生”的寻求

曼斯菲尔德一生，除短篇小说外，另有诗集。并曾为莫瑞所办杂志定期撰写书评，对伍尔芙夫人、康拉德、高尔斯华绥都做过评论，后结集为《小说与小说家》。她的日记和书信也都是很好的散文，还有一些札记，俱已分别出版。她的全部小说创作共有五个集子《德国公寓》(1911)、《幸福》(1920)、《花园茶会》(1922)、《鸽巢》(1923)和《稚气》(1924)。

莫瑞说：“对我来说，评价曼的作品是很困难的。我一生都和它们纠缠在一起——将来也不会完全分开。我只能说，我以为她的作品比她同时代人的更自然、更生动、更细致，也更美。曼对生活是竭尽全身心之力以赴的，这效果也表现在她的作品里——她对英国短篇小说艺术的革新几乎完全是个人的。有人想学，但无人成功。

她的秘密和她一起死去了。”（莫瑞《曼斯菲尔德日记·序言》）

“她的秘密和她一起死去了。”可以说，每一个有自己风格的作家都有旁人永远得不到的秘密，就算是他自己想公之于世，也办不到，因为那很难用语言交代出来。那是和他整个的人俱存的，和他的精神丰富程度、他的人格，甚至于健康状况都分不开的，旁人当然无法取得。但这秘密也可以说本来就是公开的，因为它表现在作品中。

英国著名小说家兼评论家贝茨在一篇评论曼斯菲尔德的文章中说：“她成就的秘密是什么？为什么她有影响？回答很简单。她的艺术，她特别用于短篇小说的艺术，有她强烈的个人特色。她对事物的反应首先是感情的，她写的每一页后面都有她自己。”（贝茨《现代短篇小说》）这正是曼的特点。正像一切有价值的艺术一样，小说必须出自真性情。曼是这样做的，而且是那样自然，毫无矫饰。她的爱，她的恨，她的欢乐，她的苦恼，以及像女学生似的战胜痛苦的骄矜，都在这里。

请看《序曲》中鸭子断头的场面。孩子们随着仆人帕特到园中，看他杀鸭子。他把鸭子放在木桩上，一刀砍下鸭子的头，血染红了雪白的羽毛，小小的头掉在一边，有的孩子想摸摸那头，伸出手又缩回来，有的惊异地看着鸭身还在蹒跚地向溪流走去。这时女孩凯吉亚忽然抱住帕特的双膝用头撞他，大声哭叫：“把头放回去！把头放回去！”我想无论谁读到这里都会随着凯吉亚的呼喊觉得自己的心在颤抖。曼斯菲尔德在这里喊出了对生的热爱，对死的憎恶，还有对残暴抗争的勇气。

真性情不是很容易具有的。有人在传统的各种束缚中，从来没有形成自己的真性情；有人不愿或不敢表露。这真性情要有一个价值标准作依据。在曼所处的时代，这一点和以前有很大不同。在第一次世界大战时，根据威尔斯在《世界史纲》中的描述，当时人们经受着战争的巨大的痛苦。交通阻塞，船舶破坏，铁路失修，食物不足，教育停滞，大批工人不务正业。这样，使得日常的安全与信用没有保障，人们之间的传统联系全遭破坏。这时西方文化最突出的特征之一，就是价值的传统源泉的干涸和继之而来的统一信仰的崩溃。人们对这一场灾难进行了痛苦的反思，曼斯菲尔德自己便曾说："经过这次大战每个人都不一样了。"存在决定意识，作家的成长和社会情况有不可分割的关系。因为对事物的传统统一标准不再存在，作家所表现的现实是作家个人用自己的观点看到的现实。英国著名文艺批评家大卫·戴其斯举例说，19世纪中叶，小说作家无疑会认为通奸罪比喝杯茶更有意义、更值得写；而20世纪20年代的作家则认为这两者究竟哪个更有意义还是个问题；每个读者也会有各自不同的看法。他有一篇关于曼斯菲尔德的专论《曼斯菲尔德和对真理的探求》，文中说："现代小说提供给我们新的微妙之处属于两方面，一方面是她怎样看待经验的意义，另一方面是她怎样运用象征表现这意义。""作家们开始考虑'真'——真，是从正确选择并与正确运用象征（symbols——戴其斯曾有解释，意指事件、意象、对话甚至人物）结合而来的。维多利亚时代的人不意识这两方面的问题，第一点他们视为当然，第二点他们认为不成问题。"（戴其斯《小说和现代世界》）而曼斯菲尔德终其一生都在追求真。也就是说，用她自己的标准选择要写什么，也用她自己的标准决定怎样写。前者是她的思想性，后者是艺术性。

曼的选择也就是她个人对价值的感受。看来曼的价值观主要有两方面：一是对资本主义社会中阶级鸿沟、贫富悬殊的态度。她不平，她愤懑，她认为人的价值不应由社会地位高下决定。一是对生死的态度。她彷徨，她思索，在无可奈何中表现了面对现实的勇气。两者又都贯穿着对乡土的感情。

从广义来讲，几乎可以说每个好作家（曼当然称不上伟大）都是富有同情心的作家。菲尔丁曾说作家必备四个条件，即天才、学问、经验和同情心。曼的同情心特别表现在她认为劳动人民应该有应享的权利，每个人的价值是同等的，不应以社会地位区分。她对社会的揭露是自然的，感人的。在她最著名的《花园茶会》中，薛立丹家在花园中举行茶会前，邻居赶车人遇车祸而丧生。贫与富，幸与不幸，对比鲜明。写女仆人的两个短篇《帕克大妈的一生》和《女主人的贴身女仆》，前者结尾处写帕克大妈想要找一个地方好好哭一哭，但天地之大竟没有这样的地方。这使人联想到契诃夫的《苦恼》，老马车夫只能向马诉说自己的不幸。后者写一个女仆忠于职守，因为主人需她伺候，回绝了未婚夫，永不出嫁。这使人联想到中国名教对人精神的戕害。另外两篇，《影坛》写一个女歌手求职无门，沦为妓女；《求职女》写初次出门的姑娘被诱骗。它们都揭示了社会的险恶。

曼的一些作品还表现了对妇女附属地位的同情。《一杯茶》写富翁夫人罗丝玛利带一个饥寒交迫的女孩来家里喝茶，她本来大发恻隐之心，想留她住下，给予帮助。但她没有想到丈夫认为这女孩很漂亮，她立即把女孩遣走了。小说结尾是这样的，罗丝玛利坐在丈夫膝上，担心地问："我漂亮吗？"很多评论论及这篇小说，说它写出了资产阶级的伪善。这当然是一个方面。我们若仔细读这结尾，会在“我漂亮吗？”这句话里感到女主人公的深刻不安。她虽然富裕，但并非自己的主人——不仅能不能用28个潘尼买一个小盒要问丈夫，而且她的全部生活都有赖于他。短短一句话提示了她的真实地位。《幸福》写杨柏莎的家庭怎样幸福，但在一次宴会后，她发现丈夫有外遇。这又一次揭露了资产阶级的伪善及妇女的处境。她发现了这点以后如何，小说未写。但她又能怎样？像娜拉一样出走吗？又往哪里去呢？

曼通过普通日常生活片断写出了生活的悲剧性，阶级压迫、妇女地位这类题材，在她笔下常有更深的人生的意义。她写得最深刻的，要数接触“死亡”这永恒的主题的几篇。我们知道，在她趋向成熟的几年中，她是与死亡为伴的。她不得不常考虑这一问题。《花园茶会》写了阶级间的鸿沟，也写了死。这死不仅是阶级压迫使然，还富有哲理性。那是人生的尽头。所以死在女孩萝拉看来似乎是很平静，很美。《在海湾》中有外祖母想起在澳大利亚矿上中暑死去的儿子时，女孩子凯吉亚和外祖母的一段对话：“每个人都要死吗？”“每个人！”“连我？”“有一天。”“我不愿意呢？”“不管怎样，总会发生的。”凯吉亚抱住外祖母：“可你不能死！不能离开我！说你永远不死，永远不！说！”祖母把死亡视为当然的自然现象，坦然处之；女孩把死亡看得很神秘，很遥远，完全和自己无关。祖孙二人在互相呵痒中笑作一团，全忘了原来在说什么。

死是每个人生命的最后一部分。每个人的死，也成为别人生活中的一部分。这是像生活本身一样不可避免的事件。对此曼不避讳，像她对社会现象一样，把所见所感真诚地写出来了。茅盾同志写过这样一段话："评曼为太硬太尖刻太辣的批评家是不了解曼懂得别人所不能懂而极想懂的人生的一部分意义。她是忠于这自知的真理的。她要大胆明白地把这真理说出来。她觉得要她把文气变得软些温和些是极容易的事。但要有勇气去大胆、明白地说，却是极难。曼是要避掉极容易的事去做极难的事，她显然是战胜了极难的了。"（《小说月报》1923 年第四期）

曼的作品中还倾注了对故乡的感情。她和乔伊斯都在很年轻时抛弃了自己的家乡。乔伊斯 22 岁离开都柏林，而他所有的作品都是写都柏林的。人物、背景、气氛无一不是都柏林的。但他始终没有和故乡讲和。曼对故乡却有这样深情的文字："这儿的人或那些我想写进小说的人不再引起我的兴趣，这些人的存在、区别、复杂性和决心都是真的——可是我为什么要写他们？他们离我很远。现在我要写对自己祖国的回忆，直到把储藏的材料写完。啊，那人民，我们所爱的人民——我也要写他们。那是另一种'情债'。我想使我们未被发现的国家立即跳入旧世界的眼中。"（《曼斯菲尔德日记》）

她还写道："我对我出生的那个岛怀有深情。我总记得那种感觉：清晨，这已在夜晚沉入暗蓝色海中的小岛，又在晨光中升起，挂满了闪烁发亮的露珠……我努力捕捉那一瞬间，那光彩，那香味。就是在这些早晨，乳白色的雾升上去，露出了美景，又掩盖住了，然后再揭开。我要掀开遮住我的人民的雾幕，让人看见他们，再遮起来。"（《曼斯菲尔德书信集》）

她揭开了雾幕，偿还了"情债"，获得了成功。

许多评论家都研究过契诃夫对曼的影响。莫瑞否定这一点。他说："曼仰慕并理解契诃夫的作品。别的英国作家不是这样。但她的方法完全是她自己的。如果契诃夫从未存在过，她的发展也会完全一样。”（莫瑞《曼斯菲尔德书信集 · 序言》）贝茨认为莫瑞太主观。他说曼从契诃夫至少学到英国短篇小说中没有的两点：随意和侧面的叙述，讲出来和不讲出来的一样多。贝茨承认他们的风格迥然不同。契诃夫的调子是灰暗的——他的作品像铅笔或蜡笔画。曼的作品生动而色彩鲜明，像是嵌在玻璃中的画，阳光可以穿过。（贝茨《现代短篇小说》）这都说的是技巧方面。这方面影响究竟如何，看来也无须下结论。但是不是可以说，曼从契诃夫学到的，与其说在技术方面，不如说在她对真的探求这方面，在她对人生苦难的态度上，以及在题材的选择上。

俄罗斯文学的一个优秀传统是正视生活。无论生活多悲惨，不避讳、不掩饰。他们写人民的不幸和苦难，写现实生活的症结。1887 年 1 月，契诃夫和女作家基塞列娃曾就契诃夫的小说《泥潭》有过一次争论。基塞列娃说艺术家不应当只描写“粪堆”，也应使读者相信在“粪堆”里可以找到“珍珠”。契诃夫写了一封长信回答这指责。他写道：“认为文学的职责就在于从坏人堆里挖出‘珍珠’，那就等于否定文学本身。文学所以叫作艺术，就因为它按生活的本来面目描写生活。它的任务是无条件的、直率的真实。”（《契诃夫论文学》）同年 9 月契诃夫在另一封信里说：“我没有任何理由认为一定要从最坏的方面描写现实才是有益和适当的——丑的东西……丝毫也不比美的东西更现实些。”（同前）所以，必须既不粉饰生活，又不毁谤生活，才能做到无条件的、直率的真实。（当然，照生活的本来面目描写，绝不等于照相。落在纸上的艺术的真实需要许多条件，不过这不在我们讨论之列。）

曼显然力图做到这直率的真实，通过她“个人的对价值的感受”来做到这一点。

曼受契诃夫的另一影响是她把平凡人物和琐事写进了小说，没有离奇的故事，没有戏剧冲突。人们惊诧道，哦！原来这样也能成为小说。这一点契诃夫已经先做到了，而且受到他同时代评论家的攻击。他们说，难道把这一切都归结在里面的日常生活也称得上是美学对象？难道这些东西也值得去描写？苏联女评论家耶里扎罗娃说：“作家注重日常事物，实际上既不是思想性太低，也不是技艺贫乏。恰恰相反，正是这位伟大艺术家在思想和艺术上的巨大成就。”（耶里扎罗娃《契诃夫的创作与十九世纪末期现实主义问题》）

曼斯菲尔德通过自己的价值观在写什么这方面对英国小说做出了贡献。这贡献至少是受到契诃夫启发的。

内外　情景　虚实

曼斯菲尔德怎样写她选择到的题材？也就是说，她有哪些艺术特征？她是怎样获得这些艺术特征的？这是这一节我们所要讨论的。她通过个人的感受追求真，也通过个人的手法表现真。她的写法正像她对生活的观察一样，完全是她自己的。她是“风格的大师”。莫瑞把她的作品特点归结为一个“纯”字，这是许多评论都同意的。如果要讲得详细些，还是要先提到《序曲》。曼斯菲尔德自己说：“它（《序曲》）的形式是什么？这很难回答。就我所知，它多少是我自己的发明。”（《曼斯菲尔德书信集》）那确实是她的发明。整篇由几个片断组成，每个片断是一个单元，围绕柏尼尔一家搬家，每个单元以一个人物为中心，写出每个人对新家的反应，作者轮流进入人物的内心，从内到外揭示家中的一切。每个单元之间运用平行、对比等手法，又有内在联系，整篇浑然一体。她又善用曲笔，造成一种气氛。她在另一封信中写道：“我们怎样能表达这些泛音、半音、四分之一音，这些踌躇、怀疑和开端，要是直接说出它们的话？”（同前）

有些评论家认为曼对短篇小说的革新相当于乔伊斯对长篇小说的革新。这种革新，当自《序曲》始。《序曲》以后，还有不断地变化。总起来似可以这样说，她的作品是内外浑成、情景交融、虚实相生而达到一种意境，她自己独有的诗的意境。在这样的意境中，她以气氛、情绪感染读者，这是她最突出的艺术特色。她的风格的另一特点“由博返约”将在下节论及。

戴其斯在论曼的文章中说：“她宁愿从一个小范围的环境出发，安排各种象征，给予内涵，造成气氛，‘从内到外’去探讨人的活动，而不是从一般情况开始，借助于有所指的故事情节，‘从外到内’去发掘。”他用三段法来解释大部分小说和戏剧的创作过程：艺术家观察许多个别事物，得出一个有普遍性的看法，然后再把这一观点赋予某一个故事。而曼斯菲尔德的创作过程却没有这三个阶段。她似乎就是从某一个开始，通过细节琐事的组织安排，曲折而含蓄地表现了普遍的意义。

戴其斯说，从外到内的作品最突出的例子是伊索寓言，那是用故事传达一种观念。譬如说，《农夫和蛇》这一故事，通过农夫养蛇反被蛇咬，教育人们对恶要有所警惕。但是曼斯菲尔德的作品不是这样。以她的《已故上校的女儿们》为例，我们几乎很难讲出故事，更难说出这篇东西要表现什么。也可能好作品常常是这样的，经过分析反而会使作品索然无味，尤其是作者自已来解释。戴其斯以为，《汉姆莱特》或者还可以讲一讲，给它一个抽象的解释，尽管每个人讲出来一定都不一样。但曼的最优秀最有特色的短篇，是讲不出来的。

我们说，严格来说，这种说法未见得很确切。我们可以讲《花园茶会》，可以分析出几点来，如曼对劳苦大众的同情和对资产阶级的揭露等等，甚至可能不少人的看法是一致的。但是总的说来，曼的小说确有一种力量，她不是用故事传达道理，而是在有限的场景中极自然地推出生活的“最深刻的真实”，那是她毕生追求的。她能把握特殊，所以能获得一般，创造出极富感染力的气氛。这气氛如云之生于山谷，山谷玲珑是可见的，而云雾氤氲是无所不在的；又如香之生于腊梅林，腊梅是可见的，而其幽香更沁人心脾，即使眼前不见了蜡梅林，余香也经久不散。

她的作品的从内到外的写法，也就是从特殊到一般的写法。这也是诗的写法。

曼的一篇很短的小说《第一次舞会》，写女孩莉拉第一次去参加舞会的心情。真的，在文字上，她只写了莉拉所见的舞会的简单情况和她的心情，别的什么也没有写。“若问舞会从什么时候开始的，莉拉觉得很难回答。”她觉得是从她坐上马车就开始了，其实从她在家梳妆打扮时就开始了。她多么兴奋！兴奋到几乎不敢去参加舞会。跳舞中一个“过来人”使她意识到第一次舞会不过是最后一次舞会的开始，她沮丧了。只是出于礼貌，她不得不接受邀请再跳，却马上又兴奋起来，见到那点醒她的“过来人”都认不出了。小说在莉拉欢乐的舞步中结束。小说结束了，但莉拉情绪变化所造成的气氛却仍在感染读者。人生不就是这样的么？明知道第一次舞会是最后一次的开始，却还是兴高采烈地对待。这是自然的，也是应该的。

另一篇《陌生人》是我偏爱的一篇，也只写了一种情绪。韩孟德先生去接妻子，得知船上一个陌生的男旅客死在妻子的臂弯中。妻子抱歉地问："这事没有使你难过吗？没有破坏了我们单独在一起的晚上吗？"小说最后一段说："破坏了这个晚上！破坏了他们单独在一起！他们永远也不会单独在一起了。"一些评论常把《陌生人》和乔伊斯的《死者》比较。《死者》中那妻子想念着死去的以前爱过的人，《陌生人》中并未明确说出陌生人与妻子的关系，看来他只不过是陌生人而已，但他和死亡一起闯入了韩孟德的生活。在人生的道路上接触到死亡以后，生活的意义对于生者总是不大一样了。而且韩孟德所期待的是和妻子单独在一起，可是死亡与陌生人隔开了他们。这干扰提示了人的灵魂的孤独。每一个灵魂本来是很难有机会或能力单独在一起的。

曼斯菲尔德在1921年12月写给朋友的信中谈到她看凡·高画展的感想："那瓶中的黄色花朵，满溢着阳光。这幅画似乎揭示了一些以前我未理解的东西。它一直留在我心中。还有一幅戴平檐帽的船长。他们教了我一些写作的道理，很奇怪的，一种自由，一种震撼的自由。"（《曼斯菲尔德书信集》）这段话常被引用，但很少人分析曼究竟获得了什么。看来引用一段凡·高自己的话就会清楚。

"我认为米勒（Millet）和来尔米特（Lhermitte）是当前的真正画家，因为他们不照枯燥分析和直接观察去画景物的样子，而是照他们感到的去安排……我的至高无上的目的就是有力地表现。"我们没有篇幅多讨论后期印象主义画派，但可以说，凡·高追求的是内在的感觉，而不是自然主义的再现。使曼感到“震撼的自由”的，是不是表现内心感觉的自由呢？

曼的这种“顿悟”，当然有长期的积累才触发的。她的小说确有些像印象派的画，传达神韵，而不在衣履的惟妙惟肖。她虽也有使衣履惟妙惟肖的本事，却更注重内心和情绪的感染。

曼的小说，常有意识地运用“顿悟”。这“顿悟”常常是人物听到某件事而引起的情绪变化，对事情本身常是虚写的。如《花园茶会》中萝拉听到赶车人出了事，《陌生人》中韩孟德听到陌生人死在船上，《第一次舞会》中莉拉听到舞伴说到年华易逝。他们的反应造成了一种气氛，使读者和人物同感受，同惆怅，同想到“人生是什么？……是不是？……”《布里尔小姐》中描写了布里尔小姐难堪的“顿悟”，从两个无礼的年轻人的对话中，她忽然意识到自己的老丑和不受欢迎。接着就是关于她的情绪的描写，收出租衣服时她听到什么在哭——那是她的心在哭。这种用内在的心理情绪变化代替外在的情节故事的变化，也是现代小说的一个特点。在曼的作品中，她用内在的心理变化代替外在的情节变化。她从内到外发掘人生，直接诉诸读者的感情。她不是靠故事，而是靠情绪，情绪造成气氛，透入读者万千毛孔中。所以戴其斯称她的小说为意象文学（literature of vision），而诗，正是意象文学。

莫瑞说：“曼斯菲尔德与英国诗人的血缘关系较之散文作家更深。”这是很对的。

曼斯菲尔德是写景的能手。这在她似乎不只是技巧，她确看到了景象中别人所未见，感受到别人所未感受的。若要把景写活，豁人耳目，这是起码的条件。请看《在海湾》这篇作品中对早晨海湾的描写："清晨，太阳尚未升起。整个新月湾藏在白色的海雾中。"她接着写了海上的雾，岸上的平房、沙滩，大滴的露珠挂在灌木丛上不落下来。她还加入了想象："海似乎在黑暗里轻柔地涌起，一个大浪从远处起伏而来——有多远呢？你若午夜梦回，也许会看见一条大鱼跳到窗前，然后又游走……"下面另起一段的第一句是这样的："呵，呵——睡意蒙眬的海发出了声音。""呵，呵"的海涛声似乎是从梦中初醒的海在打哈欠，真使人看到了晨光熹微的海，听到了万籁初生的海。

曼描写的是真实的客观存在的她的眼中景，同时也是想象中的她的心中景。新西兰的自然面貌是她儿时亲见，在心中存贮多年，经过了充分的酿造，然后才出现在她笔下。时间已淘汰了不值得写的东西，时间又滋养了值得写的东西。记得是谁曾说，作家总是和现在处不好关系，因为他总是生活在过去和未来里。这并不是说作家要逃避现实，而是因为生活的贮藏要经过窖存，对将来的憧憬也是一部作品的必要条件。这也是深厚的生活基础和理想的关系吧。

眼中和心中的关系，也是景物和人心活动、事态发展之间不是各自孤立，而是有机地交织在一起的关系，只有这样，才会有感人的效果。这是中国优秀诗篇具有的突出特色，即情景交融。《人间词话》有云："昔人论诗词有景语、情语之别，不知一切景语皆情语也。""杨柳依依""蒹葭苍苍"等诗句，可以说是情景交融的典范。不只诗要做到一切景语皆情语，小说也是如此。譬如哈代在《还乡》中关于伊登荒原的描写，暮色苍茫中的遍地榛莽，天空和地面颜色的对照等等，已经勾勒出一幕悲剧，不只是悲剧背景，而是和悲剧本身有机地联系着的悲剧本身的一部分。

曼写景从来不是孤立地写景，她对海湾的描写倾注了她自己的感情。就像哈代的惊心动魄的悲剧必须发生在伊登荒原上一样，柏尼尔一家普通平淡的生活必须发生在海湾。又如《序曲》中母女二人看芦荟的描写，也是极精彩的。这里写的是作家的心中景，又是人物的眼中景。因为母女二人年纪不同，经历不同，所看见的芦荟和芦荟引起的感情也不同。女孩凯吉亚看见两路交叉处的一棵大植物，长着灰绿色带刺的厚厚的叶子，有的叶子太老了，破碎了，有些枯了，落在地上。“母亲，这是什么？”凯吉亚问。母亲琳达看着树，这树在她眼中是株胖胖的发胀的植物，它似乎很平静，可是它紧紧抓住它赖以生长的土地，可能地下的不是根，而是许多爪子。卷曲的叶子好像藏着什么，盲目的枝干向空中切去，似乎风也吹不动它。母亲回答了：“这是一株芦荟。”“它开过花吗？”“是的，凯吉亚。”琳达俯首向她微笑，半闭了眼睛，说：“每一百年一次。”女孩眼中的芦荟是平常的芦荟，而琳达眼中的是奋斗着努力生存的芦荟。凯吉亚关心的是它开不开花，这正是女孩，有着将来的女孩在关心植物的将来。琳达的回答，加上“半闭着眼睛”，我们几乎可以听到轻微的叹息，“一百年一次！”对人类的短暂的生命来讲，它可以说是不开花的了。

这些情景交融的描写，也使曼的作品增添气氛，给读者以读诗的享受。她写景状物抒情，有机地交织在一起，但从不过分，总是留有一片空白让读者自己补充。上面所引关于芦荟的描写，就有许多话没说出来。如只是说“半闭着眼睛”，只说“一百年一次”，不说叹息，不发感慨，而叹息感慨就在其中。这就是我下面要讨论的虚实相生。

虚实相生是中国艺术的特点，用来讲曼的小说艺术，只是借用，也许有牵强之处。我以为，曼的艺术特色除前所述，尚有另外两个手段烘托环境，给人余味。一为象征，除叙述本身告诉读者的内容外，还另有所指。另一为暗示，究竟何意，作者并不说出，而留给读者去想。前者是实，后者是虚，虚实相生，便云从岫出、暗香沁人了。

我们知道，曼斯菲尔德早年很喜欢王尔德和佩特（Walter Horatio Pater，19 世纪英国作家、批评家，19 世纪末主张“为艺术而艺术”的文学运动的理论家和代表人物），她曾在笔记本里抄满了《葛雷的画像》中的警句。她还读亚瑟·塞孟司（Arthur Symons）的书，做了很多笔记。塞孟司是英国 19 世纪末期象征主义诗人和批评家，著有诗集《日日夜夜》和《文学中的象征主义运动》等书。曼受这几人影响很大。曼斯菲尔德的研究者说：“象征主义者认为，文学中的情和理不能靠描写和分析来表达，只能通过具体的形象和象征。成功的艺术，主题不是描写出来的而是引出来的。如果从这一观点来看曼的小说，我们可以发现，其中的每一细节除了叙述作用外，几乎都有象征意义。细节或比喻的目的是创造气氛，引出主题——永不直接说出的主题。用读象征派或现代派的诗歌的态度去读这些曲折的短篇，才能充分理解其效果。”（Clara Honson and Andrew Garr《曼斯菲尔德研究》）

曼的小说是现代小说，而不是现代主义的小说。但它曲折含蓄的特点，是不妨用读晦涩隐暗的现代派诗的读法去读的。

试举《洋娃娃的房子》这篇作品为例，其中一盏灯的象征作用是曼的作品中最突出的了。柏尼尔家的孩子们得到了一件玩具——一幢洋娃娃住的房子。凯吉亚的姐姐向同学描述这房子，却不提到餐桌上一盏灯。只有凯吉亚最喜欢那盏灯，那盏精致的白罩子的灯，灯里还装了像油的东西，好像可以点燃。最后和凯吉亚一起注意这灯的是一个出身“微贱”的小女孩艾尔丝。灯是光明的象征，也是孩子们觉醒的象征。凯吉亚在自己家里和本阶级中找不到知己，而“微贱”的小艾尔丝却是她的知音。小艾尔丝和凯吉亚出身不同，但她和凯吉亚一样，具有看见这盏灯的能力，作为一个人的价值，她们是同等的。

《幸福》中的女主角杨柏莎感觉一棵花朵盛开的梨树是她自己生活的象征。她觉得自己幸福而美满，就像那树。无意中发现丈夫有外遇，她的感情受到伤害，但是“梨树仍然满树花朵，像以前一样可爱”。这种象征物的对照，更加深了她的痛苦的感染力。又如芦荟在《序曲》中的象征意义是从人物眼中看出的。又如《阳阳和亮亮》中，两个孩子对宴会满怀期望，他们真喜欢那冰点心—— 一所粉红的小房子，覆盖着白雪。但是酒阑人散，一切美好的东西都变得乱七八糟，小房子化了，碎不成形了，阳阳莫名其妙地大哭起来。读者很自然地会理解、同情阳阳的痛哭。

曼用暗示的妙处是水到渠成，文章宛转行来，到这里便不必实写。我们说曼的艺术是诗的艺术。诗的一大特点是含蓄，因含蓄才有“诗无达诂”的说法。这说法当然有其缺陷，但却能说明好诗能引起多方面体会的特点。曼虽然对她所观察的客观有强烈的内心反应，她表现得却十分有节制，从来不明白说出她的反应究竟是什么。她的暗示常在结尾处见功夫，小说的结尾总是好像没有完。《花园茶会》结尾时萝拉说：“人生是不是——？”劳利说：“不是么？”他们都懂，但他们没有说出来人生究竟是怎样。《已故上校的女儿们》

结尾时，两个女儿讨论到自己的需求、未来的生活也就是人生的意义时，她们都让对方先说，后来则都说自己忘了，都不肯说。小说戛然而止，然而却余味无穷。还有几篇索性用破折号，就是没完，让人去自己寻味。

因为她留了好大一片空白让读者自己补充，有些像中国画的意境，几个蝌蚪，便画出十里蛙声；一片远帆，便引出万斛离愁。这是艺术的一种微妙的境界，也是窥探曼斯菲尔德秘密的一把钥匙。

博与约　得与失

下面要谈到曼斯菲尔德风格的另一特点，也是短篇小说应该具有的一个特点：由博返约。

博与约本是相对的，在艺术创作中却是不可分的。有博无约必庞杂，有约无博必浅薄。艺术，尤其是短篇小说艺术亟须从“博”中浓缩出看来简单却极深厚的“约”。便是在长篇小说中也忌拖沓，言过于意。我很喜欢雨果的作品，喜欢他的激情，他那浓厚的浪漫色彩，曾为让·华尔让泣下不止，曾为艾丝梅哈达和驼背人辗转难眠，但读到《笑面人》时便很为他文笔没有节制而遗憾，很想把我们孟夫子的“由博返约”这四个字送他参考。他所反映的社会历史内容的丰富深刻，当然非曼所企及。各人风格不同，形式不同，但“由博返约”这四字确实极扼要地（也是由博返约！）道出一个很高的艺术标准，一个不易达到的艺术标准。这标准，曼的最优秀的小说是达到了的。

19 世纪时，小说的单元时间大多是“年”。到 19 世纪末期和

20 世纪初期，小说单元时间变成“日”。伊丽莎白·波温（Elizabeth Bowen，20 世纪初英国女作家，著有《巴黎的房子》《心之死》等小说）曾写到这一点，说曼斯菲尔德在英国小说家中第一个看出短篇小说可以理想地反映“日”。有的评论家说：“短篇小说似乎是 20 世纪初期表现那破碎的感觉的最好形式。”（Clara Honson and Andrew Garr《曼斯菲尔德研究》）因为感受到是破碎的片断，尚不完整，不成系统，以短篇出之最为合适。这也是在大动乱后短篇小说先繁荣的原因之一。

曼斯菲尔德的短篇小说大都是描写一天的事。一次宴会，一次重逢，或一次闲游，或一次看洋娃娃的房子（这篇虽然写到的不止一天，但前面的铺垫都为了最后小艾尔丝看到那盏灯）。虽然小说篇幅不长，写到的时间很短，但却表现了浓缩了的人生图景。好像小溪潺潺，有不尽的活水。《理想家庭》这一篇只写尼甫先生下班回家到晚饭前的一段时间。在横的方面写出了他的家，也是一个貌似幸福完美的家；在纵的方面写出了他的逝去的青春。而且无论他的家或他自己，都没有将来，因为他有一个不肖的不能承继父业的儿子。这是资产阶级趋向没落的悲哀。他回忆他的年轻妻子对他说：“再见，我的宝！”现实中是仆人请：“开饭了，老爷。”

能产生这样“一花一世界”的效果，在于选择的功夫。选择，是文学之成为文学的重要步骤。在短篇小说有限的篇幅里要容纳深刻内容，选择尤其重要。选择是多层次的。从生活里选择题材，从材料里选择最能表现所要表现的那“一天”，在那“一天”里选择戴其斯所谓的象征物，写人状物时选择细节，那虚写的不肖之子是很好的选择，那“再见，我的宝”也是很好的选择。

在写人状物时，短篇小说不适合大段描写，也需要准确的选择。恰当的一两个细节便使人物栩栩如生。如薛立丹太太念三明治签子，把橄榄念成老鼠。小凯吉亚吃饭时偏偏喝姨母杯中的茶。前者大概已经有点老花眼，而且家务繁忙；后者写出一般的儿童心理，而又是敏感、不循规蹈矩的凯吉亚的行为。曼很少写人的外貌、衣饰，写时也不是一般的平铺直叙，而是点到几笔。她写《洋娃娃的房子》中穷女孩莉尔的衣服："她上学穿的衣服是柏尼尔家的绿桌布做的，红绒袖子是罗甘家的窗帘，顶在头上的是一顶成年妇女戴的帽子，曾是前校长的财产。"那古怪的可怜样儿使人感到如在目前。而在《花园茶会》中写萝拉，只写一顶漂亮帽子，就把那富家女孩儿的神气活画出来了。

题材的选择，材料中细节的选择可以说是生活的浓缩。除生活的浓缩外，在短篇小说创作中还有技艺的浓缩。这也是博与约的另一方面的关系。

我们说曼作品的优点在于神韵、气氛，而不在惟妙惟肖，但是从前面种种分析，可以看出她具有惟妙惟肖的本事。几个蝌蚪，一片远帆，给人远远超过纸上形象的感受，因为作者在这几笔中凝聚着她的功力。儿童的涂鸦也可以画几个蝌蚪一片远帆，但和画家不大一样。老年人说的话有时像小孩，但和小孩却不大一样，因为他有一生经验做背景。

19 世纪末围绕《黄书》杂志有许多人写无情节小说，着重内心和印象。这些小说大都被时间淘汰了。曼的小说能流传至今，原因是复杂的。我想原因之一是她虽也写内心和印象，但她有惟妙惟肖的本事。所以从前她也曾被认为是写实主义的作家，被认为是在画工笔画。据说《序曲》刚出版时，没有引起评论界的重视，但一个印刷工人在看稿子时叫了出来："哎！这些孩子是真的！"这话给了曼很大鼓励。惟妙惟肖的本事在某个作品中可以不用，但有没有这功夫是不大相同的。有这本事才能浓缩为几笔便传达神韵，没有这方面的修养，还是那几笔，就苍白无力了。这是读曼的作品给我们的另一个启发。

曼在用字上也是严加选择的。她很少用多音节字，很少用拉丁语头的字。她情愿用 think，不用 meditation，contemplation。她的文字和她小说的结构等等一样，洗练纯净，使得她整个作品真如透明一般。她写好一段文字总要读给自己听，直到口诵、耳听全都满意为止。这可能与她有过音乐方面的训练有关。

说了不少曼的艺术特色，都属于她的得。她的失在哪里？贝茨在论及她受到契诃夫影响时说："事实上，她的艺术缺乏俄罗斯文学的最终的客观力量。因为她病，她的人格从未完全定型。她死得早，时间和环境限制了她的发展。她是完全个人的，软骨的。"（贝茨《现代短篇小说》）

是的，虽然她受到俄罗斯文学正视人生的影响，但确实未达到那样深刻地展示人生的地步。我们不必用那样的标准去要求她，她的蹊径不同，风格不同。但贝茨的话还是公允的。她多病，她生命的最后几年一直在养病，她接触的生活面显然是狭窄的。在她那一般认为是极女性的风格中，一方面表现出细致、抒情的特色以及和诗的血缘关系，一方面也表现了视野狭窄的缺陷。她也就无法接触社会中最尖锐最深刻的矛盾。

也因为她病，她与死亡为伴，她的一些作品的悲剧性中，多少有宿命论的味道。在她看来，生活的悲剧是不可避免的。《苍蝇》这个短篇里，老板事业发达，但独生子早进了坟墓。他用一滴墨水淹没一只苍蝇，苍蝇几经挣扎，还是力尽而死。这短篇给人悲凉绝望的感觉。曼的一个朋友说他不喜欢这篇作品，曼回答说很高兴他能告诉她。那时她已经到肺病晚期，她可能只能这样看待人生了。

她的另一个缺陷，是人物重复。这也是她生活面狭窄所致。她写儿童心理很细腻，塑造的儿童形象栩栩如生，但从这篇到那篇，似总是凯吉亚在走来走去。成人的重复更显著。斯坦利、韩孟德很相像，冉妮也很像琳达；杨柏莎和罗丝玛利区别也不大。凯吉亚长到 17 岁，就是薛立丹家的萝拉了。但因为曼善以情绪、气氛感染读者，每篇总能有新意，才减去人物重复的特点，不致显得单调。

她和我们

普列汉诺夫写过："每一个真正显出了本领的杰出人物即每一个成了社会力量的杰出人物，都是社会关系的产物……他们自己只是由于这种趋势才出现的，没有这种趋势，他们永远也跨不过由可能进到现实的门槛。"（普列汉诺夫《论个人在历史上的作用问题》）文艺方面的代表人物也是一样。某些作家、作品的出现，是在社会发展的趋势下，根据文艺发展的客观规律而形成的。第一次世界大战后，小说艺术需要有新形式反映那破碎的"真"，这时总会有代表人物出来。由于曼斯菲尔德本身的条件，她就有了这小小的、只限于短篇小说的、当然与拿破仑无法相比的"宝剑"。

所以曼斯菲尔德成为经常的研究对象。她扩大了小说取材的领域，增强了小说与诗的关系，发展了侧面叙述的自由形式，允许作者在叙述中随时出现或消失。短篇小说到她手中，不再是短篇幅的故事，而是一种真正独立的艺术形式。它是自由的，可以具有诗意、戏剧性，或只是一种情绪一种印象。从小说的角度看，它又是统一的整体。贝茨说："她的重要性不在于她做了什么，而在于她指出了能够做到什么。"（贝茨《现代短篇小说》）从一方面说，这话可能不很公允。她的作品，那是她已经做到的，已经流传下来。她没有她同时代的某些作家成就大，影响广泛，在文学史上占的篇幅多。因为她本不是参天大树，而是一株月季或玫瑰。在文学的百花园中，她也是需要的，是不可替代的。从另一方面说，她指出能够做到什么，确实有重要的意义。这说明她在小说发展史上的地位。

我们至今还在读她的小说。被感动，但不至于泪下；若有所悟，也不是明白很多。不过我们总得到了一些从前没有的东西，常不能忘。对于从事写作的人来说，从她的创作经历和作品，似有三点最值得参考。

一是她的独辟蹊径。她能看出自己和别人的不同处，挖掘自己特有的、别人没有的经验，她在偿还对故乡的"情债"中获得成功。只有走自己的路的人才能真正有一点作为。在独辟蹊径时，必须了解自己的情钟何处，扬己之长，避己之短，偿还自己独有的那份"情债"，才能从这不了情中得到艺术生命。

二是她在探索追求的过程中，不坐守英国文化的成就而向外国文化汲取营养，如俄罗斯文学、法国美术。从这些营养中，又创造出完全属于自己的风格。世界各国文化的相互影响，本是人类文明发展的促进因素。怎样"拿来"，是需要实践的。

三是关于由博返约。是否可以说，有些以前属于革新的东西，后来也许会变为陈旧。但是“由博返约”这一条艺术标准，永不会变。曼在这方面的成就值得借鉴，也能够借鉴。至于她所创造的气氛，她的小说的独特魅力，则完全属于她自己，虽可做些分析，却很难学到。我们只有承认：“她的秘密和她一起死去了。”

弗吉尼亚·伍尔芙说：“我嫉妒她的作品，那是唯一的使我嫉妒的作品。”好作品可以使不同的人得到不同的启发。这里不再赘言。我想，她那小凯吉亚“把头放回去！”的哭喊会激励着每一个人“把头放回去”。

现在我们所处的时代已经不同了。荆棘虽未消尽，却不再是危机四伏。摘取到平安花朵的可能性，总大得多了吧！

原载《国外文学》1984 年第 2 期，署名冯钟璞

打开常春藤下的百叶窗

——伊丽莎白·波温研究

缘 起

1982年12月5日，美国《纽约时报图书评论》以“我喜欢的书”为题，组织一次笔谈。在这次笔谈中，尤拉多·韦尔蒂谈到霍桑的《故事与小品》，乔伊斯·卡尔罗·欧茨谈到《简·爱》和琼·里斯的《辽阔的马尾藻海》，约翰·厄普代克谈到罗伯特·休斯的《新来者的冲击》，杰姆斯·米切纳谈到《卡斯特桥市长》的第一章。有一位女作家玛丽·戈登谈到了英国现代女作家伊丽莎白·波温。她说：“1982年是我重读波温之年。《心之死》是优美浓郁的，《巴黎的房屋》是迷人的。”

1984年春天我在伦敦街头漫步，见许多书肆中都摆着一本安东尼·伯吉斯选的《现代小说：九十九本佳作》，是从1939年到1983年四十四年间的长篇小说中选出的。其中，有波温的《炎炎日当午》。对我国读者说来，波温无疑是个陌生的名字。她是个怎样的作家？她的作品有哪些特点？她在英国文学史中占有怎样的地位？似乎该做一番内查外调，看值不值得让我国读者知道她。

很长时间以来，我们对外国文学的研究（对中国古典、现代文学也未尝不如此），因力量不及或心目中的界限，只接触了思想倾向性较分明的杰作。就英国文学来讲，布鲁姆斯伯里团体和弗吉尼亚·伍尔芙这样的作家，很少人注意。现在似乎是有条件顾及这一方面了。最近读到苏联高尔基文学研究所编写的1870年至1955年英国文学史，觉得其中关于哈代的一章很好，不由对这书很有好感。现代英国文学一章还有一段提到波温，但只是把她作为以唯美主义超政治观点来处理战争题材的一个代表。在论及她的长篇小说《炎炎日当午》时，说她“把女主人公得知她的情人是法西斯间谍后的态度，描写成纯粹的心理冲突，而这种冲突又似乎毫无社会意义和政治意义”。

20世纪50年代左翼批评家认为波温的小说排斥社会和集体，她写的个人经验不过是崩溃的经验。另外两位并非左翼的有名人物分别赠给她两个挖苦的称号。一位便是伯吉斯，他称波温为“女性小说家”。这当然合乎事实，因为波温并非男性，但这里的“女性”是贬义词。亨利·詹姆斯也包括于这一类中，总称波温为“老处女的女性小说”。

伯吉斯说：“忘记在结构方面托尔斯泰式或乔伊斯式的天才吧，你会发现写起小说来女人比男人更有天赋。她们看事看表面，正是那表面做成小说。和材料、颜色、言谈变化等打交道时，她们有丰富的词汇。她们的缺点正好是男子在妇女身上找到的缺点：叽叽喳喳，飞短流长。她们太重经验，缺乏道德价值；她们爱事件而失其本质……”

另一位名家安格斯·威尔逊说波温是势利的自我满足的作家。

他在一次“关于英国小说中之罪恶观”的演讲中，俏皮地对弗吉尼亚·伍尔芙和波温做了一番形容，很有点鲁迅所说吐半口血，扶着丫鬟到院中看秋海棠的意思。他形容说，她们写的都是有教养的中上层阶级妇女，那些人物都并不着意修饰，而有吸引自己亲人的美，整天待在无懈可击的家具陈设中间，想着丈夫喜欢数学游戏，想着女儿喜欢听长笛，至于是斯卡拉第还是莫扎特，她永远也记不清。

1984 年春天在伦敦和威尔逊谈话时，我提到他为波温短篇小说全集写序，那篇序对波温是充分肯定的。他敏感地问：“有什么可笑的地方吗？”我当时还没看到这篇议论，对这问话不免奇怪。后来在大英图书馆读书时见到了，倒也不觉得他是“风派”，而为他们总在为充分说出自己的真感受而高兴。

也许当代英国女评论家拜雅特在波温长篇小说《巴黎的房屋》企鹅本序言中的话能够说明一些问题。她说她对波温的态度是有变化的，经过三个阶段。最先，她理解到现代小说不容易读。其次，维多利亚小说的成就使人们习惯于它们的宽广有力，而认为波温独具匠心的细致描写是不足道的，认为她经过精心选择呈现出来的世界是模糊不清的。最后她认为所谓詹姆斯或伍尔芙的影响不是狭窄幽闭，而是充满活力的。她的结论是：波温小说的成就不在于“感觉”和辨别事物的精细，而在于它的苦涩和严峻。

部分文学史家认为，英国文学在 20 世纪初期存在着感觉小说派，由弗吉尼亚·伍尔芙创始，曼斯菲尔德和波温都是其中佼佼者。她们确有共同之处，以后或可作专文讨论。就波温而言，我们可以看看这样一段话：“如果这一词（感觉）有任何意义的话，常指作者用自己特有的气质代替许多成为好作家的条件。把这种说法加诸波温，未免

低估了她的才能的宽广。”（乔司林·布卢克《伊丽莎白·波温》）

我想，这样有才能的作家是值得加以讨论的。若以内容论，波温小说约可分两类，一类写两代人的隔阂、人和人之间不能了解；一类反映二次大战中的情况。有人因此说她是社会历史学家。若以手法论，她大部分小说是白描的，有小部分以鬼怪出之。下面以沟、网、人、鬼四题来作文。在《领域》一节里总括地说一说她的创作特色。

沟

有人说波温若活在19世纪，便是一个艾米莉·勃朗特，因为她本质上是个诗人。但是她的社会存在和高度的文化教养使她的写作完全不同于如旷野般自然的艾米莉。波温的感觉是经过细致分析的，她企图做到的坦率是受到艺术限制的。她和前人最主要的不同处，在于用现代眼光看事物。那就是说，她的作品中没有古典主义的完善品格，也没有浪漫主义的感人热情，她的主题常常是主要角色互不了解、互相成为对方的牺牲品，这是一条深沟。角色们又往往成为习俗——他们对其根源莫测高深——强迫下的牺牲品，这又是一条深沟。另外一条无法跨越的深沟是在成年人与青少年之间。现在普遍称为代沟，为世界作品中所常见。而波温自有她的特色。在她的作品中，成年人害怕充分地生活，想遮住或删掉人生的一部分；而青少年则害怕不充分地生活，生怕漏掉什么，硬要打开那遮住的部分。她的长篇小说《心之死》（1938）、短篇小说《星期日下午》（1941）可以说是“沟”这方面的代表作。

《心之死》描写中上层人士圭股先生因责任关系收养了同父异

母妹妹，16 岁的波希亚。天真的波希亚在圭股家中遇到一个年轻人埃迪，埃迪的荒唐和周围人的冷淡、麻木使波希亚痛苦万分。《心之死》这题目很有深意。正因为波希亚的心没有死，她活得痛苦；而圭股夫妇和他们那圈子的人心已经死了，便活得坦然。小说开始时，波希亚的嫂嫂安娜偷看了波希亚的日记以后说：“我想，不是我就是那姑娘疯了。”姑娘一直记日记，安娜一直偷看。波希亚的纯真诚实，对爱情毫无掩饰的追求和安娜等人的冷漠虚伪——他们已经不觉得那是虚伪——形成明显对照。最后，他们意识到，在姑娘朴素的日记中反映了他们的真实情况。

在波希亚和埃迪感情日见发展中，埃迪对波希亚说了这样一段话：“我不要你。我只要你所能给的东西。我不要整个的——任何人。你要我的全部，可是照你所了解的那样一个全部的我，根本不存在。”从埃迪的人生观、道德观来讲，他并不欺骗，他是我行我素，带着已死的心兴致勃勃地生活。而波希亚也只有用“心之死”换得存留下去。

这里的埃迪已经不是《名利场》中的乔治·奥斯本，也不是《大卫·科波菲尔》中的斯提福司，他是现代人。波希亚的天真纯洁吸引了他，他们的精神世界处于人生的不同层面上，永远不可能互相了解。他虽然没有和波希亚有更深的关系，却是这小姑娘“心死”的重要原因。“哀莫大于心死”，这里的悲剧色彩是显然的。我认为，这小群失去心灵真情的人物形象对社会的批判意义，和 19 世纪批判现实主义小说有一贯性。

短篇《星期日下午》为安格斯·威尔逊所称许。他在《波温短篇小说集》序中说：“《星期日下午》把两个方面的人联结在一起，显示出波温的最好水平。一方面是不管轰炸多可怕，永远忠于伦敦城市的志士，一方面是爱尔兰郊区有教养的绅士们。还有青年人充满希望的想象和老年人充满遗憾的怀疑，两者间永恒的冲突也立即吸引了我们。”《星期日下午》这题目没有冠词，它本身就是永恒的。多少年来，在爱尔兰几乎没有颜色的远山衬托下，一小群绅士淑女每个星期天下午都这样度过。在草地上闲谈，到生着火的餐厅喝茶，吃巧克力蛋糕。来自战火中的伦敦的亨利·鲁西尔是在这样背景下长大的，他对他们有一定程度的反感，又有一定程度的依恋。年轻姑娘玛利亚——我想她和波希亚差不多大——早就腻透了这种生活，想到伦敦去。

这些人物分作三个方面。三方面的人属于同一阶层，却表现了人与人之间三种难以填平的沟。那是战争与平安的沟，是生活与传统教育的沟，也是生怕活得充分的成年人与生怕活得不充分的青年人之间的沟。魏太太是那平安一方的代表，她在那小圈子中占据中心地位。她习惯于狭隘的上流社会，亨利一来她就交代不要说可怕的事。他们生活在战争之外，过着平静舒适的日子，侈谈与艺术品共存亡。也在平安中的玛利亚拒绝他们的心理、习惯和价值观，所以她嘲笑一位提到文学的长辈说：“看得出来，科夫先生你总是安然无恙的。”这篇小说的主人公亨利从轰炸刚停的伦敦来到中立国爱尔兰，带着满身硝烟味，看见这群乡绅安享和平生活，必有恍如隔世俨如隔沟之感。而魏太太还诉苦：“我们已经有点儿伤感了。”这必然引起他的反感，不免同情玛利亚对老一辈的顶撞。在他逐渐习惯了那对他来说已是遥远过去的生活时（他毕竟是在这群人中长大的），他对玛利亚越来越疏远起来，最终告诫她不要离开她的长辈们。

在小说中，亨利的思想情绪是活动的，变化的。在短短几千字中他从战争与平安的沟置身于生活与传统教养的沟，然后又在成年人与青年人的沟中徘徊。他的年纪也正是中年人。他对战争与现代社会有如此痛苦的经验——他想："我们将仅仅是野兽而已。"他对玛利亚说："你会有一个身份证号码，但是没有你自己了。"英国于1939年举行全国公民登记，附带推行了身份证。老百姓对此不满，认为身份证是"他们在第一次世界大战期间幸而得免的侮辱"。（乔治·伍德科克《企鹅丛书〈还乡〉序》）只认证不认人，真是"丧失自我"了。亨利关于身份证的这一段话，充分表现了现代社会中人与人之间的冷漠隔阂，人不能再是自己，变成支离破碎七零八落的一堆什么，还带着一个号码！

亨利何以最后不称玛利亚，改称米兰达？不称玛利亚，只因她若出走，就不再是她自己，作为玛利亚的她，已经终结；改称米兰达，或许是借用莎翁《暴风雨》中的名字，表示她若出走，就如同米兰达的放逐，而最终还是要回到家乡的。亨利自己则出于公民责任感，不能离开岗位，只能离开吸引他的这样的"星期日下午"，回到伦敦去。

初读《星期日下午》时，觉得很好，决定译它。等到把那些字母变成方块，似乎不那么好了，它原来就有点淡淡然，现在几乎成了白水。我想这和波温作品的英国味儿有关，那是很难传达的。虽然琢磨再三，究竟是否找回一些，只好读者自去品尝了。

网

战时伦敦遭受轰炸的情景，在两位英国作家笔下留了下来，一位是亨利·格林（亨利·格林所著《困境》反映了1939至1940年间的伦敦生活），一位便是波温。一般认为《炎炎日当午》是她这方面的代表作。以作品本身来讲，似不是很成功的。她不长于写情节，这部长篇写女主人公斯苔拉和间谍爱人的关系、她自己的心理变化等，却需要充分的情节来做基础，现在读来，有些支离破碎之感。波温自己说正是要这种支离破碎来反映战争，但实际上读者得到的印象不是具有艺术美的支离破碎，而是情节不很完整、人物未充分发展的支离破碎。这本书确也反映了战争，那是通过气氛，是波温的拿手。

我们从历史材料上得知，第二次世界大战期间，英国人经历了十分严峻的考验。从1940年9月上旬开始，德国每天出动数百架甚至上千架的飞机，头三个月间，就掷下一万多吨炸弹。伦敦是英国遭受破坏最严重的城市之一（这里我不禁联想到哈代曾签名反对在战争中使用飞机）。如何记下这一段可歌可泣的历史？也许还是英国人最了解波温的功绩。英国现代英美文学专家华尔特·艾伦在他的《传统与梦想》一书中说："《炎炎日当午》中人物的周围环境，带有彼时彼地的气氛，表现出伦敦的战时生活。在我们的小说中，它最完整细致地唤起回忆，使我们沉浸于其中的战时伦敦，似乎是可以触及的。波温准确地抓住了那一段日子的感受。书中人物则不过是一种因素而已。"

我们可以看出，气氛是波温作品的最大特色，它们像一张无处不在的网，笼罩着整个作品。我们可以发现作品中这样那样的缺点，可总是不自觉地给网在里头。读《常春藤缠绕在台阶上》这一短篇，可以感受到网进去的滋味。

《常春藤缠绕在台阶上》写二次大战中军人加文·道丁顿的一段回忆。他八岁时因多病到他母亲的朋友尼科尔森太太家休养，十岁时尼太太去世。两年间断断续续接触，使他对尼科尔森太太产生一种恋慕，也从他的眼中，看出了尼太太的不如意的爱情。现在他趁休假重来这小镇，尼宅已被常春藤淹没，有些往事历历的处所已全无踪影。不是“物是人非事事休”，而是人、物皆非了。最后加文在街上徘徊时，和一个行人搭话，那行人问：“你为什么挑了这死气沉沉的地方？为什么不到你有熟人的地方去呢？”岂不知这里正是他的熟人居住过的地方，只是一切都成为过去了。通篇作品叙述平淡，也没有很多描写，只是娓娓说来，便把读者网在里头，处于一种惆怅的气氛中，但是绝无伤感。

这里就发生了一个问题：波温如何看待正义和非正义、侵略和反侵略的战争？据苏联高尔基世界文学研究所编《英国文学史》中说，波温自己在《常春藤缠绕在台阶上》小说集序言中写明，她“感兴趣的不是战争的‘积极的历史方面’，而是在‘战争气候’的条件下出现在人们意识中的一些‘怪诞的产物’”，遂加以唯美主义和超政治观点。

波温确实没有正面表示支持正义的反侵略战争。《炎炎日当午》甚至给人这样的感觉：“这种文明的灭亡咎由自取。”（贺米翁·李《伊·波温，一种估计》第六章）这种文明当然指的是资本主义文明。但是二次大战后英国政府还授予她“大不列颠命妇”之荣誉称号。如前所述，资产阶级评论家也都肯定她再现战时伦敦的功绩。

这里我想说几句似乎是题外的话。我们记得，黑格尔针对狄德罗的哲学小说《拉摩的侄子》提出“公正的意识”的说法。马克思1869年4月15日给恩格斯信中转引的他的一段话中有这样一句：“公正的意识（这是狄德罗在对话中指定自己扮演的角色）认为每个因素都是永恒的本质，它不知道它恰恰是这样才造成颠倒，它是一种愚昧的无思想的东西。”所谓“公正的意识”是一种抽象的道德观念，而不是活生生的现实。人们经过了第一次世界大战的灾难，完全用另一种眼光来看世界了。也可以说，美和善、正义和忠诚等等美好的字眼，并不一定常常战胜它们的对立面，而是常常和对立面掺杂在一起。19世纪所认为是永恒的本质的东西，20世纪现代主义已经揭去这层纱幕，他们要表现的是社会和人的本来面目。

在《炎炎日当午》一书中，波温恰恰做到了这一点。这也是拜雅特称之为苦涩与严峻的原因。我们可以介绍一下女主人公斯苔拉和她的间谍情人罗伯特最后一夜的谈话。罗伯特说，他反对的是“骗局”。

> “是这场骗局，并不是我在出卖你所谓的国家。我哪能呢？它已经出卖了它自己。”
>
> “什么骗局？”
>
> “就是自由。看看你那些自由人吧——简直是一群给捉到撒哈拉大沙漠中心地区再放出来的老鼠。看看你那大堆‘自由’的懵懂家伙，你的民主群众吧——从摇篮到坟墓，一辈子都在受人糊弄……”（《炎炎日当午》258—259页）

对于英国式自由民主的如此揭露，怎能说“毫无社会意义、政治意义”？这部书还深刻地反映了当时的现实，即斯苔拉这样的人（不是间谍）对于法西斯分子、法西斯主义究竟是革命还是反革命，有点困惑。这个问题我们今天看来黑白分明，毋庸再议，但在二十世纪二三十年代的英国却远非如此，在今天西方学者间也还有争议。波温也料不到苏联经过艰苦的英勇抵抗纳粹入侵，最后得到胜利，两年后印度和巴基斯坦独立，四年后中国革命获得胜利。她只能“眼望着世界在做、她感觉自己也在做的事——明明看见而又无可奈何地一步步接近灾难。这个命运已定的世纪的致命进程越来越像是她自己的进程：她和这个世纪一同走到了他们午时正刻种种考验的顶点”（《炎炎日当午》127 页）。

斯苔拉正当中年，20 世纪正当中期，她个人和整个时代都处在最炽烈的冲突开头，也许这就是《炎炎日当午》书名的含义。

写到这里，离开了“网”这一小题目了。不过我们可以说，一本包含了如此重大政治内容的小说，仍然以气氛取胜，是很难做到的，而波温做到了。

鬼

我国苏轼老先生爱听鬼故事。被贬黄州时，因为时间充裕，常找人说鬼。日本近来流行的小说《窗边的阿彻》描写一个实验小学的种种极合人情的教育法，其中竟有一项装鬼活动。美国游乐场依其大小程度各设大小不一的“鬼屋”。伦敦塔的解说员一本正经地告诉游客：“这里上星期出现过鬼，一个卫兵看见了，就在你站的地方。”大家哄然一笑。看来全世界都喜欢鬼，虽然明明知道它不存在。

所以从古至今，写鬼的人不少，波温也是其中之一。她在第二本《鬼故事集》前言中说：“这里介绍给大家的，20世纪50年代的鬼，现代的鬼。它们在公寓或别墅中生活得很好，会用空调机、摩托车、电话、飞机，懂得犯罪心理学。”鬼是从人的头脑中产生的，它必然根据人的变化而变化，根据社会的变化而变化。但是不管是古代鬼还是现代鬼，它们在小说中出现，不外乎有这样三种情况：写鬼为了写人，写鬼为了写事，写鬼为了传达情绪。

记得1979年春为1978年优秀小说评奖时，我曾在电视上说过一个笼统粗浅的看法：短篇小说约可分为三类。一以人物胜，一以情节胜，一以气氛胜。鬼的三种使命其实也就是这个意思。但何以要以鬼出之？我想最主要的是鬼故事中可以有丰富自由的想象，可容纳现实之所不能容，可以补充现实之所欠缺。

我国《聊斋志异》是以人物胜的。我以为全世界古往今来的鬼故事中，《聊斋》应为魁首。这里不遑细论。英国的哥特式鬼怪小说就是送给读者一个恐怖故事，让他们毛发皆竖，抵得洗一个热水澡。而波温的鬼故事和她的人小说一样，是以气氛胜的。在冷森森的鬼气中，作者表现了她要表现的生活。

《鬼恋人》是波温鬼故事中的代表作。在不到五千字的篇幅中，她用一个鬼，写了二十五年的时间，不可不谓经济笔墨。这鬼是第一次世界大战中成为鬼的。到第二次世界大战时又来找他当时的未婚妻。这里我们可以看到鬼的第一个作用：时间对他没有限制。他是那样执着，直到海枯石烂，鬼仍可不受影响。他认为“情况毫无变化”，要求未婚妻二十五年仍忠于自己的诺言，不管她已为人妻人母。和他成为明显对照的人——杜路沃太太，她因未婚夫在战争里失踪而对生活都失去了兴趣，后来有机会就结了婚，连故人的面孔也记不起了。鬼的第二个作用是不受地点限制，它是无处不在的。宅子关闭了，开锁都不大容易，可是信送进来了。杜太太在卧室里坐在靠墙的椅子上，关紧房门。可是她下楼时，他也从她身边过去了。二十五年来，她就是在这冥冥中无形的观察、监视下过日子的。这给她的精神压力，要比人所能给的大得多。

波温在她的前言里又说："现代鬼不再是血淋淋的——但仍然保持了传统的对人的伤害。现在的伤害有了更广泛的意义，那不但在肉体上，在精神上更使人痛苦。"那位"鬼恋人"就做到了这样的精神伤害。可以说，它代表着一种力量，这力量是由战争引起的巨大社会创伤产生的。这力量压迫着人的灵魂，使人的意识或作病态分裂，或充满幻觉。这里没有直接写战争怎样残酷，但使人感到战争所造成的压抑和恐怖，是很成功的。

结尾更是全篇点睛之处。杜太太想逃脱鬼恋人的掌握，寄希望于出租汽车司机。孰料等待她的司机就是等待她的鬼恋人。司机拉开隔着司机和乘客之间的玻璃板，那张脸她毕竟是认识的。最后，司机载着惊恐叫嚷的乘客，无情地驶向渺无人迹的荒郊。司机是鬼，是痛苦的毁灭的力量；乘客是人，是求生存求幸福的力量。车子掌握在鬼手中，而人只好随着命运的车轮向前疾驶，无法停下。

司机和乘客的关系，最早见于曼斯菲尔德的《幸福》。其中，一位初露头角的诗人说："我刚才碰到个出租汽车司机，一路上可真要命。他穷凶极恶。我简直就没法让他停下来，我越是敲窗子，他开得越快。月光下只见那稀奇古怪的人，只顾埋着头伏在小小的方

向盘上 ——我当自己坐在一辆开个没完没了的出租汽车里朝着‘永恒’的道路开下去呢。”波温的司机和乘客，显然受到这段话的启发。

有些评论家认为，波温模仿曼斯菲尔德。也许我们确可以发现些痕迹，但波温的最好作品（我们以作家的最好作品来看作家，正如以最优秀的作家来看文学史上的时代一样）完全是她自己的。即使《鬼恋人》中的司机乘客已见于他处，整个的故事以鬼出之，总算是她匠心独具。

她还有一些鬼故事，其中根本不出现鬼，只描写精神上一种压抑感。如《粉红色的五月》，讲话人说要讲一个鬼故事，讲了半天只是一种感觉，没有出现鬼。但这感觉使她离了婚，生活很不幸。波温的同时代人爱尔兰小说及传记作家欧斐伦称她的才能为“联想的浓缩”，这浓缩又特别突出地表现在鬼故事里。本来以鬼入书就是为了让想象不受拘束。她运用这些鬼，自如而多变化，很是成功。

人

说了一阵写鬼，其实写鬼也是为了写人。波温笔下的人物有一点新鲜处，即她写到独立自主的职业妇女。她们不问丈夫“我漂亮吗？”不是被欺凌被侮辱的可怜虫，她们主宰自己的命运。这里选的她的早期作品《安·李帽店》（1924）是很有意思的一篇作品。

读过《安·李帽店》后，首先感到的是自食其力的劳动者的尊严。安·李帽店的“橱窗里总是只有两顶帽子：一顶放在帽架上；一顶放在垫子上”。她从来不做很多帽子，但每一顶都是艺术品。她热爱自己创作的艺术品。她看着帽子的神色：“从眼皮底下瞧着它，嘴唇极其轻微地变得温柔起来。”她冲过去从男人的大衣底下救出帽子，简直像母亲拯救孩子。作者形容她“是尼俄伯，是莱歇尔”。她全心全意地爱自己的劳动，也爱那劳动的结晶。我联想到高尔斯华绥的一个短篇《质量》，写两个用全身心缝制鞋子的鞋匠，因为要做得尽善尽美，交活很慢，顾客很少，终于饥饿致死。这可以反映手工生产抵不上大规模机器生产，总的趋势是要被淘汰，但那手艺人一丝不苟的创造精神，是值得歌颂的。

安·李的处境好得多，她是成功的。因为有稳固的经济基础，她不靠男人，而是那个大个子男子来求她。他对两个女顾客说："等，我不在乎——我已经等了这么久。”“二位女士中的任何一位，一生中在这类店铺里试穿衣服的时间，都没有我在这一个店铺外面等候的时间长。”但是到小说结尾，他还是碰了钉子出来了。安·李的形象十分高洁。女顾客说她像一位夫人，这表现了波温的偏见。我想每一个自食其力的劳动者都应有超过夫人的尊严，这是独立的妇女的尊严。

这里还有着个体劳动者的尊严。她按照自己的风格发展自己的店铺，并不仰人鼻息。顾客和她是平等的。也许有人会说，资本主义社会中会有这样惬意的生活吗？如果写一部《安·李全传》，肯定少不了严酷的斗争。这篇作品没有接触到那些，只描写了两个顾客买帽子的一个下午，就写出安·李坚强独立的性格。她的精神，她的自尊，是美好的。

波温在小说集《安·李帽店》序言中说到这篇小说的结尾是面临人类的某种不可知性。她的一些小说对许多问题不能解答，于是有的用耸耸肩，有的用一声叹息来结尾。《安·李帽店》中那位理查森先生走进雾中也是类似的结尾。

也许我们把这篇东西理解得太浅了，但我想，能使读者感受到普通人的可贵品性，也就够了。

她的领域

波温写了十部长篇小说，还写了四十年的短篇小说，她称之为“波温的领域”。这使人想起哈代的威塞克斯小说和福克纳的约克纳帕塔法世系。可以说每一个成功的作家都有自己的领域。波温的领域不像几位名家那样宽广丰富，博大深宏，但是她的领域虽然范围较小却不封闭，内容虽有琐细之嫌却无可否认其深刻性。下面就来讨论她领域的特色。

波温出身于爱尔兰大地主家庭，承袭了一所大宅邸。她的生活圈子决定了她笔下的艺术领域——上层社会的生活。波温不像曼斯菲尔德，最成功的是关于故乡新西兰的小说；她写爱尔兰和伦敦一样好，但都是波温的。她的领域更多是精神上而不是地区上的。她在《常春藤集》序里说：“画家和艺术摄影家描画、摄取了这样的画面：古老建筑的摇摇欲坠，色调沉暗的人民群众运动，还有烛天火光的不合时宜的光辉。我不能这样画画和摄影——我是游离的，我倾向于一些特殊的聚光灯照亮的面孔和偶然捕获的姿势。它们不必属于伟大的受难者。无论平时或战时，只有我感受到的我才写。”这就说明她作品中的第一个特色，即有相当浓厚的主观色彩，在短篇中表现出抒情诗的情调。波温又在评论自己的短篇时说：“写短篇时完全不把自己放进去，在我是不可能的。短篇小说和诗有联系。一个故事没有抒情，就像一件公文。诗人或短篇小说家是用他自己独一无二的敏感来体验的——短篇小说需要更集中，更看得见，而不是让事件、解释、分析给牵扯住。”（波温《七个冬天和杂感·序》）她又说：“对我来说，短篇小说似乎是以其戏剧性的人格事先存在的，等着人们走近。我没有发明它们，我发现它们。”（同前）这种现成的“发现”其实是主观的自然的筛选。

她的领域的第二个特点是想象丰富。这一点在“鬼”一节里已经说到。波温自己说：“任何虚构故事的作者都必须有想象的能力，而波温小说中有双倍的想象，它以一部分组成情节，又以一部分指挥人物的行为。”（同前）但是她的想象力完全渗透在作品中，除鬼故事外，一般小说读来甚至不觉得有很多浪漫色彩，给读者的印象是：这就是现实。

主观色彩浓厚却给人冷峻之感，想象力丰富却给人现实之感，这可以说是她特色的特色。何以如此？我想是因为她有第三个特点，贴切平衡。

有一点写作经验的人都知道，在写作过程中，要在各方面做到恰当贴切，不是很容易的。所用的技巧要适合所要表现的主题，主题要有适当的素材，这一切又要与时代、与读者恰当贴切，有所共鸣，而在写的时候又不能过多地有这些脱离形象思维的考虑。可以说是只能在沉浸于创造的世界中时，不忘记各方面的平衡。这种本事要求于文化修养。这一点显然系波温所长。

另一个特色是波温之短。我们把这一节开始的几句话倒过来说，即她的领域虽然深，终究嫌小。她的生活圈子有限，所表现的人生范围也有限。许多激动人心富有意义的生活是在她的世界之外的。

这样的缺点在她的长篇小说中尤其明显。她对一种类型的人很理解，对别样的人则不愿接触，也就不能收之于笔下，以致人物、主题多有重复，小说包容的世界没有丰富的发展。这似乎是多数女作家们的共同特点。也许这样的要求等于要求她变成另一个作家，而波温所以成为波温就在于她的这些特点。然而，和视野更为广阔成就更大的作家们相比，她为读者展示的人生，透过的究竟是较小的窗——一扇在常春藤下的百叶窗。

结　尾

如上所述，我们对伊丽莎白·波温的作品有了一个大致印象。我想不论批评家给她冠以怎样的主义，尽管她有自己的缺点，事实上她存在过，而且有继续存在的价值。因为她不哗众取宠，不无病呻吟；因为她认真地描写她和读者一起分享的世界，不用陈词滥调；因为她交给了她的时代和文化一个艺术形象，于其中充分而清醒地表现了她所见的生活。

在文学错综复杂绚丽多彩的殿堂里，每一个国家和每一个时代占领的那一部分，都有高大的主建筑和较为次要的建筑。这些较小的亭台楼阁在一定范围内也是主建筑，它们各以自己的特色配合在一起。有了各种形式才能免除单调，才能相得益彰，很不必只承认一种雕梁画栋，或另一种飞阁绣甍，而将别的夷为平地。可以想像英国 20 世纪前五十年中，高尔斯华绥像一个绘有众生图像的巨窗，从其中可以看到整个资产阶级的变迁。乔伊斯像一个巨大的形状古怪的障有帘幕的窗，其中存着都柏林生活博物馆。弗吉尼亚·伍尔芙、曼斯菲尔德和波温的窗无疑要小得多。属于波温的是遮阳的百叶窗，还爬满了常春藤，人们不容易发现它，也不易打开它。可是只有打开每一扇窗户，我们才感到空气流通，精神振奋，我们才看到这座殿堂的完全面目。

附注：本文关于《星期日下午》《炎炎日当午》的分析中一部分得之于与赵少伟同志的讨论。《炎炎日当午》书中引文也取赵译。不敢掠美，特志此。

1984 年 6 月至 8 月断续成之

1985 年 3 月重改

原载《世界文学》1985 年第 3 期，署名冯钟璞

广收博采，推陈出新

许多年来，我们关于作品的讨论往往只注重思想内容。譬如思想是否健康，有无腐蚀作用，情调是否感伤，还要追查一下感情的细流里有无毒素。艺术问题常常只在文章最后点缀几句。今天能专门谈艺术创新问题，很是难得。

怎样使文艺形式更好地适合所要表现的内容，这个问题很重要。现代的生活复杂、节奏快，文艺形式也要现代化。我们传统的写法是以讲故事为主，手法是白描的，叙述是单一的。如果要交代另一件事还得说上一句“花开两朵，各表一枝”。“五四”以来，前辈们吸收了不少外国文学的技巧。这些年我们唯我独革，舍我之外尽皆“帝修反”。提起意识流，便感到支离破碎，朦胧一片，必为腐朽文化之产物。我一度也这样看，没想到有一天我们有些作品也要运用这种手法。我从去年春天想到艺术探索的问题，写了《我是谁？》，可能不够成功。我看了王蒙的《风筝飘带》，忽然有所醒悟。《风筝飘带》人物、故事都不复杂，读来却意趣盎然，而且很美。这和写法有关。西方战后文学，许多人运用了意识流的手法。通过人物心理活动，把过去和现在（有的还有未来）掺杂在一起。作品表现的不是单一的旋律，而如两手弹琴，或多声部合奏，有和声配合，有交响作用。又如画面上有后景衬托，层层丘壑，便有立体感，耐人琢磨，而不是一览无余。在写作过程中，用意识流手法也有方便处。如写人和事，总要交代家门，弄清头绪，费了笔墨来叙述；真要描写精彩场面反觉啰唆。如果能很好地从“心理时间”出发，可以从人物意识的流动选择场景，突出要突出的，略去该略去的。这样完全可以更好地为内容服务。艺术总是要广收博采，推陈出新，西方的意识流手法完全可以为我所用。有些人说我们拾人牙慧，其实意识流手法在西方并非已经陈旧，而是用者颇不乏人，各种倾向的作家都有不同的用法。作为意识流的创作流派是消失了，正因为它已渗入许多创作流派之中。应该说，这是一种经过实践证实有用的方法。我们已经和世界取得联系，可以吸收借鉴的当远不止这一种方法，而且也会有些走极端的形式，为我们不取。我们总得有探索创新的精神，才能使作品在艺术上更臻完美。

前几天遇到一位研究中国文学的美国朋友，她说一般认为中国作品不重视技巧，只有生活；美国作品技艺甚高，没有生活。我想如果二者相较，也许还是前者为好。但我们何不做到又有生活又有技巧呢？凭我们文学队伍的聪明才智，完全可以做到的。

当然，在广收博采的同时，永不能忘记对自己民族传统的继承。我们中国文化太伟大太宝贵了，简直是子孙后代取之不尽用之不竭的大宝库。我们要创作出世界文学中第一流的，而又富有中国味的作品。我相信，在中国文化与世界文化的会合中，我们不是两手空空的，而是会有自己丰富而独特的贡献。

最后再说一点对理论工作的想法。许多年来我都在想，文艺界需要一个勃兰兑斯。勃兰兑斯在北欧的出现，影响到一大批作家的成长。我们也应该有大评论家、大理论家。这也许不是一个人，而是一批人，一个或几个中心，可以形成几个流派，各自团结一批作家。只有作品没有理论是不行的。理论工作也不等于只是批评这部作品阴暗，那篇东西亮色不够，最好能有系统的见解。是不是可以说，我们的新阶段也向理论队伍提出了任务呢？

原载《文艺报》1980 年第 9 期

浅谈雅俗共赏

——在人民文学出版社烟台笔会上的发言

从未写过长篇小说，未识其中甘苦，只能从普通读者和写过几篇东西的一般作者的角度，来想这方面的问题。作为读者，希望读怎样的长篇小说？我想了，回答是两点要求：一是好看，二是耐看。

小说应该吸引人，这似乎是天经地义。长篇小说尤应如此。若读小说如同读哲学著作一样，未免有失小说的特点，在浩如烟海的出版物中，又何必读小说！小说最好能使人不能释手，废寝忘食。在那且听下回分解之时，让人真想读下去。这就要求它“好看”。

当然，只是好看还不行，还得耐看。若看了一遍，故事已知，悬念已解，再看就索然无味。这充其量不过是一部可以流行一阵的通俗小说。耐看的作品则可以读而又读，每遍都可以获得新意。书中人物常在身边，书中情绪常在心间。十年、百年还经得起看，这就是了不起的好书。

作为一般作者，对写长篇有什么要求？我想了，回答只有一个，即要做到雅俗共赏。也可以说，那供俗赏的是好看，供雅赏的是耐看。

窃以为古往今来之小说，在做到雅俗共赏这一点上，未有超过《红楼梦》者。读《红楼梦》可以有三个不同的高度。最大众化的读法是把它当作言情小说。市井街坊之间，为宝哥哥林妹妹所洒的同情之泪，为江河湖泊所难收。第二个高度是把它作为社会小说，它对封建社会有认识作用。从乌进孝交租的经济情况、宝玉受笞所表现的伦理道德，又到当时日常服饰肴馔，它几乎是一部百科全书（不过若真把做茄鲞的描写当成菜谱，也未免忒胶柱鼓瑟了）。最上一层的高度是以之为哲理小说。虽然有人说其中对佛道二教的道理讲得很肤浅，但我想只要于人生道理表现得深透，足矣。

说这些好看、耐看、雅俗共赏的大原则，自知都是空话、废话。究竟应该怎样达到这些要求？我想最要紧、最起码的一个办法，就是写，一个字一个字地写。而连这一点，我还远未做到呢。

原载《当代》1984年第6期

独创性作家的魅力

身为外国文学研究所的工作人员，若不为自己单位办的刊物写点什么，似是大逆不道。为避这嫌疑，虽然我总没有想好我和外国文学的关系究竟如何，也只好搜索枯肠，找出几句话来，交代一下。

就记忆所及，我读的第一本外国小说是林琴南译的《块肉余生述》，即《大卫·科波菲尔》，时年八岁。那文字当然是不大懂的，但现在还记得“大野沉沉如墨”“落英缤纷”等句子。后来在高中英语课本上读到大卫在去学校途中吃饭的一段，知道一点原文是什么样子。记得因为我们倒英文老师的台，那一课是我们的校长黄钰生先生亲自教的。后来又读全书，很喜欢书中的艾尼司，那善良的、总是为别人着想的女孩儿。再后来知道评论家认为这个人物很虚假，便为她抱不平。细想来，艾尼司有点中国妇女的味道，恬静、安详，内心却有坚韧的力量，把温柔的光辉洒向人间。这样的女性绝非虚假，只是太少了。狄更斯在这书的序中说，大卫·科波菲尔是他心灵深处得宠的孩子。这本书也是我的一个特殊的朋友。八岁时看不懂的，如书中描写的童工生活，负债而进监狱的情况，后来则深为其人道主义精神所感。人道主义精神是西方优秀文学中最根本的东西，源于普遍的同情心，大悲大悯。若无这同情心，只斤斤于一部分人的利益，当然也感动不了广大读者。

狄更斯以极大的同情心真实地写出了他所处的社会，有幻想，却没有粉饰。这样的书总有点讨人嫌。曾听一位英国朋友说，20世纪60年代初他听到一位中国青年说，伦敦街上躺着无家可归的人，说是狄更斯小说这样描写的。这位朋友很不悦，说现在的英国已不是狄更斯笔下的英国了。提起英国文学，应该有另一个代表人物来代替狄更斯，但是想了半天也没有想出来。

青年时代我最爱两位作家，陀思妥耶夫斯基和哈代。关于哈代，我在《他的心在荒原》这篇散文里说了许多。关于陀思妥耶夫斯基只写过一篇极简单的小文，还是20世纪50年代在文委宗教事务处工作时，似乎是国际上纪念陀氏，不知怎么写了一点，发表在《工人日报》上。我从初中到大学期间，不断读陀氏作品，《罪与罚》《被侮辱与被损害的》《白痴》《卡拉玛佐夫兄弟》，真是令人肝肠寸断！有很长时间，我们的评论认为陀氏是反动的，喜欢他的作品也至少是在感情的细流里有某种不健康因素，在一次次的思想改造中应该挖挖思想根源。记得起先是把一些“不健康”的思想感情归于小资产阶级，后来的说法是小资产阶级就是资产阶级，何必要那“小”字，应该统统打倒！我们的十字架造得那样多，发给读者和作者一同背负。鲁迅有一句话论及陀氏，原文记不清了，大意是陀氏在拷问人生的罪孽，一直拷问出罪孽底下灵魂深处的洁白来。真是深刻极了。现在的专家仍可指出陀氏的短处，但那拷问的精神是何等伟大！他把自己的灵魂和人生的罪孽一起放在炼狱中经受拷问。他书中的人物忍受侮辱和损害，忍受无穷的苦难，但他们的精神是丰富的，内心仍是倔强的。他们无法抵抗，但他们不是顺民！

据说贝娄同时也是陀氏专家，在大学讲授这一课，讲得十分精彩，我一直想看他的讲演文集，但像许多事想做却总做不成一样，不知何时能看到。

20 世纪 60 年代中期，“十年内乱”以前，批判经典著作风行一时，卡夫卡批判是一课题。当时，以卞之琳先生为首成立了一个小组，我是其中一员。卞先生指导我们读作品，并讨论过几次。提纲尚未拟出，“文化大革命”开始了，一切付诸东流。但是卡夫卡作品在我面前打开了文学的另一世界，使我大吃一惊！

有人说，卡夫卡始终是一个谜，一个禅宗的公案。其作品本身给予文学创作如后来的某些派别的具体影响且不必说，我从他那里得到的是一种抽象的，或说是原则性的影响。我吃惊于小说原来可以这样，更明白文学是创造。何谓创造？即创造出前所未有的世界，文字从你笔下开始，而其荒唐变幻，又是绝对的真实。在“文化大革命”中，许多人不是一觉醒来，就变成牛鬼蛇神了吗？

卡夫卡在一篇日记中说，他本想写狄更斯式的长篇小说，“只是用我取自时代的更强的烛照和我自身的微光来丰富它”。幸亏他“缺乏魄力和由于模仿所受到的教训”，才避免了。他说“每个人都是独特的”，“我从不知道常规是什么样的”。他尊重独特，强调独特，由此而常陷于绝望。

如果我们不能尊重、强调独特，至少应该承认它吧。尤其是文学作品，如果不是独特的，又有什么存在的必要？

小说以外，我还喜欢泰戈尔、济慈、狄金森的诗，莎士比亚的《麦克白》，易卜生的《培尔·金特》，还喜欢潘彼得和快乐王子，我还热爱安徒生童话。

奇怪的是，今年 7 月间我在洛杉矶迪士尼乐园的童话世界中，没有见到一个安徒生笔下的人物。是否没有像中文这样的英文译本之故？我很难想象。曾到处扬言要致函迪士尼乐园，建议为海的女儿辟一块地方，布置起来，一定比白雪公主、睡美人和阿丽丝的领地更吸引人，他们还可以多赚些钱。

可我总没有写这封信。

1989 年 11 月 29 日

原载《外国文学研究》1990 年第 1 期

说节制

——介绍《曼斯菲尔德短篇小说选》

蒲松龄纪念馆来人请父亲写几个字。父亲拟了一副对联：“鬼怪精灵书中人物；嬉笑怒骂笔底文章。”拟就后和我商量。我当时想，是否可再加几个字，在“书中人物”“笔底文章”之后来一番形容。于是想了“灿如锦”“利于刀”“呈异彩”“放奇光”等几种。但是文字一长，反而觉得内容少了。原来可以让读者自己去补充的都给限制住了——且不说这几个拟得都不好，估计想出好的也是一样。

蒲松龄的《聊斋志异》是短篇小说的高峰。他能以极精练的笔墨给读者一个蕴藏丰富的艺术世界。在他的纪念馆中留字，怎敢啰唆。《文心雕龙·熔裁篇》中说：“规范本体谓之熔，剪截浮词谓之裁。裁则芜秽不生，熔则纲领昭畅，譬绳墨之审分，斧斤之斫削矣。”一般作文如此，短篇小说更需如此，文字到了诗，则应是精练之至，而短篇小说应是和诗相通的。对联也是诗，能 16 个字打住就不要 22 个字。这就需要节制。

节制是一种美德。英国女小说家曼斯菲尔德在这方面很有功夫。

凯塞琳·曼斯菲尔德（1888—1923）是英籍新西兰人。她在短促的一生中写了88篇短篇小说，使得她的名字留在英国文学史上。在短篇小说发展中，她有特殊的贡献。另一位英国女小说家伊丽莎白·波温说："如果她（曼斯菲尔德）没有写东西，没有像她写过的那样写，则一种艺术形式还停留在襁褓之中。"第一次世界大战以后，价值的传统观念破坏了，意识形态需要革新。这时如果不是曼得到普列汉诺夫在《论个人在历史上的作用问题》里所说的那把宝剑（只在短篇小说领域里），也会有别人来做社会趋势需要人做的事。曼的幸运，是和她自己的努力、才具等分不开的。在短篇小说内容方面，她把看来微不足道的琐事写进小说，成为艺术品。在形式方面，"难道不是她第一个看出来短篇小说是反映一天的理想形式？"关于曼的小说，拙文《试论曼斯菲尔德的小说艺术》有较详讨论。这里只就"节制"这一点说几句，以介绍"20世纪外国文学丛书"中方平同志主编的《曼斯菲尔德短篇小说选》。

苏东坡说作文章要行其所当行，止其所当止。这是显而易见的道理，只是不易做到。怎能知何时当行，何处当止？有"感觉小说派"之称的曼斯菲尔德、波温等女士，说她们写短篇小说的过程是从"看见"开始的。每篇都有它自己的形式，小说随着形式出现，当行当止，浑然天成。这种"看见"的本事，实际是在不自觉中做了取舍熔裁。在不自觉中适当"节制"，可谓"从心所欲不逾矩"了。

曼斯菲尔德的节制功夫首先表现在内容的取舍熔裁上。她的作品中写到阶级压迫，就这一点，我以为她确比弗吉尼亚·伍尔芙和波温高一筹。可能因为她常为衣食愁，生活不安定，知道一点儿人间疾苦，便具有深厚的同情心。但她写得很有分寸，不随缰跑马跑到她不熟悉的领域中去。著名的《花园茶会》中萝拉明确提到讨厌阶级差别，写的也只是一个富家少女的感受和同情心，不去更多发挥。《一杯茶》《罗莎蓓儿惊梦记》《女主人的贴身女仆》都写了两种阶级贫富悬殊的生活。富家少妇罗丝玛利和贫穷少女史密斯、梦中和现实中的罗莎蓓儿、女主人和她的贴身女仆，都形成鲜明的对比。作者只是把这对比给人看，而自己不做评论，也不让书中人做评论。那贴身女仆还真心实意伺候主人，受害而不自知，更引人同情。《莫斯小姐的一天》（在《试论曼斯菲尔德的小说艺术》一文里译为《影坛》）写的是女低音歌唱演员求职无着，在饥饿线上挣扎，沦为妓女。这样惨痛的事，在曼笔下，仍然带有抒情调子，平静而有节制。等到读完最后一句，再一思索，才明白了这位歌唱演员的沦落，令人不寒而栗。

曼的节制功夫的另一方面，表现在结尾的处理。因为短篇小说要求结构谨严完整，结尾十分重要。欧·亨利善于用出人意料的结尾，形成了“欧·亨利式”，如一个嗓音优美的青年讲他的一段经历，似乎颇为缠绵，结果原来是在推销喉症药品。著名的《麦琪的礼物》结尾也是出人意料。曼斯菲尔德的结尾则常在意料中，整个篇章都在烘托酝酿这结尾，可结尾大都不用确切的文字，大都是不定式。《花园茶会》结尾，萝拉说：“人生是不是——”究竟是怎样，她和劳利都没有说，当然这确实很难说。她总是点到即止，让读者自己去完成那没有完成的部分。《陌生人》的结尾表面上是确定的：“须知他们永远不会再有只是两个人相聚的日子了。”可是那陌生人的死何以有这样的作用？死，在生之中的地位如何？全要读者自己去玩味。

我国有些讲文章作法的文章说，文章有豹尾和狗尾之分。如果认真学习文章作法便可以写小说，则小说家可以有大学毕业生的数字。不过豹尾狗尾的说法似有些意思，因为写东西要从头到尾都精彩很不容易。近见有文章论及我国长篇小说大都后半不如前半。我想这是才力、体力不够用之故。短篇小说照说可以一气呵成，从头到尾的完整是不可少的。可是能有满意的结尾也不容易，欲得豹尾实得狗尾者不鲜见。曼斯菲尔德身体不好，和肺病奋斗多年，以她的精神、体力，她应该在结尾显示出弱点。但是没有，她的小说几乎篇篇都是那样完整，而且还有一个曼式的独具风格的结尾。这当然是她呕尽心血，努力的结果。她在写完《在海湾》(这篇较长，本书未选)之后，自己说有好几个月都恢复不过来。人们常为她的才情和早逝惋惜，惋惜那永远没有出现的长篇巨著。其实她如果活得长，作品的量会有增加，质却不见得会有多大变化。她已经完成了她的使命。

曼的第三个在节制方面的特点是细节的选择。这是一句老生常谈了，曼的小说于此很突出。因为要在有限的章节中最恰当地表现出想表现的众多的东西，就必须选择最恰当有力的细节。她很少多费笔墨去形容人的外貌，只是点出几件衣饰，便把人物风神传达出来。如《花园茶会》中萝拉的那顶“缀有金色雏菊的黑帽子”;《幸福》中贝莎“穿一身白衣服，配上一串翡翠珠子，绿鞋绿袜”；在《莫斯小姐的一天》中莫斯小姐便全是一副谋求职业的打扮，“手戴一副白手套，脚蹬一双白帮鞋”。这些简单的描写，有力地烘托出人物的身份。

《莳萝泡菜》里有两个细节，对男主角的性格起了画龙点睛的作用。一个是六年前他和她在邱园，“他像个疯子似的对付着黄蜂——赶它们走，用他的草帽拍它们，认真和愤怒到了与那场合不相称的地步”。另一个是结尾，他和她不期而遇之后，她走了。他对侍者说：“那奶油没动过，请不要叫我付钱。”他知道自己心里“没有一个能容纳别人的角落”，他的行动也不能容纳别人。女主角的痛苦，便得到了根据。

曼小说中最有力量、最有启示性的一个细节，是《洋娃娃的房子》内的那盏灯。这是一盏照亮曼的全部创作的灯。女孩凯吉亚特别喜欢玩具房子里餐桌上的灯，可是她的姐姐并不注意。倒是穷人家的孩子小艾尔丝看见那盏灯后，“难得地笑了一笑”。曼斯菲尔德知道小艾尔丝和凯吉亚一样有看见这盏灯的能力。而小艾尔丝为了看这盏灯，受到种种不公平待遇，这就十分有力地揭示了社会的不合理。正因为有这盏灯，又有能看见灯的人，人生才是有希望的。

曼在节制方面的第四个特点是在文字上。她的文字十分简洁，读来如溪水琤瑽，有透明之感。据说她写作时经常朗读，要听起来顺耳才行。可见她在文字上下的功夫。如果一句话能表达，她绝不用两句。如果短一点的字能表达，她绝不用长的字。如果易识的字能表达，她绝不用艰僻的字。因为我们介绍的是已经变成方块字的曼的小说，就不必多讲她的原文。但是可以说，方平同志主持译选的本书译文上有很多妙笔，那实在是不容易做到的。

书后有方平撰写的谈曼斯菲尔德写作艺术的文章，对读曼的小说很有帮助。近见“企鹅丛书”新出版的文学名著除一篇详尽的序外，都附有作家年表，觉得很好。不知“20世纪外国文学丛书”是否也可取此法。年表比小传明白易读。

曼斯菲尔德逝世五十年来，人们对她的兴趣始终不衰。今年《泰晤士报》1 月 13 日文学增刊有文章介绍曼斯菲尔德短篇小说的两种选本，一是由她的丈夫约翰·米德顿·莫瑞编选，一是克莱尔·托马林编选。还有莫瑞编的曼斯菲尔德日记。文章说："读 1927 年版莫瑞编辑的曼斯菲尔德日记，再读'人人丛书'新出的托马林选的曼的小说，简直是做成和破除文学神话的一课。许多年来，莫瑞的凯塞琳是一个娇弱的天才，因意识到死亡的逼近，而加紧对真理的追求。托马林的凯塞琳则是一个顽强的、冒险的、幽默的、敏锐的殖民地女郎，对别人和自己一样严刻。这两种形象间横着半个世纪的选本、评论、传记、回忆和无休止的争论。"我一向不赞成西方评论界对作家本人的过于琐细的研究，有时他们对作家本人的兴趣似乎超过了对他作品的兴趣。对弗吉尼亚·伍尔芙的研究便有这种倾向，对曼斯菲尔德有时也不免如此。曼的艺术气息极浓的生活和她作品的抒情的纯净的风格似乎不甚统一。但我想作家若离开作品，便不存在。应该多从作品看作家，少从作家看作品，一切要以作品为主。一部作品的流传，在于它自己的艺术价值，艺术价值的形成有各种各样的因素。我以为，节制的功夫是曼斯菲尔德小说艺术风格的一个重要形成因素。

近来常想到长篇小说的一些问题，以为长篇和短篇有根本不同处。郑板桥认为文章以沉着痛快为最，一味讲文章不可说破不宜道尽是不对的，但"若绝句诗、小令词则必以意外言外取胜矣"，沉着痛快是长篇"掀天揭地之文，呵神骂鬼之谈"的要求。意外言外是短篇可以使自己更丰富的办法；长篇的沉着痛快绝非冗长拖沓，还是要行其所当行，止其所当止。可以说，有其内在的节制，不过表现可能不同罢了。我国文化素来主张节制，讲究中和，哀而不伤，乐而不淫，有的似乎已成为一种限制，应该突破。但在小说艺术——也许是在一切艺术，我还是说，节制是一种美德。

《曼斯菲尔德短篇小说选》值得一读的原因，当然不只在这一个方面。读过后，也许每个人的收获是不一样的。

1984 年 7 月上旬

原载《读书》1984 年第 10 期

说虚构

1947 年，我写的第一篇小说，刊登在天津《大公报》上，内容是编造的爱情故事。现在这篇小说找不到了，它的价值不大，并不让人太遗憾。有趣的是这篇小说的题目，可以提一提。这题目用的是法文，《A.K.C.》。当时我正在上大学，法文是我的第二外国语。

“A.K.C.”是法文 casser 的谐音，意思是打碎它。小说中男主角送给女主角一件瓷器，上面刻着“A.K.C.”，但是女主角舍不得打碎它，就没有得到藏在其中吐露真情的信。两人错过了，成为终身之恨。

如果我编短篇小说集，列出目录，第一行出现的会是法文。

小说给读者带来的艺术世界是无可比拟的，不可替代的。电影电视的艺术世界是由视觉、听觉固定了的，不像文学作品，通过文字，为读者鼓起想象的翅膀。譬如中国最伟大的小说《红楼梦》中的人物，每个读者心中都有一个版本，若固定在一个演员身上，是很难让人觉得像自己心中那一个的。小说永远会有人读，写小说的人永远会有事干，不至于失业。

不过似乎存在这样的现实：小说愈来愈难写了。读者的要求愈来愈高。许多人觉得与其看那些胡编乱造的小说，不如看纪实的文学，还可以多得些东西。小说得有虚构，创造出不同于现实世界的艺术世界。便是这虚构，实在很难。

一位英国评论家说小说是蒸馏过的人生，形象地说明了小说从生活里来，而又不是原样照搬，是经过艺术加工得出的人生的精髓。我们大概都有这样的经验，即写纪实的文学比写小说容易（当然写纪实文学需要的本事我很佩服，如采访）。虚构不是凭空乱编，而是很难很难的创造。写五千字的纪实文学，可能要五万字的材料，经过取舍剪裁得出。写五千字的小说，就不止需要五万字，便是五十万字也不行的。它需要用一个人毕生的经验、知识、见解把要写的一点儿东西搅拌、熬煎、锤炼，再团再炼再调和，然后虚构出五千字来。虚构需要基础，要有生活的源泉，有这源泉，才能蒸馏。《红楼梦》里贾宝玉看见一间屋子里挂着这样的对联："世事洞明皆学问；人情练达即文章。"连说这屋子住不得，以为世事洞明人情练达是俗不可耐的事。我一直以为若写小说，倒是很需要这两句话，这是对社会对人生的了解。对社会对人生有深刻的了解，才有生活的源泉。虚构的第一要义，其来源，恰恰不是虚构，而是现实人生。

无论哪个国家的小说，都是从简单的形式逐渐发展的。中国小说最初离不开神话。汉代有神仙传之类的作品，六朝有志怪小说，记叙鬼神奇闻逸事，都很简短，不过把听到的事记下来罢了。唐代兴起传奇，则开始有意识地作小说，也就是不只记录，而有作者的虚构。宋元话本，深入街巷，影响很大。在这基础上，明清人情世态小说发展起来，蔚为大观，创造出虚构的艺术世界。如果没有以前小说的变迁和发展，就不会有后来小说的世界。曾有一个笑话，说一个人吃馒头，吃了一个不饱，又吃了一个还不饱，吃了第三个，觉得饱了，就后悔说，早知道吃第三个能饱，前两个就不吃了。文化是一条源远流长的河，是不能割断的。我们现在写小说，也必须从世界文化——特别是自己祖国的文化取得滋养。只有生活是不够的。现实生活是无字天书，文化修养是有字人书，缺一不可。

虚构从有字人书中得到什么？我想所得可分为实和虚两方面。就实的方面说，读书得到知识。人不可能有那么多的直接经验，从书本可得间接经验。书本知识不可能成为创作的材料（我信奉生活是创作的唯一源泉这句话），却能够激发联想。唐人李公佐著小说《李汤》，写淮涡水神无支祈是一猴状怪兽，鲁迅认为孙悟空是从无支祈而来。可以想象《西游记》作者知道有这一猿猴形象，受到启发，然后赋予它唐僧大徒弟——人的性格，齐天大圣——神的本领。无支祈就是那前面的两个馒头。就虚的方面说，读书能帮助作者提高蒸馏人生的技术。各种写法可以借鉴，这和从零开始是不一样的。

20世纪50年代始，我们很害怕前面的馒头，总是拿了放大镜要找出它们的毒素。到后来就把世界文化统统批倒，特别是和我们自己的文化分了家，使我们的文学受害最大。我们本有几千年文明，思想宝库，人物画廊，取之不尽，用之不竭，可是硬使自己变得两手空空，成为一无所有、缺少根基的流浪汉。想只吃第三个馒头就饱是不可能的，于是只好处于饥饿状态。

现在年轻的作者们大概没有人再拒绝文化的滋养了。有字人书和无字天书这两本大书，应该两手抓，两手都要硬！

这些关于虚构的要求，也是文学创作的一般条件，老生常谈。虚构需要的另一条件，那是一只打火匣。安徒生有一个童话，说一个兵得到一只打火匣，一擦火，可以得到想要的一切。每一个作者都天生带着这打火匣，其中最主要的是丰富的想象力。有想象力，才能虚构，才能创造。如果作者本人没有想象力，无支祈也引发不出孙悟空。小说的世界是虚构的世界，也可以说是想象的世界。在想象活动中，需要能够设身处地。作者愈是能设身处地，悲书中人之悲，喜书中人之喜，则其描绘愈能动人。小说通过人物活动、事件发生等给我们描绘的世界看来是已知，实际更重要的是未知，又用作者自己那个独特的打火匣照亮人生未知中的可知。过去写小说有人提出八个字的要求："情理之中，意料之外。"意料之外说的是不落俗套，情理之中说的是依照生活的规律。从已知到未知而揭示可知，必然落实到生活的基础上。

小说的虚构可以写一本书，不过我觉得说怎样虚构比做更难。我情愿具体地蒸馏人生，而把论说怎样蒸馏留给更聪明的人。

1994 年 4 月中旬

原载《读书》1994 年第 10 期，编者改题为《虚构，实在很难》

书前书后

未解的结

——《丁香结》代后记

散文之妙，一曰散，二曰文。散者如行云流水、信手拈来，行其所当行，止其所当止。所以写景状物抒怀发议皆可独立成篇，各有情趣。文与野相对，见有人为使意义明确，称之为美文。必有美文才有散文，故散文格外要求语言的功夫。美文不在辞藻，如美人不在衣饰，而在天真烂漫舒卷自然之中，匠心存矣。

说了几年要编一本散文集，迟至今日才整理出来。内容没有因时间拖延而丰富，种类倒是繁多。占篇幅最多的是游记，另有抒情纪事杂感等文字，有一组以游记形式介绍文学知识，姑名之曰文学散文。集里有议论，还算不得议论文，能把议论写成好文章，古则有之，今不多见。这是自己宽解的借口。

常写游记的原因在喜欢旅行，喜欢与山水相亲。山水于我是朋友，是知音，给我灵气和想象，却限于体力，浅尝辄止者多。苏辙曾云："太史公行天下，周览四海名山大川，与燕赵间豪俊交游，故其文疏荡有奇气。”名山大川一句是向自然，我足迹有限；与豪俊交游一句是向社会，我更感欠缺。统而言之是要有阅历，枯坐斗室，未免干瘪。二寸象牙上的雕刻不管怎样精细，总觉拘束，何况只是粗粗有个模样儿呢。

集子以篇命名，曰《丁香结》。我虽孤陋，尚知生活中多的是难解的结，也许有些是永远解不开的，不过总会有人接着去解。

《丁香结》所收文字原截至1985年底，于1987年春排印时又收入1986年所写的两篇。1981年至1986年之散文统归于此矣。

1987年4月14日

原载《丁香结》，百花文艺出版社1987年4月

《宗璞儿童文学作品精选》自序

在儿童文学领域中，我是一名不合格的作者。只因为写了几篇童话，也便冒了虚名。我自幼爱读童话，这兴趣一直保持至今，安徒生、格林、豪夫等人创造的奇幻世界使现实世界丰富了许多。

因为爱读，有时心中有些意思，便以童话形式出之，成为作者。无论读或写，就童话来说，都需要一点童心。我国明代思想家李贽发展庄子“法天贵真”的思想，提出“童心说”。他说：“童子者，人之初也；童心者，心之初也。”希望“护此童心使其勿失”，以为童心就是真心，是绝假存真，最初一念之本心。有童心，才有艺术，才有美。“天下之至文未有不出于童心者也。”若说童心就是真心，也可以说是成人具有的真性情。没有真性情，写不出好文章，这是一句大白话的至理名言。

童心有一个特点是富于想象力。孩子对生物、非生物的界限不是很清楚，在他的心目中，玩具无疑是有生命的，和他是平等的，所以孩子能专心致志地和玩具玩耍。一个成人若也那样专心致志，势必有些问题了。富于想象的童心是童话的核心。想象的世界飞出现实的藩篱，使读者变得纯真、清净。而童话又是成人创作的，在美好的想象中往往寓有人生深沉的经验和哲理。如《海的女儿》中小人鱼对爱情的执着，催人泪下；又如《潘彼得》一书中那永远长不大的孩子潘彼得，他生活的地方习惯译作“绝域”，若直译出来是“永不会有的地方”。没有人不长大，只有童话中的孩子长留在“人之初”的阶段，他只好居住在“永不会有的地方”。这里有着对人生的怅惘和对生活的珍惜，年纪愈长，愈能从中读出道理。

我还以为，童话应该以美的语言出之，不只有故事，且要有意境，有文字本身的魅力。在中学英文课本中初读王尔德的《快乐王子》，不仅为快乐王子的善良的心震撼，也为王尔德的美的语言所吸引。“燕子，燕子，小燕子！”真是可以打着拍子来读。《阿丽思漫游奇境记》的语言简练有趣，霍桑的《奇异的书》则有些沉重。《西游记》的语言极传神，如悟空和八戒的对话，都是可以朗读的，其中不重要角色的名字也具童心，如“心腹小校一名，有来有去”，读过便不会忘记。我国前辈作家张天翼为儿童写的书，语言也是很有特色的。语言的作用，无疑会增加童话的魅力。

说许多“应该”没有用，最重要的是写。我曾发愿每年写一篇童话，看来已是做不到了。这里收集的19篇，只有《七扇旧窗》是近作，不要问它究竟写什么。我只能说，得到什么，便是什么。

《鲁鲁》是一篇小说。因知有的小学一直把它作为语文教材，想来儿童也是爱读的，因为他们对动物也抱有平等之心。有人问，为什么《鲁鲁》不是童话而是小说？我自己一直也不明白，只觉童话和小说这两种形式，在写作时的心境是很不一样的，乃直觉地定它为小说。近来忽然明白了些，那是因为，鲁鲁的所作所为，虽有夸张，基本上是真实的，只是我替他写出了他的想法，或是我代他想出了他的想法。我相信这些想法也是真实的。这种虚构和童话的幻想属于两种范畴。亲爱的鲁鲁，我说的可对吗?

散文和诗，在这里颇有凑数的嫌疑。编者认为它们或率真地亲近自然的精魂，或有节奏地斟出文化的乳汁，对小读者有意义。我想读者也会从中看出童心，和别的作品是和谐一致的。一起作为一本儿童文学作品选集，也还说得过去吧。

作为儿童文学领域的名不副实的作者，似乎该做些努力，而且我一直认为这一事业是极神圣的。但我已没有资格再发出豪言壮语，只希望有更多的新作者出现，让孩子们读到更好的书。

1996 年 7 月 25 日初稿　下旬改定

原载《宗璞儿童文学作品精选》，河北少年儿童出版社

1998 年 8 月

岁暮感怀

——《未解的结》代序

又是一年岁暮。以前总是感慨日子过得太快，现在似乎连感慨也来不及了，也就少了感慨。

不过天天总会发生新的事，也不免有少许感想。约在 11 月间，香港城市大学一位女士来电话，她是英国翻译家卜拉德的秘书。卜拉德正在翻译一系列散文，从中国古代一直到现代，其中选了我的《废墟的召唤》。她打电话，一为取得同意；再是因为有两处不甚明白，希望我讲一讲确切的意思。我当时就表示很赞赏译者的认真。12 月初，卜拉德应北大英语系邀请来访。他打电话来，说这一天上午要到圆明园，下午要来看我。他到我家坐定不久，便拿出《废墟的召唤》复印件，说要进行考试。这时，我才恍然大悟，他到圆明园是为了翻译这篇文章。他在废墟做了实地考察，又研究了方外观、远瀛观等名字，还特地去看了文中提到的遗址桥。我忍不住说："你真让我肃然起敬。"谈话间，说起我的写作过程，不免对自己也肃然起敬。写两千字，费时两周，三次去到冬日的圆明园，在那停泊的大船上行走。残坏的石基、柱、墙之间闪动着古代的幻影，自然景色和怀古幽思的最初撞击之后，我一次又一次地捕捉自己的思想，使我的笔变得沉重曲折。当然，这是笨人的办法。翻译这篇文章是不容易的，遇到这样的译者也是一种幸运。他提出的问题，每一个都可以讲出几层意思，我顺利地通过了考试。

认真，在我们各行各业中间，似乎已经成了一种奢侈品了。东拉西扯便是一篇文，东拼西凑便是一本书。真都不认，何来善、美？我有时累不过，便想文章少看几遍，字句少改几行，也无伤大雅。我是在走下坡路了。

几乎已经被我遗忘的废墟又在召唤，要上坡，要上坡！

近年少写散文，却还要出一个集子，可以想见大都是旧作，实在惭愧。感谢何镇邦同志编选此书，他说这样做值得。我有些怀疑，也还是照做。

新年慢慢靠近了，我希望在新的一年里，自己能做得好一些；也希望在新的一年里，天下人都能过得好一些。

1998年12月30日

原载《未解的结》，辽宁人民出版社2000年1月

《南渡记》后记

这两年的日子是在挣扎中度过的。

一个只能向病余讨生活的人，又从无倚马之才、如椽之笔，立志写这部长篇小说《野葫芦引》，实乃自不量力，只该在挣扎中度日。

挣扎主要是在“野葫芦”与现实世界之间。写东西需要全神贯注，最好沉浸在“野葫芦”中，忘记现实世界。这是大实话，却不容易做到。我可以尽量压缩生活内容，却不能不尽上奉高堂、下抚后代之责。又因文思迟钝，长时期处于创作状态，实吃不消，有时一歇许久。这样，总是从“野葫芦”中给拉出来，常感被分割之痛苦，惶惑不安。总觉得对不起那一段历史，对不起书中人物；又因专注书中人物而忽略了现实人物，疏亲慢友，心不在焉，许多事处理不当，亦感歉疚。两年间，很少有怡悦自得的时候。

别的挣扎不必说了，要说的是：我深深感谢关心这部书、热情相助的父执、亲友，若无他们的宝贵指点，这段历史仍是在孩童的眼光中，不可能清晰起来。也深深感谢我所在单位中国社会科学院外国文学研究所的理解和支持，否则，还不知要增加多少挣扎。

小说第一、二章以“方壶流萤”“泪洒方壶”为题在《人民文学》1987年五、六月号连续发表。当时为这部小说拟名为《双城鸿雪记》，不少朋友不喜此名，因改为《野葫芦引》。这是最初构思此书时想到的题目。事情常常绕个圈又回来。葫芦里不知装的什么药，何况是野葫芦，更何况不过是“引”。

又一年年尽岁除，《野葫芦引》第一卷《南渡记》终于有了个稿子。不过想到才只完成四分之一，这四分之一也许竟是浪费纸张和编者、读者精力的祸端，又不免沉重。

不管怎样，只能继续挣扎上前。

1987年12月26日

原载《南渡记》(《野葫芦引》第一卷)，人民文学出版社
1988年9月

《东藏记》后记

在蝉声聒噪中，《东藏记》终于脱稿。

《东藏记》是《野葫芦引》的第二卷。写作的时间拖得太长了，差不多有七年之久，实际上是停的时间多，写的时间少。至于书中人物在我头脑中活动的时间，就无法算计了。1988 年，《野葫芦引》第一卷《南渡记》问世以后，我全部的精力用于侍奉老父，可是用尽心力也无法阻挡死别。1990 年父亲去世，接着来的是我自己一场重病。记得 1991 年下半年，写《三松堂断忆》时，还是十分不支。1993 年先试着写了几个短篇，下半年开始写《东藏记》。1995 年发表了第一、二章（载《收获》1995 年第三期），1996 年写了第三、四章，1997 年又是一场病，直到现在病魔也没有完全放过我。但是我且战且行，写写停停，停停写写，终于完成了这部书。

从 1996 年起，目疾逐渐加重，做过几次手术。现在虽未失明，却不能阅读，这两年写作全凭口授。再加上疾病的袭击，外界的干扰，我几次觉得自己已无力继续，但又不能甘心。亲友们分为两派，一派从我的健康出发，劝我搁笔。一派偏爱《南渡记》，认为不写完太可惜。他们说：“你不能停，写下去是你的责任。”

是的，写下去是我的责任。

我写得很苦，实在很不潇洒。但即使写得泪流满面，内心总有一种创造的快乐。我与病痛和干扰周旋，有时能写，有时不能写，却总没有离开书中人物。一点一滴，一字一句，终于酿成了野葫芦中的一瓢汁液。

在写作的过程中，曾和许多抗战时在昆明的亲友谈话，是他们热心地提供了花粉。他们中有些长者已经离去。我对他们深怀感谢。我希望，我所酿造的可以对得起花粉，对得起那段历史。我也参考一些史料，当然我写的不是历史而是小说，虽然人物的命运离不开客观环境，毕竟是“真事隐去”的“假语村言”。我还是那句话，小说只不过是小说。

近年来，外子蔡仲德是我任何文字的第一读者。堂姐冯钟芸教授曾读过全部《南渡记》原稿，又读了《东藏记》前五章，细心地提出意见。本书的责任编辑人民文学出版社杨柳女士以极大的关心和耐心守候着这部书，这样的编辑不多见了。

记得写《南渡记》后记时是在严冬，现在正值酷暑。此卷虽完，还有《西征记》《北归记》，也许还有别的什么记，不知又需要多少酷暑严冬。路还长着呢，只不知命有多长。

2000年7月24日

距第六个本命年生辰前二日，时荷花盛开

原载《东藏记》(《野葫芦引》第二卷)，人民文学出版社

2001年4月

《西征记》后记

2001年春，《东藏记》出版后，我开始写《西征记》。在心中描画了几个月，总觉得很虚。到秋天一场大祸临头，便把它放下了。

夫君蔡仲德那年9月底患病，我们经过两年多的奋战，还是没有能留住他。2004年春，仲德到火星去了。

仲德曾说，他退休了就帮我写作。我们有一张同坐在电脑前的照片——两个白发老人沉浸在创造的世界里。这张照片记录了我们短暂的文字合作。它成为一个梦，一个永远逝去的梦。

2005年下半年，我又开始"西征"，在天地之间，踽踽独行。经过了书里书外的大小事件，我没有后退。写这一卷书，最大的困难是写战争。我经历过战争的灾难，但没有亲身打过仗。凭借材料，不会写成报道吗？

困惑之余，澹台玮、孟灵己年轻的身影给了我启发。材料是死的，而人是活的。用人物统领材料，将材料化解，再团再炼再调和，就会产生新东西。掌握炼丹真火的是人物，而不是事件。书中人物的喜怒哀乐烛照全书，一切就会活起来了。我不知道自己能做到什么程度，只有诚心诚意地拜托书中人物。他们已伴我二十余年，是老朋友了。

我惊讶地发现，这些老朋友很奇怪，随着书的发展，他们越来越独立，长成的模样有些竟不是我原来设计的。可以说是我的笔随着人物而走，而不是人物随着我的笔走。当然，并不是所有的人物都这样，也只在一定程度内。最初写《南渡记》时，我为人物写小传。后来因自己不能写字，只在心中默记。人物似乎胆大起来，照他们自己的意思行事。他们总是越长越好，不容易学坏。想想很有趣。

《西征记》有一个书外总提调，就是我的胞兄冯钟辽。1943 年，他是西南联大机械系二年级学生，志愿参加远征军，任翻译官。如果没有他的亲身经历和不厌其烦的讲述，我写不出《西征记》这本书。

另外，我访问了不止一位从军学子和军界有关人士，感谢他们从不同的角度给予我许多故事和感受。有时个人的认识实在只是表面，需要磨砖对缝，才能和历史接头。

1988 年，我独自到腾冲去，想看看那里的人和自然，没有计划向陌生人采访，只是看看。人说宗璞代书中角色奔赴滇西。我去了国殇墓园，看见一眼望不到头的墓碑，不禁悲从中来，在那里哭了一场。在滇西大战中英勇抗争的中华儿女，正是这本书的主要创造者，他们的英灵在那里流连。“驱敌寇半壁江山囫囵挑，扫狼烟满地萧索春回照，泱泱大国升地表。”《西尾》这几句词，正是我希望表现的一种整体精神。我似乎在腾冲的山水间看见了。

二十年后，我才完成这本书。也是对历史的一个交代。

如果我能再做旅行，我会把又是火山又是温泉的自然环境融进去，把奇丽特异的民俗再多写些。也许那是太贪心了。完成的工作总会有遗憾的。

仲德从来是我的第一读者，现在我怎样能把文稿交到他的手里呢？有那一段经历的人有些已谢世，堂姐冯钟芸永不能再为我看稿。存者也大都老迈，目力欠佳。我忽然悟到一个道理，书更多是给后来人看的。希望他们能够看明白，做书中人的朋友。当然，这要看书中人自己是否有生命力，在时间的长河中，能漂流多久。

必须着重感谢的仍是责编杨柳，她不只是《野葫芦引》的责编，现在还是我其他作品的第一读者，不断给我有益的意见和帮助。如果没有她，还不知更有多少困难。

《南渡记》脱稿在严冬。《东藏记》成书在酷暑。《西征记》今年夏天已经完成全貌，到现在也不知是第几遍文稿了。但仍一段一段、一句一句增添或减去。我太笨了，只能用这种滚雪球的方式。我有时下决心，再不想它了，但很快又冒出新的意思，刹不住车。这本书终于慢慢丰满光亮起来（相对它最初的面貌而言），成为现在的《西征记》。时为2008年12月冬至前二日。

待到春天来临，我将转向“北归”。那又会是怎样的旅程？

2008年12月31日

原载《西征记》(《野葫芦引》第三卷)，人民文学出版社

2010年5月

《北归记》后记

这一部书完全是在和疾病斗争中完成的。尤其是写后一半时，我已患过一次脑溢血。走到忘川旁边，小鬼一不留神，我又回来了。上天垂怜，我没有痴呆。虽然淹缠病榻，还是躺一会儿，坐一会儿，写一会儿，每天写作的时间很少。我时常和责编、我三十年多年来的老战友杨柳讨论，杨柳对我已经退化的智力时予提携。又有联大附中老同学，少年儿童出版社编审段成鹏提意见，终于完成了《北归记》。我有些高兴，但仍不轻松。南渡，东藏，西征，北归，人们回到了故土，却没有找到昔日的旧家园。生活在继续，我也必须继续，希望上天留给我足够的时间，完成这个继续。

请看下一部《接引葫芦》。

2017 年 11 月小雪前一日，多次重读文稿后

原载《北归记·接引葫芦》(《野葫芦引》第四卷·末卷)，

中和出版社 2018 年 8 月

《野葫芦引》全书后记

冯友兰说："人必须说了许多话，然后归于缄默。"我现在是归于缄默的时候了，但是要做两种告别。

一是告别我经过的和我写的时代。父母亲把孩子养大，好像重新活了一次，写一部书也是重新活了一次。因为不是自传，所以更难。本来，《野葫芦引》全书计划为四部，但写完《北归记》，觉得时代的大转折并没有完，人物命运的大转折也没有完。所以，还有一部《接引葫芦》，《接引葫芦》和《野葫芦引》是一个整体。

二是告别书中的人物，他们都是我熟悉的人，但又是完全崭新的人，是我"再团""再炼""再调和"创作的人。我把自己的生命送给了他们，我不知道我的贞元之气能不能让他们活起来，能活多久，我尽力了。

在这部书里，我写了三代人，分布在各个学科。是我的长辈、准兄弟姊妹和朋友们告诉我许多生活经验，并各方面的知识。我就像一只工蜂，是大家的心血让我酿出蜜来。感谢所有帮助过我的人。

书其实是大家的，感谢是说不尽的。

还要感谢亲爱的读者，他们告诉我，他们和书一起长大。他们鼓励我，加油！加油！我觉得自己像被拥拖着，可以不断向前。希望所有的人，书中的、书外的，都快乐地勇敢地活下去。

百年来，中国人一直在十字路口奋斗。一直以为进步了，其实是绕了一个圈。需要奋斗的事还很多，要走的路还很长。而我，要告别了。

2017 年 9 月 14 日初稿成

2017 年 12 月 12 日改定

2018 年 5 月 14 日最终改定

原载《北归记 · 接引葫芦》(《野葫芦引》第四卷 · 末卷)，

中和出版社 2018 年 8 月

《晚年随笔》序

梅祖彦先生和我们永别了，他留下了教书育人等业绩，在著述方面有水利机械的专著，也留下了这部《晚年随笔》。从这部遗作，我们看到了一个正直的爱国知识分子的一生，也使我想起许多往事。

20 世纪 30 年代，清华园工字厅西南侧有三栋房屋，称为甲乙丙三所。丙所换了好几位主人，甲所是梅贻琦校长住宅，我家长期住在乙所。我的哥哥钟辽和祖彦同岁，祖彦的妹妹祖芬和我同岁。两组人水平不同，不常在一起玩。只记得有一次，不知做什么游戏，大家扛着竹竿从工字厅东侧的小山上排着队往下走，很有点雄赳赳气昂昂的意思，这大概就是两位兄长日后从军的伏线。

抗战时期大家在昆明。20 世纪 40 年代初我的父母去重庆成都一带，我和弟弟钟越在梅家寄居半年有余，都是梅伯母照顾，我又常常生病，梅伯母真是费尽了心。我们姐弟和祖芬一个房间，梅家的三个姐姐反而无处住，晚上只好到南院女生宿舍去。房间里并排三张小床，床上的蚊帐是祖彦的劳动，他拿着锤子、钉子敲一阵，使我们免受蚊虫骚扰。祖彦肯于助人，对自己要求很严。有一次吃鸡蛋，每人分得半个，要给正患感冒的祖彦一个，他怎么也不肯吃。梅伯母说，这孩子就是这样，绝不自己娇自己。

祖彦的一生有几件大事，他都有专文记载。1943 年下半年到 1944 年秋，正在反法西斯战争后期，中国在云南西部开展了极为艰苦的反攻，把盘踞在滇西一带的日寇全部消灭，这是一次伟大的胜利。祖彦经历了这一战役的全过程。当时征调四年级同学做翻译，祖彦是二年级，在一次动员大会后他立刻报名做志愿人员。他的两个姐姐祖彤、祖杉也同时作为志愿人员报名参军。因为招收女兵的计划有变，祖杉未去，祖彤则参加了国际救护组织，为抗战效力。祖彦从军后，在领导部门做翻译工作，有时也到前线，经历了滇西特殊战场的磨炼。这在《军事翻译员经历追忆》一文中有详细的记载。

他的另一件大事是 1954 年从美国回国。这是一个爱国青年的选择。我父亲曾说："祖彦的难得就在于他的一家都在美国，他又是家中的独子，却能坚决回来。"他需要怎样的割舍和决裂！那时回国并不是买张机票就可以了，而是要冲破重重阻碍，必须有坚定的决心，才能做到。他回国后再也没有见到自己的父亲，直到三十四年以后，才在台湾梅园献上一束迟到的鲜花。我曾问过他，当时怎么会有那样的决心？他的回答不很具体。他是向着一个理想走的，他对理想的认识并不深，但是我想，年轻人有理想本身就是非常美好的了不起的事。

我本来不知道祖彦在本行以内的成绩，读完这本书，知道他在水利机械方面很有贡献。他不只做教学工作，还参加水电站的实际设计工作。他参加了密云水库的建设，当时实行"三边工程"（边勘测、边设计、边施工），施工员坐等设计，图纸画好，拿起就走，还喊着“刚出笼的”。施工以后，再不惮其烦地改，好像做衣服改纸样一样，我们的建设对人力物力的浪费实在惊人。祖彦是以全身心投入他的专业的，因为英语好，他在专业的国际交流方面做了大量工作，他一点儿不轻视翻译。他尤其注意得到外面的新鲜信息，参加了很多国际会议。

祖彦还有另外一个值得敬重的方面，那就是他在担任政协委员、人大代表期间，很认真地做工作，他把这些当作工作而不是当作一个荣誉的头衔。他在《晚年随笔》中写道：“现在一般群众衡量人民代表是否称职，只能凭其已有的知名度，而无法了解其政治见解，以至社会上有的代表也认为当个人民代表只是一种荣誉，而对代表的责任和义务没有深刻认识。”能够认真地把人大代表当作一件工作来做，不是人人都能做到的。祖彦对人大代表制度还提出了一些建议，特别是关于选举。但能起到多少作用就很难说了。

《晚年随笔》中还有一段话，说美国做过一个调查，社会上只要有百分之七的人努力工作，社会就会进步。而他常常对自己的学生说，希望他们成为百分之七中的一个。祖彦以他认真的劳动、不懈的努力，尽他作为社会一分子的职责。他关心社会，热心公益，就在今年他第一次住进医院时，还在惦记怎样处理一本写西南联大的不实之书。

《晚年随笔》记下的这些事，从各个方面都可以归结到爱国。他从军是要保卫自己的国家，他回国是要建设自己的国家，总的来说都是爱国。这里说的爱国不是指政权，而是爱自己生长的土地，爱自己赖以滋润精神的文化，爱我们深厚的历史，爱那注入了自己理想的未来。真正爱自己国家的人也会爱世界，这是一种非常美好的感情。他是社会里一个健康的细胞，我们很需要这样的细胞。

《晚年随笔》即将出版，祖彦夫人刘自强和梅二姐祖彤命我为序。我也许是不称职的，我的了解毕竟很少，但我愿意说几句话。人去了，一切终难再现。梅祖彦，作为一个正直的爱国知识分子，他的精神将会传之久远。

2003 年 7 月上旬

原载《文汇报》2003 年 9 月 14 日

《冯友兰集》序

这里是我的父亲冯友兰先生的一部分演讲、论文和著作摘录。无论是讨论民主政治，或是探求人生意义，都是从中国哲学的角度出发。他一直在汲取中国哲学中对当前生活有用的东西。本集中最早的一篇论文《中国为什么没有科学》发表在八十多年前，现在读来还觉新鲜。“阐旧邦以辅新命”是他一生都在努力做的。

冯先生既是哲学史家，也是哲学家。他研究哲学史主张“照着讲”，就是说要照着古人的意思讲，把古人的意思清楚地传达出来，可以使它更清楚明白、易于了解，却必须是它的本意。在哲学创作方面，他提出“接着讲”，就是说他的哲学创作是接着传统讲的，不是凭空制造的。文化本来就是一种有选择的积累，必须在楼层上建造，才能更上一层楼。如果不分朽木、良材，就建不起辉煌的殿堂；如果否定传统，否认根基和由来，岂非要重回蛮荒时代？

冯先生不只是为哲学而生，也是为教育而生。他在教育事业上的贡献，可以算作是他的“事功”。有人说，他在西南联大时是“领导决策层的重要成员，学问研究层的显赫教授，社会交往中的活跃人物”。应该说，这不只概括了他在西南联大的生活，也是1949年之前他在大学工作的写照。他自赴美深造归国以后，直到告别这个世界，从未离开大学教育岗位；除了某个特定阶段，也从未离开过讲台。

本书中有一篇《中国哲学和民主政治》，这也是经过半个多世纪仍然充满活力的一篇文章。他提出民主的四个条件：第一，要有“人是人”的认识。人是有独立人格、自由意志的，不能成为他人的工具；驱使别人、让别人成为自己的工具是不道德的行为。第二，对一切事物都应有多元论的看法，不能执一见而概括一切。儒家特别重视“和”，“和”就必须有异，把各种“异”调和起来就是“和”；五味俱全，八音齐奏，可以得到“和”；如果只有一种的味、一样的音，就只是“同”不是“和”了。第三，要有超越感，不能以自己的观点权衡其他的一切，互容相让，才能有民主的可能。第四，要有幽默感，对任何不如意的事都能一笑置之，这样才容得各种不同意见。文中所谈民主的四个条件，也是对生活的一种态度。

父亲是有这样的胸襟的，也许是到了廓然大公的境界，所以他能度过常人所不能忍受的艰难坎坷。一位哲学界人士回忆说，有一次开会，所有的人都批评冯先生，中午休息时，他踌躇着想去安慰几句，不想冯先生已经靠在沙发上照常午休，安然入睡。他觉得常人真难以做到。母亲曾对我说，“十年内乱”开始时，父亲被批斗，回来后略事休息，坦然平静地对她说：咱们吃饭吧。而母亲一点儿也吃不下。批冯的人很多，有时并不讲理，父亲从不计较，在家里从未说过哪个人不好，只笼统地说他们也是为形势所迫。父亲是这样宽容，事事为别人着想，这都是中国哲学给他的力量。

父亲的趣味很广泛，对文学艺术有许多见解。他告诉我，昆曲音乐中直起直落的变化，称为“方笔”；北京城里钟楼和鼓楼的气韵不同。他讲过，一位朋友看晚年程砚秋的演出，程一出台，甚显胖大，这位朋友“哎呀”了一声，心想：这怎么受得了！听了几句之后，觉得完全受得了，再听再看，觉得很愿意“受”。这里没有直接称赞程氏的表演艺术，却让人感到程的表演之高超。我们每年春天要去颐和园，看玉兰，看海棠，看桃花。后山的桃花映着松树，又活泼又庄重，是一幅永远难忘的图画，我们常流连在这幅图画中。父亲却不让任何一种趣味成癖，绝不玩物丧志，他离不开的是哲学。

父亲曾提出，大学教育的目的之一，是要让人能够欣赏古往今来美的东西。他本想在完成《中国哲学史新编》这部大书以后，写一些艺术感受，题名为《余生札记》，已成一篇《论形象》，从杜甫的《丹青引》谈起，讨论美术创作。可是，《新编》以后的余生很短，他已经泪干丝尽，不得不带着满脑子的“非常可怪之论”远去了。那些发光的“非常可怪之论”，究竟还有多少，内容是什么，能够给人的精神世界增加怎样的活力，永远不能为人所知了。这不能不说是我们的遗憾。

那个时代人的精神世界是比较丰富的。记得物理学家王竹溪曾来我家问一个字，原来他在编一本字典；化学家黄子卿写旧体诗，有唐人韵味；还有一位晚一辈的数学家，姓王，写了《红楼梦》续编，在他的书里，薛宝琴能文能武，嫁给了柳湘莲，一同成为起义领袖。这些先生们都有多方面才能，所以毫无匠气，而在自己的专业方面俱臻化境。他们已进入历史，但留给我们的文化宝藏是发掘不尽的。

哲学是一个冷门，父亲的子女没有一个学哲学。人家问这是为什么，父亲自嘲地答：因为他们知道学哲学无用。这是一句玩笑话。其实父亲认为，哲学似无用而有大用，它是关系到人生的。有人说，读了冯先生的书，知道人不仅有社会中的地位，也有宇宙中的地位；有人说，读了冯先生的书，才从人生的低谷中走出来。有一位香港中医对我说，他隔些时便要读一读冯著，而每读一遍，便可获取新的力量。父亲的“哲学史”把中国哲学的精神传递给读者；他的哲学创作“接着”中国哲学的精神，又吸收西方哲学，再团、再炼、再调和，给人新的精神食粮。

这本书是冯先生的学生陈战国编选的，他是中国哲学史研究专家，也是冯学研究专家。冯先生著述很多，这本书篇幅不大，却不乏精彩篇章。若是通过这些文字能够引起窥全豹的兴趣，就更好了。

2008 年 3 月 3 日

原载《随笔》2008 年第 3 期

《我这九十年》序

任均老人是我母亲的幼妹，是我的六姨。她与大姨相差近三十岁，年纪和她的甥辈，我的长姊冯钟琏、表姐孙维世相仿。父母亲去世以后，亲友渐稀，有三家老亲时常来往，给我关心和温暖，照我的称呼，他们是七姑、七姑父（冯纕兰、张岱年），六姨、六姨父（任均、王一达），三姐、又之兄（冯钟芸、任继愈）。21世纪最初的十年间，他们一个一个离开了这个世界，只剩六姨一人，她现在是唯一的比我年长的长辈。每个人的离开仿佛都带走了一条连接历史的线索，关闭了一条通往历史的道路。六姨健在，自然应该写下她的记忆，何况她的记忆是那样不平凡。

外祖父任芝铭公是清末举人、老同盟会会员，为辛亥革命出力甚多，晚年思想进步，倾向延安。他的思想从不停滞，能够清醒地对待现实。三年困难时期，外祖父一次来京，那时他已是差不多90岁了，他对我说："河南饿死了很多人，很多很多人，我是要说的。"他忧形于色，衰老的面容至今在我眼前。他确实说了，写信面谈他都做了，只不知起了多少作用。

六姨是由外祖父亲自送往延安参加革命的。20 世纪 40 年代末，六姨和六姨父全家从解放区来到北平，住在我家——清华园乙所。那时的人们对“解放”充满了憧憬，并有一种神圣的感觉。清华园中许多人都知道我家里住着延安来的亲戚。梁思成先生特来我家造访，询问毛主席喜欢住什么样的房子，也许他是想造一座。那时的人们是非常天真的。

20 世纪 50 年代末，六姨夫妇转到外交部工作，被派往我国驻保加利亚使馆。表弟、表妹们都还小，住寄宿学校，一到放假都住在我家。那时家里还有我的三个外甥女，一大群孩子，十分热闹。大表弟乳名坦坦，1943 年在延安出生，是冯牧告诉我这名字的意义。一转眼坦坦已是近七十岁的老人了，这期间我们又经过了多少坦白交代。

随着年龄的增长，六姨的面容越来越像我亲爱的母亲，这几年六姨的年龄已经超过了母亲的寿数。我每次见到六姨都有不同程度的感动，隔些时不见就会想念。而母亲无论怎样想念也见不到了。

这几年，我常感常识的重要。多年来，我们矫情悖理，做了多少荒唐事，现在总算明白了些，做事不能违背常识。六姨不是思想型的人，她久经锻炼，仍保持常识，不失常情常理，实可珍贵。

在革命之外，她在家庭方面很成功。六姨父曾说，他们这一家全靠六姨支撑，他的感愧之情，难用言语表达。儿女都很孝顺，最难得的是儿女的配偶也都孝顺，不能不让人称羡。

一本回忆录，除了内容以外，也要依靠写作的能力，如文笔、剪裁结构等。《我这九十年》撰写人我的表弟王克明，他是担得起这项重任的。

去年表弟表妹们为六姨做九十大寿，能有机会为父母做九十大寿是子女的福气。延安食府的墙壁上贴着当时延安的照片，其中就有六姨。可惜去年一年我都在辗转住医院，未能前往，我想有许多不到场的祝愿欢喜都飞到了那里。

六姨一家议决由我为《我这九十年》作序，我虽久病却不能辞，况且话都是多年来积在嘴边上的，不必搜索枯肠。拉杂写来，是为序。

2010 年 3 月

原载《文汇报》2010 年 4 月 19 日

《寸草心：清华名师夫人卷》序

这是一本独特的书，书中文字除个别篇章外，多为子女对母亲的追忆。这些母亲都属于一个群体，她们都是清华大学教授的夫人，又大都为知识女性。她们心甘情愿、义无反顾地把自己全身心地贡献给家庭，支持了丈夫的事业，能使丈夫不气馁，教育子女肯学好，成为社会的健康的细胞。用旧话来说，她们的行为是相夫教子，她们被称为贤妻良母。这样的生活方式以后可能越来越少，但她们是永远值得崇敬的。

“相夫教子”“贤妻良母”似乎都是在附属的地位，其实她们的作用是非常巨大的。抗日战争中，后方生活十分艰苦，这些教授夫人一改北平时优越的生活，井臼操劳自不必说，还想方设法，有的做点心、有的缝锦旗来贴补家用，从没有听说哪一位有什么抱怨。我想，那些经营的具体收入不会很多，而更重要的是一种精神力量。她们不怕苦，她们在支持、在奋斗。在中国妇女贤淑的性格中，往往也有极刚强的一面，能支撑一个家度过最艰难的岁月。我常说，儒家人格的最高标准“富贵不能淫，贫贱不能移，威武不能屈”，用来形容中国妇女的优秀品质倒很恰当，不过她们是以家庭为中心罢了。说以家庭为中心，并不是说她们眼光短浅，只能看见柴米油盐；她们常常是关心公益的，是把家庭和国家社会联系起来的。

据说上帝造人时，就为每个人造好了另外一半，可是他们散失在茫茫人海中，很难彼此寻到。奇怪的是这本书中所记述的我们的父母似乎都有一双慧眼，找到了自己的那一半。我想，如果找到的不是那一半，他们会弥补上帝的不足，终于契合无间。我觉得这是理性的力量。知识教给人理性，理性又教给人生活。

陈寅恪先生患目疾多年，终于失明。在漫长的和疾病作斗争的日子里，是夫人支持他，照料他。这是艰难的历程，但因为两个人为伴，就能度过很难度过的艰难。杨武之夫人文化水平较低，但她有了不起的人格，造出了一个美满的家。我永远不能忘记我的母亲在昆明郊外小河中洗衣服的情景，她为家庭洗去了愁苦，把清洁健康带给我们。张维夫人陆士嘉，本人便是极优秀的科学家，她完成了另一种意义上的“双肩挑”：家庭和事业。也许这是以后的知识妇女的道路，家庭以外又能发挥自己独特的才能，成就一番事业。当然这是很不容易做到的。

母亲是伟大的，“谁言寸草心，报得三春晖”。我们永远怀念母亲、歌颂母亲。希望世界上所有的子女在想到母亲时，都能变得好一点、真诚一点、善良一点。

原载《文汇报》2011 年 12 月 26 日，为《序两篇》之一

《走近冯友兰》后记

如果编纂自己的作品不计在内，我平生只编过两本书，一本是《永远的清华园》，那已经是十几年以前的事了，另一本便是现在的《走近冯友兰》。我从清华园里走出来，走过漫长的人生道路，越来越走近冯友兰。

去年秋天，我在《哲学分析》杂志上读到一篇文章，《冯友兰先生是如何看待形式逻辑的》，作者是陈晓平。文中记述的很平常的小事中，表现出一种境界。如作者写到，他来我家看望冯先生，不需寒暄，谈话开始即问哲学问题，冯先生给予回答，三言两语他便恍然大悟，退出书房。主人也不问他来历，有问便答，答后由他自去。主客都处于一种超实际的境界中，大有晋人风度。

后来读到陈来的几篇文章，从中感到陈来对冯学的了解很深。香港大学翟志成有一篇文章，论胡适和冯友兰的两本中国哲学史的优劣，许多人说好，我读后真也有一种猛醒的感觉。我想，这些文章应该让更多人读到。

一次，见报上有关于1957年中国哲学史讨论会的记载，但感觉文中对冯先生提出的“抽象继承法”说得很不充分。和牟钟鉴讨论，他提出了孔繁的文章《为“抽象继承法”正名》，又引出余敦康的《冯友兰先生关于传统与现代化的思考》一文，这篇文章对冯学研究有重要意义，值得人深思。这些文章已发表了十来年，而我现在才知道它们的存在。

怎样不让好文章淹没，让更多的人读到它们，将它们收集起来汇编成书是一个好办法。

于是，我便着手编这本《走近冯友兰》。我只有一个朴素的愿望，让人们多了解一些史实，把真实留在历史的长河中。我知道自己的声音很微弱，但是我要说出自己的话，也让更多的人说出自己的话。经过一些商量，陈晓平又写了《李约瑟问题与冯友兰问题》，这是一个大家都关心也需要深入讨论的问题。余敦康又写了《冯友兰先生的“抽象继承法”》，蒙培元写了《树立一个对立面》，翟志成写了《冯友兰学思述要》。这几篇文章都是为本书而写的。

整个编纂的过程仍是蚂蚁衔沙，一点一点堆积起来，成了现在的模样。而我自己也对冯友兰有了更深的了解，觉得离父亲更近了。我深深感到父亲对祖国和祖国文化的热爱，他为“阐旧邦以辅新命”所做的毕生努力令人泪下。他要把祖国文化中最优秀的有用的东西挖掘出来，成为现代化的营养，使我们的国家成为有旧根基又有新成就的亘古至今的伟大国家。他的使命是伟大的神圣的。只有身心健康的人才能成为社会的健康细胞，只有身心健康的民族才能屹立于世界民族之林，从而促进全人类的发展。

苏东坡的《留侯论》中有句云：“天下有大勇者，卒然临之而不惊，无故加之而不怒；此其所挟持者甚大，而其志甚远也。”父亲就是这样，思想改造榨不死他，诽谤、攻击毒不死他，谩骂谣言淹不死他。他活下来，不仅“照着讲”，研究中国哲学史，使人得见往圣先贤的思想的本来面目；还要“接着讲”，写哲学创作，创造新文化。在没有任何言语空间的时代，也要从砖缝里冒出一点点生命的绿色。

父亲有幸。世上有不少明白人，他们有睿智的哲学头脑，清醒的社会眼光，不随波逐流，忠实于自己的研究；他们理解他，写了这些好文章。我有责任把这些文章编辑成书，让它们流传下去。我以为这是除了我自己的写作之外，最大的最有意义的工作。我这也是在为中国文化尽力。

因健康关系，这些年我做任何事几乎都是做做停停，编这本书也是如此。然而终于编成了。首先要感谢的是作者，这是不待言的。编辑过程中，得到牟钟鉴的很多具体帮助，还有陈来的意见，他的博士生赵金刚做了许多工作。社会科学文献出版社 2002 年出版过《解析冯友兰》，收集了一些文章，现在又出《走近冯友兰》，可谓有出版关于冯著研究的传统。对于这一切，我心中充满了感谢，而且有一种说不出的安慰。

据了解，近十年来有一百多家出版社出版了冯友兰的著作。这本《走近冯友兰》可以作为阅读的辅导，并引起更广泛的阅读兴趣。

1995 年，世界哲学大会为冯友兰百年诞辰，在双年会上举行了纪念活动，我有一个发言，最后一句是“冯友兰不是孤独的”。

现在我要再说一遍：

冯友兰不是孤独的。

附记：文中提到的专家学者，本来都有或教授或先生的称谓，但他们提意见说：“以你的年纪，对谁都可以直呼其名，不用这样啰唆。”便简化了。我素以小字辈自居，不料，不知不觉间已成为“老人家”了。

2012年12月

原载《走近冯友兰》，社会科学文献出版社2013年1月

又古典又现代

——与大陆女作家宗璞对话

北京作家宗璞（冯钟璞）从小受中国文学熏陶，清华大学外国语文系毕业，擅长以知识分子、爱情为题材，一九五七年《红豆》受批判，“文化大革命”后《弦上的梦》《三生石》获奖，以文笔婉约细腻见长。

《我是谁》《蜗居》等短篇现代主义意识流技法运用纯熟，对大陆现代派文学影响颇大。

一、书斋毕竟太狭窄了

施叔青：你出身书香之家，父亲冯友兰先生为一代哲学权威，似乎注定你走文学的路？

宗璞：很奇怪，南阳冯氏家族大部分人都有艺术气质，女性尤甚，父亲说是有出女作家的传统。父亲的姑姑是位女诗人，写有

《梅花窗诗稿》，很有诗意，可惜她18岁便去世，才华未得发挥。我的姑姑冯沅君，五四运动时的女作家，勇敢歌颂人性的解放、爱情的自由，鲁迅对她有所评价，我那美国生长的侄女冯崃，用英文写作也很有文采，父亲说“吾家代代生才女，又出梅花四世新”。

我从小背唐诗，第一首是白居易的《百炼镜》。小学时，每天早上要先到母亲床前背了诗词才去上学。八九岁就读《红楼梦》。抗战到昆明乡下，住处和北大文科研究所很近，十一二岁便到那里看书，浏览了很多书，除文学外，哲学、自然科学的书无所不看，父亲从不加限制。但很多书只是翻翻，看不懂的。记得有一本很冷僻的旧书《幽梦影》，主要讲生活的艺术，因为讲得太透，给我的印象是人世无常，当时倒觉得很懂。

小时候喜欢和哥哥、弟弟轮流讲故事。从乡下进城二十几里路，一边走一边编。我们三人各有一个国家，弟弟的在海中间，我的在火星上。上中学时曾在滇池的海埂露营，把对滇池的感受写了篇散文，登在杂志上，这是发表的第一篇作品。当时是15岁。

施叔青：你开始写小说，姑姑冯沅君是你的启蒙者吧？

宗璞：我很崇敬我的姑母。但因为一直没有住在一起，她对我影响不大。倒是父亲虽然是哲学家，他在文学方面很有天赋，能写旧诗，并且常谈一些文学见解，对我起了启蒙作用。

上大学时在天津《大公报》发表了第一篇小说，笔名绿繁。那时我在学法文，小说名叫“A·K·C”，法文“打碎”的意思。这是一个瞎编的故事，没有什么时代意义，那是1948年，学生运动风起云涌，我也注意到人世间的不平，曾写了一首诗《一个年轻的三轮车夫》，也发表在天津《大公报》。

施叔青：1950年，你在清华大学念外文，曾经到工厂宣传抗美援朝，写了短篇小说《诉》，借用一个女工的口述控诉1949年以前的社会。

宗璞：《诉》是到玻璃工厂接触了女工写的，也是我真实的感受，后来文学的范围愈来愈窄，只能写工农，而且有模式。写那些太公式化的东西，不如不写。1956年大鸣大放，提倡文艺百花齐放，我觉得可以写一点儿我要写的了，遂写了小说《红豆》，发表在《人民文学》上。

施叔青：《红豆》是你的成名作，描写1949年北京教会大学一对男女学生，女的江玫要留下来革命，与一心想飞离大陆的男主角决裂，突出表现了“爱情诚可贵，甘为革命抛”的主题，发表以后，紧接掌声而来的，却是严厉的批评，迫使你多次自我检查。

宗璞：20世纪50年代作品清一色的写工农兵，我在《红豆》中写爱情，写知识分子，在题材和写法上都比较新鲜，才会引起那么大注意，受批判的原因是“爱情被革命迫害”，“挖社会主义墙脚”，“在感情的细流里不健康”等等。正如你所说，我写的其实是为了革命而舍弃爱情，通过女主角江玫的经历，表现了一个小资产阶级的知识分子怎样在革命中成长。那个时代确实有很多这样的爱情，我写得比较真实。1978年上海文艺出版社出版了《重放的鲜花》，把1957年发表的“毒草”收在一起，包括《红豆》，所有的作者只有我一人没被打成右派。

施叔青：放你一马，是你父亲的缘故？

宗璞：（笑）才不是呢。他那时老受批判，我只会因为他而更受批判的。可以说，我父亲是世界范围内受到批判最多的学者。冯友兰的女儿是一顶山一样重的帽子。没给我戴另一顶帽子可能因我不聪明，没有多少自己的见解，又是愿意听话，总想学“好”的。

施叔青：《红豆》让你多次自我检查，造成的创伤有多深，从来未见你提及，但1960年你走出书斋，下放到农村，题材起了变化，是真的觉得自己以前的文艺思想有问题，感情不健康？

宗璞：我1959年才下乡改造，算是比较晚的，下去的地方就是丁玲写《太阳照在桑干河上》的地方，桑干河畔的一个村庄。我写了一篇反映农村的小说《桃园女儿嫁窝谷》，描写山区人民决心改变贫穷面貌，富队女青年愿嫁到穷队。小说以农村公社化运动为背景，发表以后，引起注意，觉得我改造得很好，感情还是很真实。那时的政策不对头，但我写的农村气氛、农民心理，到过农村的人都认为可以。

施叔青：你是书香熏大的，几乎足不出燕园，下放那么点时间，就真给改造过来了？

宗璞：1949年以后提出知识分子改造，与工农兵结合，要到劳苦大众当中去，我都衷心拥护。当时许多人都是真心改造的，但恐怕没有几个人改造过来。我认为，下去劳动锻炼与工农兵接触，对我帮助很大，使我扩大了眼界，更了解知识分子，因为有了比较，书斋毕竟太过狭窄了些。

施叔青：你赞成为了写作而下去体验生活吗？连丁玲都不以为然的。

宗璞：从根本上说，我不主张为了写作而去体验，尤其是带有强迫性的深入生活，勉强体验自己不熟悉的东西，因为那是外在的，那样是写不出好作品的。而在一定程度内使生活更丰富，为了补充而去收集材料还是可以的。劳动人民有很多优点，他们有质朴纯真的一面，也有愚昧落后的一面。20 世纪 50 年代写工农兵，是太公式化、太概念化了，现在写知识分子也有点美化，也有一定程度的公式化。

施叔青：也许就是你父亲为你的书写序时说的：世界上有两种书，一种是"无字天书"，一种是"有字人书"，你下放劳动，去读"无字天书"，接触农村生活，改变你写知识分子、写爱情的创作基调。

不过你似乎不喜欢像《桃园女儿嫁窝谷》这类反映农村的小说，选集（指将在台湾出版的选集）中并没选入。连 1962、1963 年陆续发表的几篇小说，《不沉的湖》《后门》《知音》，都不在选集内，这些作品写的是自我改造的过程，太直接，单调了些。

宗璞：《桃园女儿嫁窝谷》对于我来说，没有什么代表性，不过是一个过程而已，《不沉的湖》和《后门》都不是写知识分子改造的。《后门》可能是较早地提出我们社会中走后门现象的作品，当时编辑还不敢用这一题目，改为《林回翠和她的母亲》，1981 年出集子时才恢复这题目。

二、诚与雅，讲究小说的气氛和意境

施叔青： 搁笔十五年之后，《弦上的梦》获 1978 年短篇小说奖，以后你开始写一系列的“伤痕文学”，但你的笔下并非像其他作家声嘶力竭的控诉，而是一本你蕴藉、幽婉的抒情风韵，表达你心中的怨气。

宗璞：《弦上的梦》是我以“十年内乱”为题材的第一篇小说。三中全会后，我感到轻松许多，多年来套在知识分子身上的枷锁在渐渐移去，虽然不够理想，不断反复，知识分子至少不是改造的对象了。“文化大革命”中成长的孩子很惨，像小说中的梁遐，要和父母划清界限，她的心灵受到严重的伤害，后来在“四五”运动中献身牺牲。其实有许多人在成长时受到戕害，成为我们社会中严重的后遗症。

施叔青： 你描写梁遐对着书橱，想到爸爸的冤死，这女孩已经流不出眼泪，她“冲进她的床，只在书橱上留下两个指甲印”。这种写法比呼天抢地还要令人惊心动魄，感到深重无比的惨痛。

宗璞：《弦上的梦》写得还不够。“文化大革命”是写不尽的，到目前为止还没有作品很深刻地把它写出来，需要时间反思。

施叔青： 中篇《三生石》，似乎自传性很强，女主角在大学教书，也写小说，1956 年因写赞成爱情的小说遭到批判，后来强使自己脱胎换骨，把自己“硬化”起来，“文化大革命”时孑然一身又患癌症，终于得到三生相知的恋人。

宗璞：其实小说中人物职业只不过是外在的属性。《三生石》中通过写人物的经历主要描写“心硬化”。这是那一时代的普遍而深刻存在着的，是一种时代的痼疾，强调阶级斗争，批判人性论、人道主义的结果。我自己很喜欢我的这一发明：“心硬化”。更准确一点应是“心灵硬化”或“灵魂硬化”，这比任何生理器官的硬化都更可怕。

有朋友以为梅菩提和方知不必曾经相识，说这样太巧合不可信。我曾想改掉这一情节，但是改过后自己很不安，直到又改回来才觉安心。我想作品中应该多一些浪漫色彩，在某一阶段我们的文学创作很不习惯浪漫色彩，后来慢慢习惯了。

施叔青：爱可以起死回生，我觉得《三生石》应该是个短篇，虽然以“文化大革命”为背景，强调人的尊严不应损害，然而主线集中在两人的相爱，结构似乎平淡了些，有点拖拉，不够紧凑，张力不足的感觉。

宗璞：因为人物有发展有变化，真正的短篇是容纳不下的。现在也可能应该压缩一些。现在的样子气氛不够浓。

施叔青：你的作品一向讲究气氛，为其他作家所不及，这方面你得天独厚。

宗璞：气氛有很大部分是语言的功夫，文学究竟是语言的艺术。我也不能说是得天独厚，不过可以说是吃过点小灶，对中国文学有一些底子。光有这有时候就容易觉得不新鲜，后来又加入西洋的。大学念的是英国文学，一直在外国文学所《世界文学》杂志当编辑，当了二十年，稍有一些古今中外文学知识。

语言是心之声，不是形式，不是刻意追求能得到的，而是内在的修养，比起老一辈的作家，我还是很不够。现在一些较年轻的作家读书很多，加上丰富的生活体验，很不可轻看。我的学识只是皮毛。

施叔青：你在写作时遵循两个字，“诚”和“雅”，可否谈谈？

宗璞：这是金代诗人元好问的诗歌理论，郭绍虞先生总结为“诚乃诗之本，雅为诗之品”。文艺之本是真诚，我常说，没有真性情，写不出好文章。只是要做到“诚”，并不容易，需要有勇气正视生活，有见识认识生活，要有自己的人格力量来驾驭生活，需要很多条件。“雅”便是文章的艺术性，作品要能耐读，反复咀嚼，愈看愈有味道。要做到这一点，除了基本修养外，只有一个笨拙的法子，就是改，不厌其烦地改。

施叔青：你认为文章是改出来的，这需要多少耐心和毅力！

宗璞：我小说写得很慢，又要改，像《三生石》一个中篇写了一年，写好几遍，写了又改。我羡慕别人下笔如注。最近写的长篇，有一段写四遍，写了又改，从头写起。

施叔青：你是位文人作家，大陆的女作家，和你同代的，像茹志鹃、刘真，她们先打过仗、扛过枪，作品不让须眉，全无女性味道。反而是台湾地区，延续了古典诗词文学的传统，和你同类的作家为数不少。

宗璞：台湾地区一些作家的文笔与古典文学更加有联系，这点我很有同感。台湾地区女作家的作品读起来很觉亲切，我觉得和我国现代文学联系也很深。不过我读得不多。

在研究工作中，我选作题目的都不是伟大的作家，而是具有特色的作家。伟大的作家我力不能及，他们太丰富、太深奥，我不打算花那么大力气。阅读的范围则很广，这两年因为眼睛关系，阅读少多了。英国的哈代对我影响很大，我的大学毕业论文是研究他的。因为不是专业作家，另外有一个生活圈子，加上我父亲的哲学，先生的音乐美学，我们常常讨论。我还要照顾父亲的生活和工作，总是处于忙不过来的状态。

施叔青：你又是位典型的女性作家，擅长以细腻的文笔描写爱情。《红豆》年轻人的爱；《三生石》中年苦涩但又温馨的爱情，写来温婉动人；《心祭》又进一步涉及婚外情，在当时算是很大胆的吧？你是闯入了这禁区的第一个作家。

宗璞：不是第一个，只是较早的一个。小说中的女主角黎倩兮是很克制、守本分的，首先考虑到是不是会伤害别人。我认为这是做人的道理。

施叔青：我也觉得你把这段感情处理得很淡，特别是男主人翁程抗知道妻子被打成右派，立即收回原来离婚的意向，决定与已经没有感情的右派妻子同甘共苦，而黎倩兮也成全了他，很有儒家的道德，然而可看出作者对这一段爱情是极同情的。你认为在生命里，爱情的比重是占那么大分量的吗？

宗璞：爱情可以给人很大的力量，也可以有很大的伤害，要看当事者本身是强还是弱。我觉得生活、生命里爱情不是最重要的，必须给它恰当的位置，感情总应该受理性约束。如果感情满足又不需约束，那就是幸福了。

施叔青：《心祭》的结构，比较特殊，小说一开始就是程抗的追悼会，借女主角的倒叙回忆和现定的两条线交叉进行，手法上比前两篇现代，在精神上却又是绝对中国的，有如诗词般的内敛含蓄。

宗璞：我的作品可分为两大类，一类是根据生活反映现实的写实主义手法，我称为“外观手法”。也就是现在说的再现。《红楼梦》里写了几百个年纪差不多的女孩，而能各有个性，并不重复，可能因为作者曹雪芹在现实生活中便接触了这样多女孩，是有根据的。《红豆》《弦上的梦》《三生石》等属于外观手法。

三、《我是谁》开大陆现代文学先河

宗璞：另一类“内观手法”，就是透过现实的外光去写本质，虽然荒诞不经，却求神似。相当于现在说的表现。中国画讲究“似与不似之间”，对我很有启发。卡夫卡的《变形记》《城堡》写的是现实中不可能发生的事，可是在精神上是那样准确，他使人惊异，原来小说竟然能这样写，把表面现象剥去有时是很必要的，这点也给我启发。写作方式是为内容服务的，怎样写要依内容要求而定。可以说，任何方法、每一种方法都是对的。只要对作者说来，它能表现你要表现的；对读者说来它能使你接近作者的意图；它能使我们双方接近生活本身，这是弗吉尼亚·伍尔芙的话。

施叔青：以现代派意识流手法写小说的，在大陆作家中，你是开风气之先吧？

宗璞：在这点上，王蒙是有心人。他是向一个新领域走去的，而我只看到我要写的这一篇。由于工作，我在20世纪60年代就接触到西洋现代文学，卡夫卡、乔伊斯的作品都读过。“文化大革命”前夕，我们正研究卡夫卡，当时是作为批判任务的，但只有经过“文化大革命”的惨痛经验才懂得。“文化大革命”的惨痛经验用这种极度夸张极度扭曲的办法最好。这些作品对我有影响，但更重要的是我具有长期培养的中国文化精神。中国艺术讲神韵，有对神韵的认识和体会，也就是说我有这样的艺术观念做基础，才能使这些影响不致导向模仿。

施叔青：你的《我是谁》被称为现代派的力作，发表的时间也早，运用意识流技法纯熟，对大陆的现代主义潮流与创作影响很大。

宗璞：《我是谁》的直接触发是看到中国物理学的泰斗叶企荪先生在校园食堂打饭，他的成就都写到我们的教科书里了，他的身体不好，又单身没人照顾。他走路时弯着背，弯到差不多九十度，可能是在批斗会上炼出来的。一个人被折磨成那样，简直像一条虫，我见了心里难受万分。于是我写了《我是谁》，抗议把人变成虫，呼吁人是人而不是虫，不是牛鬼蛇神！我是很用感情来写的，写完当时（1979年春天）不能发表，说它很怪、很阴暗，后来1979年12月才在《长春》这个刊物登了头条。

施叔青：一个精神、肉体被摧残殆尽，濒临疯狂的人，自杀之前的心理活动，似乎只有用意识流手法才能表现。

宗璞：是的。弗吉尼亚·伍尔芙曾说："生活不是一连串安排好了的旋转的灯，而是围绕我们的耀眼的光圈，从意识的开始到终了。小说家的责任是表现出这种多样的无界限的精神，不管它多么复杂错乱。"现在许多人不知从哪儿来，也不知往哪儿去，就是眼前这一点实利，人变得很庸俗，"文化大革命"的遗毒非同小可，当然冰冻三尺，非一日之寒。

施叔青：卡夫卡作品中，将人类的困境观念化，抽象化了，变成一种观念的演绎，一种象征，而你的《我是谁》《谁是我》是由"十年内乱"的荒谬、残酷的真实经验出发，有生活的依据。

宗璞：卡夫卡生活在奥匈帝国的统治下，那时政治腐败，他还有一个专横的父亲，对他那样敏感的人来说，生活本身很怪诞。他是在写他心灵的感受。

施叔青：《蜗居》更是一篇寓言小说，人的背上长出一个蜗牛的硬壳，人像蜗牛一样的行动，评论者认为《蜗居》显然是受卡夫卡的启示，但就社会问题的反映，寓意比《变形记》要深广，政治色彩也浓郁一些。

宗璞：《蜗居》比《我是谁》精致，含意深刻些，不仅把眼光停留在"文化大革命"，而是企图探索人类历史，追溯根本原因。1985年写的《泥沼中的头颅》你未读过，那完全不是现实中的情况，但和现实血肉相关。

施叔青：《蜗居》以第一人称借用梦幻来反映现实，夸张荒诞，是篇现代主义的好小说。它和《我是谁》《谁是我》属于超现实内观手法的作品。

宗璞：也有一些作品则把外观、内观糅合在一起。以后要写两者都极端发挥的不同作品，也要写两种结合的作品。现实主义和现代主义，再现和表现相结合，似乎是世界性的趋向。

施叔青：像《核桃树的悲剧》，前面挺写实的，柳清漪被丈夫遗弃，与孩子相依为命，她的命运和那棵核桃树相同，最后连与世无争地活下去都成奢望。柳清漪亲手砍核桃树之时，树轰然倒下，这一段很超现实，以核桃树"有用之材，不能终其天年"的反论，衬出柳清漪的悲剧，情感又老庄、又现代，白描象征糅合一起，很成功。

《核桃树的悲剧》中树与人在某种程度上合二而一，另一篇写人与动物的《鲁鲁》，寄情一条小狗，都有它的象征意味。

宗璞：1949年以后，国内作家没有人写狗，《鲁鲁》倒真是第一篇。动物、植物和鬼一样都是异类，写异类是为了写人，这是当然的道理。不少读者关心鲁鲁。我家真养过这样一条狗，感情很深。它于20世纪50年代在重庆去世。

施叔青：《鲁鲁》的笔法近似散文，你刚才也说《谁是我》太过散文化，其实近代作家写散文化的小说，从废名、鲁迅、沈从文到汪曾祺都是此中高手。谈谈你的看法？

宗璞：我把小说和散文分开来，两种我都写。我觉得为了气氛，小说可以适当地散文化，但不能过分，还是应该区别，要有限度。小说与散文最根本的不同，是小说作者是全知的。现在一些写法反对全知观点，但实际上还是全知的，因为那一艺术世界是小说作者的创造，无论写得怎样扑朔迷离，他还是全知的。而散文是一知的，多在描述自身的经历感受。所以小说可虚构，而散文不能，或说小说必须虚构而散文不必须。过于散文化，是取消小说。

你所说的几位先生，都能恰到好处，突出了氛围意境而写的是小说。

施叔青：读过你的散文《哭小弟》，很感人。

宗璞：最近有本散文集《丁香结》，交稿两年多了，只见到一本样书，大批的始终未见，朋友们来要，我没有，书店也没有，实不可解。散文是中国文学的传统，现在有些散文最大的问题是缺乏己见，要写出自己的见识，不是老花呀月呀写不完。为什么少议论文？因为没有己见，习惯于没有己见。

我也爱诗，以为抒情短诗是诗的前途，若写叙事长诗不如写小说了。狄金森的诗现受到普遍喜爱和这有关。因为诗总该是更本质的。我写过短诗，四行、八行。父亲觉得我的诗有诗意，将来准备编一个诗集，名之谓“四余诗稿”，“四余”者，工作、写作、疾病和家务之余也，后见山东大学袁世硕教授编写的《冯沅君创作译文集》，发现姑母的诗稿也名为“四余诗稿”，多奇怪！真恨不得找到姑母问一问，她的四余是哪四余。

四、关于长篇小说《野葫芦引》

施叔青：（1988年7月某日电话上）前面三个问题，都是去年谈的了，过了快一年，听说你的长篇第一卷《南渡记》已发表，是否可以谈谈？

宗璞：好的，我可以写下来。

《南渡记》第一、二章发表在1987年五、六期《人民文学》上，当时把这长篇的书名拟作《双城鸿雪记》。后来觉得《双城》《薄雪》都用得俗了，便改为《野葫芦引》，其实野葫芦引本来是我最初计划写长篇时便拟用的，人说不好懂，改掉了，现又改回来。关于《野葫芦引》，有几句话出书时要写在扉页上：

葫芦里装的什么药
谁也不知道
——更何况是野葫芦。

我曾说短篇小说分三种，分别侧重于情节、人物和气氛。我希望长篇能将这三者熔于一炉，而且最好做到雅俗共赏。长篇可以包容的多，像一个大城市，可以满足各种不同的人的需要。而它本身又有自己的特殊风格，这是短篇做不到的。

《南渡记》已发表在《海内外文学》第二期上。很多人没有看到这刊物，只有等出书了。

因为想到雅俗共赏（当然我不一定做到，可能是雅俗都不赏），这长篇用白描手法，希望它容易读。关于雅俗共赏，近来有很多议论。我想所谓“共赏”实是向俗靠近，不过还有一个“雅”字在上面管着，便要有限制，做到不伤雅，不媚俗。我写了六段曲文作为引子，每一卷结尾也用一段曲文。传统形式中也融合了现在习惯用的心理活动等写法。现实主义也要发展，任何事物都不可能完全和过去一样。

你说《心祭》手法上是现代的，内容却是完全中国的。《野葫芦引》手法上侧重于传统，内容写的是抗战，但统领一切的思想却是20世纪80年代的了。这一内容如果在50年代写，必然是另一个样。

最近，值我生辰，父亲为撰一寿联：

百岁继风流，一脉文心传三世；

四卷写沧桑，八年鸿雪记双城。

他自己书写时，特别写上“璞女勉之”几个字。上联仍归到家庭传统，下联说的是这部长篇，其实也不只这部长篇。

“勉之”，是我最该记住的。

（施叔青采访整理）

编后记

杨柳*

宗璞从十几岁开始写作，曾经是一名小小的文学少年。青年、中年时期，她和很多人一样，经历过一些无法躲避的奇特遭遇，一度暂别写作。但是文学的根苗不死，一旦风调雨顺，便发叶萌花，结出硕果。直到晚年，她依然如一只衔沙的蚂蚁，一颗一粒，一点一滴，构筑文学的七宝楼台，日复一日，未曾稍歇。

宗璞出身于书香门第，一辈子几乎都在书斋里生活，但她不是风花雪月、轻吟漫语的作家。从20世纪50年代的《红豆》、70年代的《三生石》《弦上的梦》，到21世纪的《四季流光》《惚恍小说》，都与时代、社会紧密相连，站在现实的生活和思想的“前沿”。她的作品从容端庄，温文尔雅，但是有风骨、有担当、有锋芒。她甚至是一位“先锋”作家，《蜗居》《泥沼中的头颅》《我是谁》等小说，

* 杨柳，人民文学出版社编审。

对现代主义表现手法的运用纯熟贴切，堪称典范。

宗璞一向体弱多病，晚年更是每况愈下，又因视网膜脱落，几近失明。停止写作，颐养天年，是合情合理的选择。但是，病弱的宗璞有着超出想象的坚韧，她硬是以口为笔，一字一句地说，出口成章；一字一句地听，斟酌修改。在《南渡记》之后，她用这种无法企及的方式“写”完了《东藏记》《西征记》《北归记》和《接引葫芦》——这部总名《野葫芦引》的史诗般的长篇小说巨制，了却了她几十年来历史存真、为中国知识分子存真的执着心愿，还“写”下了一篇篇如萤火般闪着微光、却也足以烛照黑夜滋润心灵的精萃文章。

宗璞自度曲道：“人道是锦心绣口，怎知我从来病骨难承受。”她的写作，发自内心、忠于内心，不追随、不迎合，“覆雨翻云，不甘低首，托破钵，随缘走”。七十多年的文学之路，坎坷处多，平坦处少。耄耋之年的宗璞，仍在通向自由境界的路上艰难前行，虽然那条路可能首尾相接，没有终点。

广东人民出版社的“文学回忆录”丛书邀请宗璞参加，编选工作由我来完成。近些年来，为宗璞编过各种作品集，体裁不同、内容不同、主旨不同，每本书的编选都是一次阅读回味的机会，含英咀华，身心愉悦。希望这本“文学回忆录”能够使读者认识宗璞，并由此去寻找、阅读她的更多的作品，从而领略另一番文学风景，丰富对中国当代文学的认知。

2020 年 3 月

附录　宗璞著作年表

1948 年

小说《A.K.C.》，天津《大公报》，发表日期佚失。

1957 年

小说《红豆》，《人民文学》7 月号；童话《寻月记》，中国少年儿童出版社。

1959 年

散文《山溪》，《新观察》第 16 期。

1960 年

小说《桃园女儿嫁窝谷》，《北京文艺》11 月号；译作《缪塞诗选》（与陈澂莱合译），人民文学出版社。

1961 年

童话《湖底山村》，《人民日报》6 月 25 日；散文《西湖漫笔》，《光明日报》8 月 12 日。

1962 年

小说《不沉的湖》，《人民文学》7 月号；散文《墨城红月》，

《光明日报》9 月 20 日。

1963 年

小说《林回翠和她的母亲》,《新港》2 月号;童话《鹿泉》,《山花》2 月号;小说《知音》,《人民日报》11 月 26 日。

1978 年

童话《花的话》,《人民文学》6 月号;小说《弦上的梦》,《人民文学》12 月号,获首届全国优秀短篇小说奖。

1979 年

童话《吊竹兰与蜡笔盒》,《北京文学》2 月号;译作《拉帕其尼的女儿》(霍桑),《世界文学》第 1 期;译作《早晨的洪流》(韩素音),北京出版社;童话《露珠儿和蔷薇花》,《儿童时代》第 11 期;散文《湖光塔影》,《旅游》创刊号;小说《我是谁》,《长春》12 月号。

1980 年

散文《废墟的召唤》,《人民文学》1 月号;小说《三生石》,《十月》第 3 期,获首届全国中篇小说奖;散文《萤火》,《散文》6 月号;童话《书魂》,《人民文学》6 月号;小说《全息照相》,《北方文学》9 月号;散文《柳信》,《福建文艺》9 月号;小说《米家山水》,《收获》第 5 期;散文《爬山》,《光明日报》10 月 5 日;小说《心祭》,《新港》11 月号;小说《鲁鲁》,《十月》第 6 期,获《十月》文学奖;散文《钢琴诗人——肖邦》,《文汇增刊》第 7 期。

1981 年

小说《蜗居》,《钟山》第 1 期;小说《团聚》,《人民文学》2 月号;散文《澳大利亚的红心》,《人民日报》8 月 8 日;童话《贝叶》,《当代》第 4 期;散文《不要忘记》,《十月》第 5 期;小说

《熊掌》,《文汇月刊》10 月号；散文《我的澳大利亚文学日》,《世界文学》第 6 期；散文集《宗璞小说散文选》，北京出版社。

1982 年

散文《绿衣人》,《人民日报》1 月 7 日；散文《水仙辞》,《天津日报文艺双月刊》第 1 期；童话《石鞋》,《北京文艺》3 月号；童话《冰的画》,《少年文艺》第 4 期；小说《核桃树的悲剧》,《钟山》第 3 期，获《钟山》文学奖；译作《信》(怀特),《世界文学》第 3 期；散文《紫藤萝瀑布》,《福建文学》7 月号；散文《哭小弟》,《人民日报》12 月 27 日。

1983 年

散文《羊齿洞记》,《十月》第 4 期；小说《谁是我》,《北京文学》8 月号；译作《花园茶会》《第一次舞会》(曼斯菲尔德)，收入《曼斯菲尔德短篇小说选》，上海译文出版社；童话《紫薇童子》,《人民文学》10 月号；散文《潘彼得的启示》,《天津文学》10 月号；童话《关于琴谱的悬赏》,《儿童时代》第 12 期。

1984 年

论文《试论曼斯菲尔德的小说艺术》,《国外文学》第 2 期；童话《总鳍鱼的故事》,《少年文艺》第 4 期，获全国首届优秀儿童文学奖；散文《奔落的雪原》,《散文》4 月号；散文《没有名字的墓碑》,《北京文学》6 月号；散文《写故事人的故事》,《文汇月刊》7 月号；散文《他的心在荒原》,《人民文学》8 月号；童话《邮筒里的火灾》,《童话》8 月号；童话《红菱梦迹》,《作家》9 月号；散文《在黄水仙的故乡》,《上海文学》10 月号；散文《看不见的光》,《花城》第 6 期；散文《安波依十日》,《三月风》创刊号；童话集

《风庐童话》，湖南少年儿童出版社。

1985年

童话《无影松》，《东方少年》第1期；童话《星之泪》，《儿童时代》5月号；译作《星期日下午》《鬼恋人》（波温）、论文《打开常春藤下的百叶窗》，《世界文学》第3期；散文《三峡散记》，《光明日报》6月30日；小说《青琐窗下》，《人民文学》8月号；小说《泥沼中的头颅》，《小说导报》第10期。

1986年

散文《送黎谧》《冬至》，《光明日报》2月9日；散文《恨书》，《青海湖》3月号；散文《丁香结》，《散文》3月号；散文《秋韵》，《北京文学》3月号；散文《霞落燕园》，《中国作家》第4期；散文《彩虹曲社》，《天津文学》8月号；散文《岭头山人家》，《散文世界》10月号。

1987年

散文《九十华诞会》，《东方纪事》纪事卷1—2卷；散文《三访鳌滩》，《人民日报》（海外版）8月31日；散文《一九八二年九月十日》，收入散文集《丁香结》；散文集《丁香结》，百花文艺出版社；作品集《宗璞代表作》，黄河文艺出版社。

1988年

散文《辞行》，《青年散文家》地3期；散文《找回你自己》，《中国妇女》5月号；散文《三幅画》，《钟山》第5期；散文《小东城角的井》，《女声》11月号；长篇小说《野葫芦引》第一卷《南渡记》，人民文学出版社。

1989 年

散文《卖书》，《散文》1 月号；童话《童话三题》，《上海文学》1 月号；散文《行走的人》，《人民日报》1 月 26 日；散文《对〈梁漱溟问答录〉中一段记述的订正》，《光明日报》3 月 21 日；散文《燕园石寻》，《人民文学》5 月号；译作《译文一束》并序，《文汇报》6 月 1 日；散文《好一朵木槿花》，《东方纪事》第 2 期；散文《“热海”游记》，《散文》12 月号。

1990 年

散文《风庐茶事》，《光明日报》2 月 22 日；散文《燕园碑寻》，《文汇报》3 月 8 日；散文《无尽意趣在“石头”》，《读书》4 月号；散文《燕园树寻》，《文汇月刊》6 月号；散文《读书断想》，《中国妇女》8 月号；散文《报秋》，《散文》10 月号；散文《燕园墓寻》，《随笔》6 期；小说集《弦上的梦》，台湾新地出版社。

1991 年

散文《心的嘱托》，《文汇报》1 月 2 日；散文《三松堂断忆》，《读书》12 月号；作品集《宗璞》，人民文学出版社。

1992 年

散文《燕园桥寻》，《鸭绿江》9 月号；散文《悼张跃》，《文汇报》5 月 10 日；散文《从“粥疗”说起》，《收获》第 3 期；散文《星期三的晚餐》，《随笔》第 6 期；小说《一墙之隔》，《钟山》第 6 期。

1993 年

散文《三松堂岁暮二三事》，《随笔》第 3 期；散文《猫冢》，《美文》第 1 期；散文《送春》，《散文天地》第 1 期；散文《孟庄小记》，《江南》第 3 期；小说《朱颜长好》，《收获》第 5 期；散文《〈从竹间燕园的家书〉读后》,《文汇报》9 月 5 日；小说《勿念我》,《天涯》9 月号；散文《花朝节的纪念》,《中华散文》创刊号；小说《长相思》,《作品》11 月号；散文《今日三松堂》,《东方文化》创刊号；散文《客有可人》,《光明日报》12 月 4 日；散文《松侣》,《中国残疾人》12 月号；散文《一九六六年夏秋之交的某一天》，收入《宗璞散文选集》；散文集《宗璞散文选集》，百花文艺出版社；小说集《红豆》，海峡文艺出版社。

1994 年

散文《一九九三年岁末五日记》,《光明日报》1 月 31 日；散文《药杯里的莫扎特》,《音乐爱好者》1 月号；散文《道具》,《散文天地》2 月号；散文《风庐乐忆》,《爱乐》创刊号；散文《书当快意》,《光明日报》6 月 17 日；散文《梦回蒙自》,《华人文化世界》第 3 期；小说《甲鱼的正剧》,《作品》9 月号；小说《胡子的喜剧》,《十月》第 5 期，获《十月》文学奖；散文集《铁箫人语》，春风文艺出版社；散文集《燕园拾痕》，中原农民出版社。

1995 年

散文《促织，促织》,《散文》(海外版) 1 月号；散文《三千里地九霄云》,《中国作家》第 1 期；散文《向历史诉说》，收入《冯友兰先生百年诞辰纪念文集》，清华大学出版社；散文《祈祷和平》,《人民日报》(海外版) 7 月 10 日；散文《〈幽梦影〉情结》,《新剧本》第 4 期；小说集《风庐故事》，中国对外翻译出版公司。

1996 年

散文《久病延年》,《文汇报》3 月 11 日；童话《七扇旧窗》，原刊处佚失；散文《一封旧信》,《文汇读书周报》7 月 27 日；散文

《刚毅木讷近仁》,《随笔》第6期；散文《人老燕园》,《文汇报》12月10日；散文《京西小巷槐树街》，收入《宗璞文集》;《宗璞文集》（四卷），华艺出版社。

1998年

散文《三松堂依旧》,《北京大学学报》第2期；小说《彼岸三则》,《小说界》第4期；散文《悼念陈岱孙先生》，收入《陈岱孙纪念文集》，福建人民出版社；散文集《我爱燕园》，北京大学出版社；童话集《宗璞作品精选》，河北少年儿童出版社；散文集《宗璞影记》，河北教育出版社；散文集《风庐缀墨》，上海远东出版社。

1999年

散文《痛读〈思痛录〉》,《文汇读书周报》1月16日；散文《烟斗上小人儿的话》，收入《回忆纪念闻一多》，武汉出版社；散文《仙踪何处》,《群言》第5期；散文《在曹禺墓前》,《中华读书报》6月23日；散文《乐书》,《人民日报》(海外版)9月13日；散文《从近视眼到远视眼》,《人民文学》第10期。

2000年

散文《那青草覆盖的地方》，收入《永远的清华园》，北京出版社；散文《告别阅读》,《中华散文》第9期；散文集《未解的结》，辽宁人民出版社。

2001年

散文集《水仙辞》，群众出版社；小说《她是谁？》,《中国作家》第7期；散文《那祥云缭绕的地方》，收入《不尽书缘》，清华大学出版社；散文《拾沙花朝小辑》,《书摘》第12期；长篇小说《野葫芦引》第二卷《东藏记》，人民文学出版社，获第六届茅盾文学奖。

2002年

散文《二十四番花信》,《书摘》第2期;小说集《风庐短篇小说集》、散文集《风庐散文选》,上海社会科学院出版社。

2003年

散文《向前行走》,《文汇报·笔会》3月3日;散文《天马行空——耳读王蒙旧体诗》,《解放日报》10月21日;散文集《野葫芦须——宗璞散文全编》,北京出版社。

2004年

散文《耳读偶记——读〈朱自清日记〉》,《人民日报》9月9日。

2005年

散文《扔掉名字》,《文汇报·笔会》1月28日;散文《耳读〈苏东坡传〉》,《文汇报·笔会》8月21日;小说《四季流光》,《十月》第5期;散文《智慧的光辉》,《光明日报》11月6日;散文集《霞落燕园》,作家出版社;作品集《宗璞自述》,河南教育出版社。

2006年

童话《小沙弥陶陶》,《上海文学》第8期;作品集《宗璞精选集》,燕山出版社。

2007年

散文《怎得长相依聚》,《文汇报·笔会》1月7日;散文《感谢高鹗》,《随笔》第1期;散文《散失的墨迹》,《人民日报·副刊》11月6日;散文《他的"迹"和"所以迹"》,收入《宗璞散文》(插图珍藏本);散文集《宗璞散文》(插图珍藏本),人民文学出版社;散文集《告别阅读》,作家出版社;童话集《宗璞童话》,湖北少儿出版社；散文集《那青草覆盖的地方》，辽宁人民出版社。

2008 年

小说《惚恍小说》(四篇)，《中国作家》第 4 期；散文《〈新理学〉七十岁》，《光明日报》12 月 14 日；童话集《宗璞童话》，上海人民美术出版社。

2009 年

散文《漫记西南联大和冯友兰先生》，《中华读书报》7 月 18 日；小说集《四季流光》，香港明报月刊出版社。

2010 年

散文集《二十四番花信》，江苏文艺出版社；散文集《旧事与新说》，新星出版社；长篇小说《野葫芦引》第三卷《西征记》，人民文学出版社。

2011 年

小说《琥珀手串》，《上海文学》第 4 期。

2012 年

散文集《敛沙集》，长春出版社；散文集《风庐散记》，北京大学出版社。

2013 年

散文《云在青天》，《文汇报·笔会》，6 月 10 日；小说集《朱颜长好》，人民文学出版社。

2014 年

随笔《美芹三议》，《文汇报》12 月 19 日；小说集《三生石》，人民文学出版社。

2015 年

中篇小说《四季流光》，上海文艺出版社；散文集《心的嘱托》《未解的结》《客有可人》《二十四番花信》《书当快意》《云在青天》，浙江文艺出版社。

2016 年

童话集《宗璞童话》，长江少年儿童出版社；小说集《鲁鲁》（插图本），人民文学出版社。

2017 年

散文集《我生命中的那些人物》，东方出版中心；《〈三字经〉节简注本》，东方出版中心；散文集《紫藤萝瀑布——丁香结》，济南出版社；散文集《紫藤萝瀑布》《宗璞散文精选》，长江文艺出版社；《向历史诉说——我的父亲冯友兰》，人民文学出版社。

2018 年

短篇小说《你是谁？》，《上海文学》第 1 期；散文《四姑——你能告诉我吗？》，《新民晚报》12 月 20 日；散文集《紫藤萝瀑布》，江苏凤凰文艺出版社；散文集《烟斗上小人儿的话》，小说集《你是谁？》《四季流光》，人民文学出版社；长篇小说《野葫芦引》第四卷、末卷《北归记·接引葫芦》，香港中和出版社；散文集《三千里地九霄云》，人民日报出版社；《南渡记》《东藏记》（英文版），查思出版公司。

2019 年

长篇小说《野葫芦引》第四卷《北归记》、《野葫芦引》全四卷，人民文学出版社。

文学回忆录书系

策划　肖风华

主编　陈思和

执行主编　向继东

统筹　段洁　李欣

刘心武文学回忆录	刘心武　著
蒋子龙文学回忆录	蒋子龙　著
张炜文学回忆录	张　炜　著
王跃文文学回忆录	王跃文　著
残雪文学回忆录	残　雪　著
张抗抗文学回忆录	张抗抗　著
叶辛文学回忆录	叶　辛　著
刘醒龙文学回忆录	刘醒龙　著
陈忠实文学回忆录	陈忠实　著
宗璞文学回忆录	宗　璞　著
* 王蒙文学回忆录	王　蒙　著
* 叶兆言文学回忆录	叶兆言　著
* 梁晓声文学回忆录	梁晓声　著
* 冯骥才文学回忆录	冯骥才　著
* 肖复兴文学回忆录	肖复兴　著
* 浩然文学回忆录	浩　然　著
* 姚雪垠文学回忆录	姚雪垠　著
* 李準文学回忆录	李　準　著
* 孙犁文学回忆录	孙　犁　著
* 从维熙文学回忆录	从维熙　著

* 待出